오래된 정원에 꽃이 피네

김경희 장편소설

오래된 정원에 꽃이 피네

김경희 장편소설

문학들

| 차례 |

1. 일주문

2. 천왕문

3. 불이문

일주문

무엇을 찾아가는 것일까

길은 어느새 늘어선 차들로 하나의 선이 되었다.

장마철이라 해도 휴가를 즐기러 나선 사람들과 차들의 행렬로 고속도로는 정체가 심했다. 출발할 무렵엔 햇볕이 쨍쨍하던 날씨가 차츰 흐려지더니 영동고속도로에 접어들자 비가 내리기 시작했다. 에어컨을 켰지만 달리지 못하는 차 안엔 습기가 가득해서 그들은 유리창을 자주 닦아줘야 했다. 눅진해진 습도로 답답해진 그녀가 환기하기 위해 창문을 내려보았으나 매연이 심해 그조차도 여의치 않았기 때문이다. 지금 상황에서는 길이 뚫릴 때까지 기다리는 것이 최선이었다. 즐거운 휴가를 위해 이런 낭패쯤은 견뎌야 하는가. 조수석에 앉아 막막한 눈길로 저 앞의 소실점을 응시하던 그녀가 혀를 끌끌 차며 말했다.

"다들 피난길에 나선 사람들 같아."

"더위 피해 나섰으니 피난은 피난이지."

"만일 저 위에 어떤 존재가 있다면 이런 인간들의 움직임을 뭐라 할까? 신들은 인간 자체를 그저 사랑스럽게만 볼까?"

"인간을 사랑스럽게 보는 존재가 있다니, 어유 소름 돋아. 저 많은 차를 팔아먹은 자동차 회사 사장들은 전용 헬기를 타고 휴양지로 떠날 텐데…."

운전석에 앉은 한길과 옆자리의 지숙은 좀체 움직이지 않는 차의 뒤꽁무니를 따라가는 것이 따분하다는 듯 객쩍은 소리를 해 댔다.

"우리가 탄 이 차도 열외는 아니야. 어차피 같은 길 위에 있으면서 뭘 그래. 이를테면 역지사지."

"인정할 테니 설교는 생략해 줘."

"지루하다고 직업 정신을 살려 저 차들 값을 돈으로 환산하고 있는 것은 아니지?"

"그래, 남편 놀리는 재미로라도 이 지루한 시간을 견뎌 봐."

한길에게 약간의 비아냥 섞인 농담을 하였지만, 그녀 역시 아침 일찍부터 서두르느라 피곤했고 길 위에 멈춰 있는 시간이 지루했다. 차라리 집에서 잠이나 푹 자는 게 휴식일 텐데. 모처럼 맞은 휴가이니 풍광 좋은 곳에 가서 쉬다 오자고 꼬드긴 것은 한길이지만 강원도를 선택한 건 자신이기 때문에 불평할 수도 없었다. 오히려 마뜩잖은 마음은 한길 쪽이 더할 것이다. 휴가를 떠나자 했을 때 한길은 제주도를 선택했고, 지숙은 강원도를 원했다. 한길이 그 이유를 물었을 때 지숙은 선뜻 대답하지 못했다. 그냥, 강원도에 가고 싶어서. 한길은 어이없다는 표정을 지으면서도 이번엔 당신을 위해 내가 양보할게, 라고 말해 여행지는 흔쾌하게 결정되었다. 한 치 앞도 예측 못 하면서, 차가 정체되는 고생쯤이야 아무것도 아니라고 호언했으니 누굴 탓하겠는가. 차라리 지금 눈앞의 현실을 인정하는 게 나았다. 그녀는 자꾸 감기려는 눈을 비벼 뜨며 시야에 들어오는 소실점을 바라보았다. 저 너머에는 무엇이 있을까. 이토록 많은 사람이 무엇을 찾아 어디로 가는 것일까.

그녀는 팔걸이 위에 두었던 핸드폰을 일별하며 아무런 연락이 없기를 바랐다. 연락이 없는 것은 편집에 별문제가 없다는 뜻이다. 최소한 골치 아픈 일은 생기지 않을 것 같은 조짐이다. "아휴, 저 많은 차를 좀 봐. 아이들이 가지고 노는 장난감을 보는 것 같아. 저 중 하나가 돌진해서 뛰어들면 아수라장이 되겠지? 심술 난 개구쟁이처럼 헤집어보고 싶지 않아?"

"당신, 아침 일찍 깨웠다고 내게 헛소리하는 거야? 그때 일어났으니 여기까지라도 왔지, 그렇잖으면 종일 길 위에 있다 해 저물었을 거야."

"당신은 밤을 꼬박 새워도 끄떡없지만 나는 잠이 부족하면 아무것도 못 해. 사람마다 신체 리듬이 다르잖아. 당신이 잘 견디는 것도 나는 힘들단 말야."

"모자라는 잠은 나중에 보충하면 되지. 언젠가는 잠 속에 빠져 깨어나지 않게 될 텐데 뭐가 그리 아쉬워?"

"그런 문제가 아닌 줄 알면서 자꾸 억지 부린다. 어쨌거나 나는 실컷 자는 게 소원이야. 요즘엔 무리하고 있다는 생각이 들 때도 있어."

"적당히 해. 당신도 청춘은 아니잖아."

지숙의 눈에 들어온 '횡성 휴게소'의 표지판 위로 굵은 빗줄기가 쏟아지고 있다.

"아무래도 그냥 돌아가는 게 좋겠어. 차라리 서울에 가서 아이들과 같이 지내다 올까? 이 빗속을 뚫고 어딜 다니겠어? 휴게소에 들러 커피 마시며 다시 생각해요."

"그렇지. 당신에겐 카페인이 필요하지."

그 순간 저만치 휴게소의 입간판이 나타났고, 한길은 망설임 없이 핸들을 꺾었다.

어디를 가나 사람과 차들로 붐비는 건 마찬가지였다. 휴게소라고 다를 게 없어서 앞차의 꽁무니를 따라가다 겨우 빈자리를 찾아 주차하고 내리려던 참에 지숙의 핸드폰에 불이 들어왔다. 출판사다. 그녀가 커피를 사 달라는 손짓을 하자 한길이 고개를 끄덕이며 차에서 내렸다. 혼자가 된 지숙은 전화를 받으면서 차를 돌려 돌아가야 할 일만은 아니길 바랐다. 오늘 휴가를 떠나지 않은 사람은 잡지『숨겨진 사찰의 미』에서 사찰 사진을 담당한 박해준과 최종 마무리를 하기로 한 최미애인데, 누구일까. 어젯밤 늦게까지 함께 확인하고 수정할 부분을 체크했으니 박해준이 사진 아래에 쓸 해설만 마무리하면 편집에 별문제는 없을 거라 생각하고 나선 길이다.

"편집장님, 휴가 가시는데 죄송해서 어쩌죠?"

그의 목소리에 당황한 표정도 따라왔다.

"무슨 문제가 있어?"

"이번 호 특집이 일주문인데 아직 자료 정리를 하지 못했어요. 오후까지 원고를 넘겨야 하는데 마음이 급하니까 잘 써지지 않아요. 편집장님과 통화라도 하면 실마리가 풀릴까 해서 ···."

"그걸 이제 말하다니. 어제 말했으면 좀 좋아?"

"저도 처음 쓰는 일이라서 기준이 안 잡혀 있고, 취재에 집중하느라 여유를 갖지 못했어요."

"어떻게든 정리를 해 봐야겠는데… 이런 기준으로 설명해 보면 어떨까? 일주문은 원래 샤머니즘의 산물인 솟대로부터 기원하잖아. 솟대는 신성한 장소를 의미하는 소도임을 알리기 위해 꽂아 둔 깃발이었지. 불교가 보편화되면서 솟대는 점점 사라지고 당간지주로 변형되어 일주문이 되었지. 불교가 한국에 들어와 전통 종교였던 샤머니즘의 일부를 습합하게 되는데 일주문도 그 유형의 하나라고 볼 수 있지."

"좌우 당간의 어원이 당간지주에서 시작하는 것처럼요?"

"뭐가 좀 통하는데? 솟대는 하늘과 땅을 연결해 주는 상징적 매개체였어. 솟대가 있는 곳엔 신이 내려와 있다는 의미였고. 그렇다면 일주문 안은 신성한 영역인 소도인 셈이지. 지금도 일주문은 성(聖)과 속(俗)을 경계 짓는 상징물이고. 초월적 영역에 대한 동경은 모든 종교의 열망이고 그곳은 하늘에 존재할 거라 생각하듯이, 일주문의 형태도 하늘에 떠 있는 구조를 하고 있지."

"일주문에는 문이 없잖아요?"

"문짝도 없고 담장도 없으니 상징적 공간 분할의 의미를 가진 문 없는 문이지. 성과 속이 분절되면서도 영원히 단절되는 것은 아니라는 의미야. 분절되지만 내외성을 동시에 확보하면서 하나로 승화되는 이치지. 그래서 기둥도 한 줄로 나란히 서 있잖아. 세속을 여의지 않는 진리의 가치를 품고 있는 것이지. 오는 사람 막지 않고 가는 사람 잡지 않는다는 것은, 바라보는 방향에 따라서 결정되는 가치일 뿐, 분별의 대상이 되지는 않잖아."

"이제 감이 좀 잡혀요."

"빠뜨리지 않아야 할 것은 일주문을 통해 독자에게 메시지가 전달되어야 한다는 거야. 현상과 역사를 넘어서 독자와 연결 통로를 만들어 줘야 잡지의 역할을 다하는 것이지. 이를테면 '현대를 살아가는 우리의 일주문은 어디인가' 정도는 물어 줘야 하잖아. 형태는 다를지라도 누구나 일주문 하나쯤은 가슴에 품고 살아가지 않겠어?"

"그래야 앞으로 쓸 사찰의 3문 구조에 대한 의의가 이어지겠어요. 감사합니다. 휴가 잘 보내세요."

평소의 박해준이라면 고개를 꾸벅했을 거라는 생각에 그녀는 피식 웃음이 나왔다. 그사이 커피를 사 들고 온 한길이 장난스럽게 그녀의 코앞에 들이밀었다.

"흠, 커피 향을 맡는 것만으로도 감각들이 살아나는 것 같아. 출판사 일은 작은 것으로 액땜했어. 이상하게 책이 나올 때마다 한 건씩은 터뜨리고 지나간단 말이야. 잡지 시작할 때 돼지머리 놓고 고사라도 지내야 했는데…."

"뭐야, 그 정도의 글도 못 쓰는 사람에게 원고를 맡겼단 말이야?"

"출판사 들어온 지 얼마 되지 않은 친구야. 더구나 취재 기사를 처음 쓰는 것이니 얼마나 긴장하고 당황했겠어. 미술사학으로 석사 학위까지 받았으니 이론은 나보다 더 나을 거라 생각하고 믿었지 뭐. 뭔가 불안한 느낌이 있었는데 그거였네. 이제 평창을 향해 달려 봅시다."

"서울 아이들에게 가지 않고?"

"아니야. 처음의 생각대로 갑시다. 비 맞으며 다니는 여행도 운치 있을 것 같아."

"허허, 비가 오니 당신 마음도 이리저리 흔들리나 봐. 나는 왠지 고생길에 들어서는 것 같아 내키지 않지만, 마님 명이니 어쩌겠어. 앞으로 달려야지. 커피 식겠다. 어서 마셔."

"카페인을 흡입하면 정신이 좀 나겠지?"

그녀가 커피를 마시는 사이 굵은 빗발로 쏟아지던 소나기도 점차 수그러들었고, 막혔던 길도 서서히 풀리기 시작했다. 계기판의 숫자가 40에서 50으로 올라가다가 규정 속도에 가까워졌다. 그들의 휴가도 비로소 시작되고 있었다.

장마철이라 언제든 비가 올 수 있다는 사실을 감안하고 나선 길이지만, 휴가 내내 오는 비는 번거롭고 불편했다. 여행을 쉬기보다는 많이 보고 느끼는 데 있다고 생각하는 한길은 3일 동안 찾아다닐 여행지의 정보를 깨알같이 메모해 왔다. 그러나 비가 와서 갈 수 있는 곳이 한정되었고, 바삐 서두를 이유도 없게 되었다. 셋째 날엔 차라리 오대산엘 가자는 그녀의 제안에 한길도 반대하지 않았다. 한길은 월정사나 상원사에서 사찰 사진 몇 컷만 건져 와도 휴가는 의미가 있을 것이라고 한 수 더 얹었다.

그럼에도 비가 오는 날 오후의 산행은 무리였다. 오대산은 샌들이나 슬리퍼를 신고 오를 만한 산이 아니었는데 그들은 무모하게 나아갔다. 비바람 속의 산길을 가 본 경험이 없기에 그럴 수 있었다. 그녀는 풀린 샌들의 끈을 다시 묶고 나서 앞서가는 한길에게 큰 소리로 말했다. 누가 이곳에서 기다려 주는 것도 아닌데 부득불 산으로 향하는 이유를 알지 못하겠어. 그런데도 우리는 가고 있잖아. 어쩌면 누군가가 우리를 끌어당기고 있는지도 모르지. 한길이 소리쳤다. 조심해, 미끄러우니 나무뿌리나 돌은 밟지 말고!

숲속 깊이 들어설수록 그들은 점점 말을 잃었다. 비 오는 날의 숲은 기묘한 느낌과 신비로움을 동시에 드러내 마치 현실 세계가 아닌 것 같은 느낌을 자아냈다. 곧고 힘차게 뻗은 아름드리나무들이 있는 곳을 지날 때는 숲이 내는 소리와 풍광이 주는 경건함으로 침묵해야 했고, 잡목과 풀들이 우거진 등성이를 지날 때는 세찬 바람에 몸이 흔들려 제 몸 지탱하느라 침묵했다. 그녀는 바람이 한바탕 휩쓸고 갈 때마다 휘어지는 우산대를 움켜잡기 위해 온몸의 힘을 모아야 했다. 오대산은 그들을 비바람 속으로 내던지며 쉽게 받아들이지 않았다.

상원사에서 문수전 참배를 마치고 나와 적멸보궁으로 향하는 숲길로 들어설 때였다. 몇 발자국 앞서간 한길의 뒤를 쫓기 위해 발걸음을 빠르게 떼던 그녀는 아래에서 올라오는 남자를 보았다. 거리가 꽤 있어서 그녀가 먼저 길에 들어섰는데 공교롭게도 남자와 부딪치게 되었다. 비 때문에 자기 발걸음에만 집중하던 남자는 그녀를 보지 못했고, 그녀는 아래에서 올라오는 그의 행동이 그토록 민첩할 거라 예상하지 못한 결과였다. 지숙이 한 걸음 뒤로 물러서는데 그녀의 우산 끝이 남자의 배낭에 걸렸다. 남자가 멈칫, 뒤를 돌아보았다. 그 순간 번개와 함께 천둥 치는 소리가 산속을 뒤흔들었고, 남자의 얼굴에도 번갯빛이 스쳐 갔다. 그녀는 예기치 않게 일어나고 있는 현상들이 낯설어 어떻게 해야 할지 몰랐다. 엉거주춤 서 있는 그녀에게 남자가 어서 좀 풀어 달라는 손짓을 했다. 배낭에 걸린 우산대를 풀고, 옆으로 비켜서자 남자가 그녀를 흘끔 쳐다보고는 성큼성큼 앞으로 나아갔다. 흔히 있을 수 있는 일이었지만 섬광 속에서 본 남자의 인상이 그녀의 머릿속을 꽉 채웠다.

산길에서 스치는 수많은 사람처럼 그저 그렇게 만난 사람일 텐데 남자는 왜 특별한 느낌이 드는 걸까. 그는 하얀 비닐 우의를 입고 있었으나 행장의 초라함까지 감춰지진 않았다. 그러나 빗속에서의 행동은 얼마나 의연했는가. 어떤 일이 있어도 서두르거나 당황하지 않을 것 같은 초연함이 몸에 밴 사람이었다. 물에 젖어 목에 달라붙은 긴 머리카락과 수염이 집 나와 떠돈 지 오래된 사람처럼 보였다. 그러나 찰나간에 스쳐본 남자의 형형한 눈빛은 예사로운 사람이 아니라는 생각을 하게 했다. 그런 눈으로 누군가를 본다면 그 사람의 영혼 속에 가라앉은 삶의 진원지를 볼 수 있지 않을까.

산사람이라 여겼다. 평범하게 일상을 사는 것으론 성이 차지 않아 무엇인가를 찾아 떠도는 사람. 부딪치고 깨뜨리고 다시 만드는 파괴와 재생의 일상보다는 우주의 섭리에 마음이 끌려 자연 속으로 뛰어든 사람. 세상 어느 한 곳에선 그의 아내가 집 나가 떠도는 영혼 땜에 세상살이에 더 지쳐 가고 있을지도 모르겠다. 분명 세상에 존재하나 아무나 쉽게 경험할 수 없는 어떤 것을, 굳이 표현하면 비의스런 한순간을 엿본 것 같은 느낌 속에서 산행은 계속되었다.

마침내 이내 속에 싸인 적멸보궁이 희미하게 모습을 드러냈다. 적멸보궁…. 적멸이 있는 곳을 왜 보궁이라 했을까. 바깥 경계에 마음의 흔들림이 없어 번뇌가 없는 보배스러운 궁전이라니, 가히 부처님의 처소다. 일체의 상을 여읜 것을 적멸이라 한다면 얼마나 깊은 심연으로 들어가야 할까. 다람쥐 한 마리가 지숙을 안내하듯 앞장서서 계단을 올라간다. 눈으로 좇다 생각을 멈춘다. 원망스러울 정도로 줄기차게 내리던 비는 어디론가 미련 없이 사라졌다. 서쪽으로 빠르게 흘러든 운무는 첩첩으로 산을 에워싸더니 금세 비경을 만들었다. 사방을 둘러보는 지숙에게는 적멸보궁 주변이 신비하게 장엄 되는 비천상 같았다. 조금 있으면 어둠이 찾아올 시간이다.

법당은 밖에서 보는 것 이상으로 작고 소박했다. 적멸보궁인 만큼 불상은 모셔져 있지 않았다. 상단 양쪽의 촛불 사이로 작은 향로가 있고, 사과와 배, 작은 수박 한 덩어리가 놓여 있었다. 누군가 이곳에 참배하러 오거나 기도하러 오면서 들고 와 올린 공양물일 것이다. 제 몸 하나도 제대로 이끌지 못해 허둥대며 올라온 그녀는, 과일을 들고 온 그들의 정성이 곧 기도라 여겼다. 부처님의 본래 뜻은 그러했을 것이다. 화려한 불상을 곳곳에 세우고, 그 외양을 참배하기보다는 적멸의 마음 깨쳐 모두가 행복한 자유인이 되길 바라셨을 것이다. 석가모니 부처님이 이 세상에 오신 뜻이 그러했으니.

불상 대신 유리 벽 너머 사리탑이 보이는 자리에서 한길과 그녀는 삼배를 올렸다. 50대 후반쯤 보이는 보살이 곧 법당 문을 닫아야 한다며 그날 올린 공양물을 모두 들고 나갔다. 한길은 삼배를 하고 밖으로 나갔으나 그녀는 아무 생각 없이 절을 계속했다. 마음과 몸이 원하는 대로 맡기고 절하는 행위에만 열중했다. 들이쉬는 숨 속에 현재가 있고, 내쉬는 숨 속에 한 생이 지나가고 있었다. 시간이 얼마나 지났는지, 바람에 흔들리는 목어 소리가 점점 가늘어지기 시작하다가 이윽고 바람 소리에 묻혀 버리고 법당은 고요로 가득 채워졌다. 일어났다 엎드리기를 반복하는 그녀의 움직임만 살아 있다. 그녀의 이마에서 구슬 같은 땀방울이 뚝뚝 떨어지자 비로소 밖에 있을 한길에게 생각이 미쳤다. 밖으로 귀를 열자 보살과 한길의 이야기 소리가 들려왔다.

"괜찮습니다. 먼 데서 오신 분에 비하면 제가 조금 기다리는 것은 일도 아니지요. 오대산 적멸보궁은 그만한 인연이 닿아야 올 수 있는 곳 아닙니까? 처사님, 지독한 피부병에 걸렸던 세조가 저 계곡에서 문수보살의 가피를 입어 말끔하게 치료했던 곳이라는 거 아시지요?"

"그럼요. 오대산의 설화 중에 가장 잘 알려진 이야기 아닙니까?"

"그렇다면 이곳 적멸보궁의 기원도 아시겠군요?"

"신라의 자장율사가 중국 오대산에서 기도하던 가운데 문수보살을 친견하고 석가모니 부처님의 정골사리를 모셔와 봉안한 성지로 압니다."

"제가 쓸데없이 말을 많이 했습니다. 오늘 법당 청소는 보살님 몫이오. 아무리 작은 일도 다 인연 따라 지어지는 것을 보면 세상 이치가 참 묘해요. 보살님! 기도 끝나면 법당 한 번 쓸고 나오세요. 한결 편안해질 겁니다. 오대산과 전생 인연이 많은 보살이네요."

앞부분은 작게, 뒷부분은 지숙에게 들리도록 큰 소리로 말했지만, 법당 마당에서의 대화 소리는 보궁 주변의 숲에 울려 퍼졌다.

그녀가 법당 문턱을 나설 때 밖은 어둠이 내려앉고 있었다. 구름인지 이내인지 사방이 희뿌윰함 속에 묻혔고, 저녁은 반어둠 상태로 사물들을 감싸 안아 각각의 경계를 해체하였다. 곧 짙은 어둠이 찾아들면 그 어둠은 사물의 형체를 구분 없이 모두 품어 안을 것이다. 밤새들이 깃을 치며 날아오르는 사이로 목어 소리도 살아나고 있다. 법당 문을 닫고 마당 쪽을 보니 한길은 이미 보궁의 탑돌이를 마치고 그녀를 기다리는 중이었다. 그녀는 조금만 기다리라는 손짓을 하며 법당 뒤의 사리탑으로 갔다. 자신을 따르는 희미한 그림자를 보고 하늘을 올려다보니 그새 열나흘 달이 구름 사이로 둥실 떠 있다. 달은 빠르게 흘러가는 구름이 가릴 때는 어둠이었다가 구름이 걷히면 환하게 제빛을 뿜어냈다.

부처님 진신사리를 모신 탑 앞에 서서 합장하고 광명진언을 반복했다. 아무런 사념도 일지 않는 고요한 평화가 마음과 몸으로 느껴졌다. 적요 속으로 점점 빠져들다가 그녀는 어디론가 흘러가고 있었다. 그리고 어느 순간, 그녀의 몸에 강렬한 떨림이 느껴졌다. 눈앞에 회오리바람이 부는가 했더니 안개가 자욱한 길이 나타났다. 보름달은 은가루 같은 빛을 뿌리고, 머리를 늘어뜨린 여자아이가 그 달빛을 받으며 혼자 길을 가는 모습이 나타났다 사라졌다. 수천 존재들이 제각각 소리를 내듯 알 수 없는 소리들이 들려왔다. 공기가 부딪치는 소리, 서로 다른 바람이 만나 내는 쇳소리, 현악기와 타악기가 만나 내는 음악 소리, 일정한 리듬을 가진 소리, 불규칙한 파동의 소리, 존재들이 웅웅거리는 소리가 혼재해 들렸다.

일순, 천상의 소리처럼 아름다운 음악이 들리면서 수백 수천의 영롱한 구슬들이 환한 빛으로 땅에 구르기 시작했다. 그녀에게 달무리 같고 무지개 같은 환상이 깜빡깜빡 졸듯 다가왔다 물러가더니 눈부신 광채가 들어왔다. 꿈인가, 현실인가. 흡, 들이쉰 숨조차 내쉴 수 없어

멈춘 상태에서 눈을 떴다. 짙은 먹구름 사이로 풍만한 몸을 드러낸 달이 위엄의 빛을 뿜어 새로운 세상을 지어내고 있었다. 교교한 달빛은 사선으로 보궁 끝에 내려앉았다가 다시 사선으로 그녀 앞에 내려와 있다. 빛을 따라 그녀의 시선이 머문 곳에 달무리를 둥글게 휘감은 보살이 있었다.

금빛 옷을 입고 찬란한 구슬 광명을 거느린, 푸른빛 깊은 눈망울로 짙푸른 연꽃 위에 앉은 더할 수 없이 수승한 모습이었다. 그녀는 자신도 모르게 관세음보살을 되뇌며 합장했다. 광명을 두른 관세음보살 주위는 오색이 찬란하고 하늘에선 천만 송이 꽃 빛이 흩날리는 듯했다. 향기로운 가슴, 황금빛 상서로운 모습 앞에 그녀는 무릎을 꿇었다.

어딘가 다른 공간에 있다가 돌아온 것처럼 자신의 몸이 툭 떨어지는 느낌에 정신이 들었다. 그녀는 놀람을 넘어선 전율로 호흡을 멈추고 있다가 어느 순간 자신의 숨을 좇아 긴 숨을 내쉬었다. 숨과 함께 현실임을 자각했다. 비로소 무풍기량으로 일어나는 일념의 순간이면서도 아스라한 서방정토 극락세계를 돌아 나온 것 같은 느낌이 들었다. 피안의 세계에서 돌아온 순간, 현실이 오히려 낯선 느낌이 들었다.

"여보오, 더 늦으면 안 되니 그만 내려갑시다아."

한길이 부르는 소리가, 시간을 멈추고 공간을 고정시켜 버린 것 같은 정적을 깼다. 반야의 지혜를 밝히겠나이다, 자신도 모르게 합장하며 나온 소리였다. 그리고 비로소 빛이 머물던 자리에서 보궁을 향해 앉아 있는 사람이 보였다. 그는 미동도 하지 않았다. 방금 본 관음상은 그의 몸으로부터 출현한 것일까. 아니 관세음보살이 그의 몸과 영혼을 통해 화현한 것일까. 가부좌를 푼 사람이 천천히 일어섰다. 숲에서 내려온 바람이 그곳을 지나갈 때 은은한 향냄새가 번져 왔다. 예기치 않은 충격 속에서도 그녀는 그를 향해 합장했다. 그가 누구든 저절로 움직인 몸이 그러했다. 그 사람이 두 손을 가볍게 모음으로써 예를 표했다. 그가 옆에 내려놓았던 배낭을 짊어질 때 지숙은 남자를 알아봤다. 그녀의 우산 끝에 걸렸던 그 배낭이었다.

왠지 그가 세속에 드러나지 않길 바라는 마음이어서 한길에게는 자신이 경험했던 이야기를 하지 않았다. 아니, 자신의 언어로는 설명하려 해도 할 수가 없었다. 남자가 마당을 가로질러 그들 옆을 지나며 지숙을 보았다. 마주친 그 눈 속에 한없는 자애로움이 담겨 있었다. 아니 애잔한 눈길이라는 게 더 적절할까. 계단으로 향하는 그의 뒷모습을 보며 그녀는 왠지 남자로부터 무엇인가를 받거나 들어야 할 이야기가 있을 것만 같았다. 이런 시간을 만나기 위해 그 먼 길을 애써 달려왔던가. 그러나 그 실체를 알지 못하는 그녀로서는 어떤 자기표현도 할 수 없었다. 남자는 어둠 속에서 순식간에 모습을 감추고 비로소 마음이 다급해진 그들은 적멸보궁의 보살이 랜턴을 들고 앞서가는 길을 따라 산을 내려왔다.

상원사에 도착하자 지숙 부부는 보살과 헤어지기 위해 인사를 했다. 그때 보살이 지숙을 불렀다.

"보살님, 손 좀 빌려주세요."

지숙이 뜻을 몰라 보살의 눈을 찬찬히 바라보다 손을 내밀었다.

"아끼는 염준데 왠지 보살님에게 더 잘 어울릴 것 같군요. 상원사 큰스님께서 문수보살의 지혜를 닮으라고 내려 주셨던 것입니다."

"그 귀한 물건을 제가 어찌…"

"오늘 적멸보궁의 보살님을 보며 53선지식을 찾아 구도행을 떠나던 선재동자의 모습을 생각했습니다. 부디 여행 잘 마치시길 바라는 내 응원의 징표입니다."

지숙의 손목에 염주를 끼워 준 보살은 합장에 응대한 후 어둠 속에 잠긴 절집의 후원을 향해 사라졌다.

빗나간 예측

　지숙이 휴가를 마치고 아이들이 사는 집으로 온 그 밤, 까무룩 잠이 들었다가 눈을 떴다. 벽에 걸린 시계를 보니 새벽 2시였다. TV에선 패널들의 격앙된 목소리가 새벽이라는 시간에 대한 통념을 깨부수고 있었다. 고개를 돌려 화면을 보기 전에 이미 영화 〈디워〉와 〈괴물〉이 해부되고 있다는 것을 알았다. 아니, 좀 더 정확히 말하면 '괴물'의 난자질이었다. 지나치게 편향적으로 '괴물'을 몰아붙이는 문화평론가 J의 눈빛에는 분노가 역력해 보였다. 괴물에 대해서 그의 눈에, 표정에, 목소리에 하이에나처럼 들끓는 모독이 들어 있었다. 저 사람이 왜 저럴까. 단순히 문화 현상이나 예술을 대하는 미학적 차이라고 보기에는 그가 앉아 있는 자리가 공중파 방송국이라는 점이 걸렸다. 그럼에도 그녀는 J의 분노를 이해할 것 같았다. 분명 그가 잘못하고 있으나 그의 폭력적 발언에 심정적으로 맞닿아지는 것이 있었다. 이 모순된 감정을 어떻게 받아들여야 할까. 매우 이른 새벽, 가당찮은 그들의 언쟁에 귀가 솔깃해져 채널을 돌리거나 TV를 끄지 못하는 이유가 뭘까.

그러다가 어느 순간 누워 있는데도 불구하고 옅은 빈혈 증세가 느껴졌다. 그 순간 발딱 일어나고 싶은 충동이 일었지만 한 번 달아나 버린 잠을 불러오려면 쉽지 않다는 걸 알기에 그대로 방바닥에 몸을 붙이고 견뎠다. 몸의 반응에 따라 주지 않고 자신의 의지대로 몸을 제어해 본 것이다. 그리고는 도중에 잠이 깬 것에 대해 노여움이 살짝 스쳤다.

"이제 그만 자지 그러니? 이 밤중에 깨어 있는 것 자체가 죄를 짓는 거라니까."

"엄마 잠 깼나 봐. 우리의 죄를 사하여 주옵시고⋯."

재빠른 동작으로 불을 끈 은우와 지우가 그녀 양옆으로 누웠다. 길을 걸을 때면 두 아이가 엄말 연행하자며 양쪽에서 팔짱을 끼던 투로 아이들은 엄마 옆으로 파고들었다. 그녀의 손을 잡는 은우의 손에 땀이 배어 있다. 비는 그쳤으나 밖은 여전히 열대야 현상으로 무덥고 눅눅할 것이다. 에어컨이 꺼진 방 안의 공기는 차츰 후텁지근해졌다. 습기를 머금은 무거운 공기가 온 방 안을 휘돌고 있다. 적막한 밤, 선풍기가 돌아가는 소음 사이로 다급한 앰뷸런스 소리가 한바탕 휘젓고 지나간다. 누군가 위급한 순간에 처했거나 사고를 당한 게지.

은우와 지우의 숨소리가 쌔근쌔근 들리고, 현관 입구의 방에서 아들 영우와 함께 자는 한길의 옅은 코 고는 소리도 들려왔다. 모두 잠든 시간에 혼자 잠 못 들고 깨어 있다는 고독감이 자꾸 자신을 즐거움이나 희망, 이런 감정들로부터 분해해 가는 느낌이었다. 몸은 천 근 짐을 진 것같이 무거운데 정신은 점점 또렷해졌다. 좀 전에 느꼈던 현기증과 비슷한 증세가 이번에는 좀 더 강하게 지나갔다. 깊이를 잴 수 없는 공포가 짧은 순간 그 위를 덮쳤다 사라졌다. 그런 상황을 더 이상 이기지 못해 그녀는 벌떡 일어나 밖으로 나갔다. 20년 된 아파트를 에워싼 둥치 큰 활엽수의 이파리들이 바람이 불 때마다 유리창이 없는 복도 안으로 들어와 괴물의 혀처럼 날름거렸다. 으스스한 기분을 떨치려 멀리 불빛들을 바라보다 방으로 돌아왔다. 다시 숨을 쉴 수 없는 답답함이 시작되었다.

시계를 보니 새벽 네 시가 지났다. 날이 밝을 때까지 혼자 견딜 자신이 없자 지숙은 남편을 깨웠다.

"응? 왜 그러는데?"

"나도 몰라. 답답해서 견딜 수가 없어."

"너무 피곤해서 그런가?"

깊은 잠에서 빠져나오지 못한 그가 하품하며 지숙을 데리고 복도로 나갔다. 바깥 공기를 쐬면 좀 나아질까 싶어 잠시 복도를 서성이며 기다려 봤으나 상황은 달라지지 않았다. 두어 번 반복하던 한길이 뭔가를 결정한 듯, 거실에 요를 깔았다.

"면벽하고 앉아 봐. 잠이 오면 움직이지 말고 그대로 누워. 그러면 잠이 들 거야."

평소였다면, 벽을 쳐다보고 앉으면 잠이 온다는 말이 가당치도 않다고 했겠지만 말 잘 듣는 아이처럼 그녀는 천천히 몸을 움직여 따라 했다. 얼마 지나지 않아 어린아이처럼 웅크리고 잠이 들었다. 날이 밝기까지 두어 시간 눈을 붙였으나 아침에 깨어났을 때의 증세는 여전했다.

이른 아침, 간신히 몸을 일으켜 화장실에 들어간 그녀는 수도꼭지를 틀고 손으로 물을 받다가 진저리를 쳤다. 한여름의 물인데도 조금

차다고 느끼는 순간 온몸으로 불안감이 전해져 심호흡으로 자신을 진정시켰다. 무엇인가 이상 징후에 대한 몸의 본능적인 반응이었다. 몸이 적응하는 만큼만, 손끝으로 물을 찍어 눈과 코에 대 보며 이해되지 않는 행동에 스스로 어처구니가 없었다. 그녀는 자신에게 설명할 수 없는 이상한 일이 일어나고 있다고 생각했다.

고양이 세수에 감각을 적응시키고 나서 손끝에 와 닿는 물이 미지근해 견딜 만하다고 생각하자 두 손으로 물을 떠서 얼굴을 씻었다. 서너 번, 손바닥으로 얼굴을 훑다가 문득 고개를 들어 거울을 보았다. 아무것도 들어 있지 않은 멍한 표정, 그 동공 속으로 들어가면 아득한 곳에 자신을 내려놓을 안식처가 있을까. 무슨 생각을 하는 거야. 그녀는 고개를 세차게 저으며 이 시간을 견딜 수 있는 절박성이라도 찾으려 했다. 그러나 휑한 눈동자, 스스로도 안타까워 보이는 눈빛이 있을 뿐이다. 내가 왜 이럴까? 그러고 싶지 않은데. 나는 지금 이런 모습으로 있지 않아도 되는데. 무엇보다 이럴 이유가 없는데, 왜 그러는 것일까? 더 이상 생각하고 싶은 의욕이 사라졌다. 그런 중에도 느릿하게 관세음보살이라고 발음하고 있는 자신의 입 모양이 거울 속에 있었다. 관세음보살, 관세음보살…. 숨겨진 내부에서 올라오는 절규였을까. 점점 가속도가 붙어 가는 관세음보살 속에는 그녀가 알 수 없는 절실한 무엇인가가 담겨 있었다. 그리고 곧이어 서러움 참았던 아이처럼 온몸이 들썩이도록 통곡했다.

놀란 아이들이 문을 열고 엄마를 불렀다. 그녀는 울음을 참지 못하면서도 아이들을 피해 아들 방으로 가서 문을 잠갔다. 배고픈 아기가 어미의 젖을 흡족하게 먹을 만큼의 시간이 흘렀을까, 그녀의 울음도 서서히 잦아들었다. 그리고 그 자리에 무너지듯 쓰러졌다. 얼마나 지났을까. 눈을 뜨니 아이들이 걱정스레 들여다보고 있다. 한길은 병원에 가자고 하고, 지숙은 광주의 집으로 돌아가겠다고 말했다. 자신의 생에 무엇인가 변화가 생겼다는 것은 알겠는데 더 이상의 무엇도 확실하게 말하거나 표현할 수가 없었다. 무엇이 어느 틈새로 들이닥쳐 이토록 교란하고 있는 것일까.

아이들은 서울에 남고, 그녀는 남편과 함께 집으로 돌아왔다. 아이들 집보다는 익숙한 집으로 돌아오면 나아질지도 모른다는 기대를 갖고서였다. 그러나 아파트 현관문을 열고 신발을 벗다가 그녀는 그대로 뛰쳐나갔다. 15층에 있는 엘리베이터가 내려오는 잠깐의 시간을 기다리지 못하고 계단으로 뛰어야 했다. 그녀에게 멈춰 있는 시간과 공간은 견디기 어려운 상태였다. 현관의 출입문이 열리고 둥두렷한 뒷산이 눈앞에 드러나자 참았던 숨을 거칠게 내쉬었다. 심호흡하면서 주변을 맴돌았다. 종종걸음으로 맴을 돌던 그녀는 어느 한 곳에 멈춰 섰다. 산에서 불어오는 바람이 건물 1층의 빈 공간을 일직선으로 지나 도달하는 곳이었다. 어느 공간을 지나다 보면 사방의 바람이 묘하게 만나지는 지점이 있듯이, 그 작은 공간에 섰을 때 서늘한 공기가 느껴졌다. 그 자리에 서서 심호흡으로 자신을 진정시키려 했다. 하지만 마음대로 되지 않자 떼를 쓰는 아이처럼 발을 동동거렸다.

문득 빗속에서 맞았던 선뜻한 바람의 감촉이 그리웠다. 그녀는 아직 오대산 계곡의 서늘한 바람을 기억하고 있었다. 빗소리와 세찬 바람 소리, 그리고 바람이 불 때마다 나뭇가지들이 휭휭거리던 소리가 환청처럼 들려왔다. 그뿐만 아니라 산속 존재들의 여러 소리가 한꺼

번에 몰려오자 귀를 틀어막으며 그 자리에 주저앉았다. 지숙의 몸과 마음은 더 이상 틈이 존재하지 않을 정도로 압축된 상태여서 누군가 바늘 끝만 살짝 대어도 폭발해 버릴 것 같았다. 무엇이 이토록 숨 막히게 조여 오는가. 오대산에서 경험한 세계가 그녀를 소환하고 있는 것은 아닌지. 그녀의 몸은 그녀가 실제로 보는 것, 만지는 것보다 훨씬 더 빠르고 예민하게 지각하는 듯했다. 어떤 냄새를 맡으면 토악질을 하고, 아무런 자극이 없어도 안절부절못하고 실성한 사람처럼 헤매야 했다. 퇴근 시간에 집으로 돌아오던 사람들이 그녀를 힐끗거리며 지나쳤다. 가방을 내려놓고 뒤따라온 한길은 어이없다는 표정으로 잠시 지숙을 바라보다 체념한 듯 말했다.

"집 안의 공기를 환기하고 에어컨을 켜 두었으니 집으로 들어가자. 몸을 편안하게 이완시키면 좀 나아질지도 몰라."

"여기, 이 자리에 누워서 자고 싶어. 여기서는 숨을 쉴 수가 있어. 이대로 주저앉으면 잠들 수 있을 것 같아."

"그러고 싶으면 그래. 근데 당신 너무하지 않아?"

그의 목소리가 커졌다. 잠자리가 바뀌면 잠을 자지 못하는 사람이 길거리에서 자고 싶다니.

"그만 집으로 들어가자."

"다시 오대산으로 가고 싶어. 그곳에 가면 괜찮을 것 같아."

"당신, 이렇게 대책 없이 굴 거야? 제발 정신 좀 차려. 오늘 저녁만 참아 봐. 내일은 병원이든 절이든 당신이 원하는 대로 데려갈 테니."

서 있기조차 힘들어진 지숙은 한길이 이끄는 대로 몸을 맡겼다.

지숙이 자신이 왜 아픈지에 대해 원인을 찾지 못하고 막연한 날을 보내고 있던 어느 날, 은우에게서 전화가 왔다.

"엄마, 이상한 꿈을 꾸었어. 너무 섬뜩하기도 하고… 꿈에서 깼을 때 강한 현실감이 느껴지는 꿈이었어. 혹시 엄마 수술을 한다거나 입원할 일은 없는 거지?"

"무슨 꿈인데 그렇게 뜸을 들이는 거야? 꿈은 꿈일 뿐이니 말해 봐."

그렇게 말하면서도 지숙은 가슴에서 불방망이가 쑤욱 올라오는 느낌이었다. 자신도 추스르지 못하는 상태에서 가족 중 누군가에게 변고가 생긴다는 건 두려움 그 자체였다. 의식적으로는 꿈일 뿐이라고 냉철하게 잘라 말했지만 앞서가는 불길함까지 지우지는 못했다.

"엄마, 혹시 수술을 생각하고 있어요?"

은우가 재차 물었다.

"아니, 그럴 거면 진즉 했지 지금까지 이 고생 하면서 버텼겠니? 좀 더 지켜보려고."

"병원이었어. 환자복을 입고 있는 엄마를 내가 업고 있는데 무게감이 전혀 없었어. 허깨비를 업고 있는 거 같아 섬뜩했어. 그런데 옆을 보니 다른 엄마가 또 있는 거야. 나도 모르게 업었던 손을 놓고 옆의 엄마를 안았는데 그때야 존재감이 느껴졌어. 가슴에 꽉 닿는 느낌, 그때에야 사람이라는 감각이 전달되었어."

은우의 꿈은 무엇을 전하려 했을까. 은우의 무의식일 뿐이라고 해도 드러난 무의식은 분명 그 아이의 내면을 투사한 것일 텐데.

"엄마가 이제 아픔에서 벗어나 환골탈태하려나 보다. 그런 네 무의식이 작용하지 않았을까?"

지숙은 담담한 척 그렇게 대답하고 다른 말로 돌렸지만 엄마를 걱정하는 딸의 마음이 전해져 마음이 애틋해졌다. 한 가족에서 맏이로 위치 지어졌다는 것은 책임과 의무가 훨씬 많이 따르는 것일 테니. 전화를 끊고 나서도 생각은 꿈 이야기에서 맴돌았다. 은우의 꿈에 무슨 메시지가 들어 있다 한들 정확히 해석할 수가 없었다.

그러나 1주일쯤 지나서 은우의 꿈이 무엇을 암시하는지 알게 되었다. 그녀가 수술을 결심하면서, 은우의 꿈이 지시하는 건 자신에게서 떨어져 나가는 하나의 우주를 상징한다는 걸 알았다. 은우는 엄마가 수술할 것을 당사자보다 먼저 선몽으로 알려 준 것이다. 여자에게 아기집은 수많은 자신을 잉태할 수 있는 공간이다. 자신 안의 세계를 본디 왔던 곳으로 돌려보내고 나면 지숙은 다시 새로운 생을 살아갈 수 있을 것인가. 예전의 자신을 떠나보내는 것을 시작으로 최소한 자신의 생도 변화하지 않을까. 지나가 버린 것들로 꽉 채워진 자리를 비워 주는 일은 새로운 미래를 더 크게 담을 수 있는 공간을 마련하는 것일 테니까. 어떤 해석을 하든 은우의 꿈 이후 지숙은 수술을 받게 되었다.

수술실 문에서 눈을 떼지 못하고 서성이던 한길은 지숙의 수술 시간이 예정보다 너무 길어지자 불안해졌다. 기다리는 사람에게 시간은 구불구불한 동굴 깊숙한 곳까지 들러 오는지 느리고 더디게 지나갔다. 이토록 음흉한 모습으로 어둡게 다가오는 시간 속에는 어떤 비의가 숨어 있을지 모른다. 한길은 수술실 앞이라 담배를 피울 수도 없고, 무엇인가에 관심을 돌려 보려 했으나 그 또한 집중되지 않았다. 자판기 커피를 뽑으려고 주머니에 손을 넣어 보았지만 잔돈이 없다.

바꾸러 갈까 하다 그사이 지숙이 수술실에서 나와 지나칠 것 같은 조바심으로 자리를 뜰 수도 없었다. 안절부절못하고 한 시간이 또 흘렀다. 더 이상 기다릴 수 없어 회복실의 문이 열리고 다른 환자가 나오는 사이, 안에 대고 큰 소리로 아내의 이름을 불렀다. 그러자 한 간호사가 외쳤다. 수술은 끝났고 마취에서 깨어나지 않았을 뿐이라고.

지숙의 의식은 추위를 느끼는 것으로 회복되었다. 마취에서 깨어나 의식이 돌아오는 순간, 온몸이 떨려 오그라드는 것 같았다. 자신이 의식 속에서 뇌인 첫마디도 '추위'였다. 여기가 어딘데, 왜 이렇게 추울까. 마치 냉동실에 누워 있는 느낌이었다. 그녀의 생 자체가 온통 추위 속에서만 이루어졌던가. 그리고 온몸 구석구석의 살과 뼈들이 따로따로 느껴지면서 무지근한 통증으로 변해 갔다. 몸과 달리 그녀의 의식은 밝은 곳을 향해 나아가는 것을 꺼리듯 뒷걸음질 쳤다. 그녀의 움직임을 알았는지 누군가가 지숙의 뺨을 세게 두들겼다. '눈을 뜨세요. 정신 차리세요.'

지숙이 눈덩이를 올려놓은 것처럼 무거운 눈꺼풀을 간신히 들어 올려 눈을 뜨자 간호사가 보였다. 그녀가 눈을 깜박이는데 희부윰하게 또 다른 사람의 형체가 보였다. '정신이 돌아왔나요? 곧 회복실로 옮길 거예요.' 간호사는 상대의 반응과는 상관없는 말을 앵무새처럼 지껄이더니 그녀의 뺨을 두어 번 두들긴 후 옆 침대의 환자에게로 갔다. 분명 간호사가 사라졌는데 지숙 앞에 사람의 실루엣이 그대로 있다. 안개 속의 사물처럼 흐릿하게 보이다가 어느 순간엔 흰빛을 온몸에 휘감은 사람의 모습이기도 했다. 그녀는 헛것이 보인다고 생각했다. 손을 뻗어 만지려는 순간 그는 사라졌다. 눈 감은 어둠 속에서도 그의 잔영은 그대로 있었다. 그녀는 자신의 정신이 온전하게 돌아오지 않아 착시를 일으켰다고 생각했다. 의식을 회복해야 한다는 것을 자각하면서도 감기는 눈을 이길 수 없었다. 사람들이 움직이는 소리는 들리는데 몸이 마음대로 움직여지지 않았다. 몸이 사시나무 떨듯 하자 지숙은 문득 자신에게서 떨어져 나간 아기집도 이렇게 추웠을까 싶었다. 병실로 돌아온 후 간호사는 눈을 감는 지숙에게 마취가 풀릴 때까지 잠을 자서는 안 된다고 엄포를 놓고 나갔다. 아무리 그랬어도 몰려오는 잠을 이길 재간이 없었다.

한길이 다시 지숙의 몸을 흔들었다. 힘없이 눈을 뜨다가 눈꺼풀이 스르르 다시 감겼다. 극도로 쇠약해진 상태에서 수술을 받았기 때문에 기운을 차리는 데 더 많은 시간이 필요할 것이다. 눈을 감은 채 지숙이 손짓을 했다. 한길은 수술실에 가기 전까지 그녀가 호신용으로 쥐고 있던 관세음보살 조각상을 링거를 맞지 않은 왼손에 쥐여 주었다. 잠시 눈을 뜬 지숙이 그나마 멋쩍은 웃음을 보이며 관음상의 향을 맡더니 다시 눈을 감았다. 그런 모습을 보니 한길은 어제의 일이 생각났다. 입원 수속을 마치고, 병실로 들어왔을 때 지숙은 무연한 표정으로 창밖을 내다보고 있었다. 그 모습이 한길의 눈에는 오히려 누군가를 간절하게 기다리는 모습으로 보여 애잔함이 스쳤다.

수술 후 첫날은 잘 견디더니 마취가 풀린 뒤에는 잠을 이루지 못했다. 숙면을 취하지 못해 신경은 더 예민해져 있으니 잠이 오지 않는 악순환을 겪어야 했다. 이틀 후부터 지숙의 상태는 수술 전으로 돌아가고 말았다.

"왕비병이 심하시군요. 부인과 수술로 이렇게 엄살을 부리는 환자는 처음입니다."

한길이 이른 아침에 회진 나온 젊은 주치의에게 지숙의 불안감을 설명하자 그는 되레 자신의 피로감이 더하다는 투로 말했다. 무식한 의사 같으니라고! 기껏 수술칼이나 드는 주제에 사람의 마음을 어찌 알겠어! 의사가 나가자 지숙이 문을 향해 중얼거렸다. 그리고 다음 날부터 주치의와 대면하지 않겠다고 선언했다. 그녀의 몸이 원하는 온도는 정확히 26.5도여서 병실 온도가 27도만 되어도 안절부절못했다.

다음 날 한길이 집에 들러 문 앞에 쌓인 신문지를 치우고 필요한 물건을 챙겨 병실로 돌아와 보니, 점심상을 앞에 둔 지숙이 밥과 싸움이라도 하듯 노려보고 있다.

"당신, 우엉조림 좋아하잖아. 이거 하고 밥 먹어 봐."

한길이 들고 온 반찬 그릇을 꺼내 놓는데 노크 소리와 함께 문이 열리고 여동생 민숙이 들어왔다.

"언니, 수술은 잘되었다며?"

"어서 와라."

"아프다는 핑계로 형부한테 어리광 부리는 거 아냐?"

"나도 어리광이라면 좋겠다."

"처제, 잘 왔어. 언니 밥 먹는 동안에 같이 좀 있어 줘. 재밌는 이야기라도 해 주면 기분이 좀 나아질지 모르잖아."

"형부가 환자 같아요. 제가 있을 테니 형부는 식당에 가서 식사하고 오세요."

"괜찮아. 처제도 뭐 좀 먹어야지?"

"저야 나가서 먹어도 되니 형부나 다녀오세요."

"당신 괜찮겠어?"

한길의 말과 동시에 밥을 떠먹으려던 지숙이 그 자리에서 일어나 침대 밖으로 나왔다. 불안한 걸음걸이로 서성이는 바람에 링거를 꽂은 팔에서 피가 역류하였다. 한길이 재빨리 링거의 줄을 그녀의 팔 높이에 맞게 조정했다.

"알았어. 내가 있을게. 당신 그렇게 서서라도 몇 숟가락만 더 먹어봐. 기운 차려야 빨리 퇴원하지."

물을 만 밥그릇을 그녀의 손에 얹어 주는 한길의 이마에 땀방울이 맺혀 있다. 말로는 표현하지 않아도 불쑥불쑥 치솟는 감정을 보이지 않으려 그도 애쓰고 있을 것이다.

"내가 있으면 안 돼? 언니, 그 정도 수술한 것으로 엄살이 너무 심하네."

"처제, 언니가 얼마나 불안해하고 있는지 보고 있잖아?"

"호텔같이 좋은 병실에서 호강하는 사람이 불안이 뭔 말이래요? 누가 보면 휴가 온 것 같겠어요."

"그런 문제가 아니야. 마음이 불편한 건 의지대로 되는 게 아니라니까."

"몸이든 마음이든 엄살 부릴 만하니 부리겠지요. 언니처럼 팔자 좋은 사람은 그럴 자격이 있어요 형부!"

"처제, 말이 좀 지나치다. 병문안 온 사람이 위로는 못 해 줄망정…"

"문병 온 동생을 사람 취급 안 해 준 사람은 언니잖아요."

"처제, 왜 이리 억측을 부려? 기분 나빠도 어쩔 수 없네. 오늘은 그만 가 줘. 우리 나중에 이야기하자."

민숙이 화가 난 얼굴로 창 옆의 간이침대 위에 두었던 가방을 낚아채듯 집어 들더니 얼굴이 파랗게 질려 있는 지숙 옆을 지나 그대로 나갔다. 한길이 그녀의 손에서 그릇을 뺏어 내려놓고 침대로 데려와 눕혔다.

"식사는 안정이 되고 난 다음에 하는 게 좋겠어. 동생이라고 문병 와서 참 못되게 굴다 가네. 차라리 처제에게 고함이라도 지르지 그랬어?"

"싸울 의욕이라도 있음 그 힘으로 살겠어."

대꾸하는 것조차 귀찮다는 듯이 지숙이 간신히 말했다. 잠시 침묵 속에 있다가 벽을 향해 돌아눕는데 베개가 흥건하게 젖어 있다. 그런 모습을 보는 한길의 마음이 먹먹해진다. 여동생이니 도란도란 이야기라도 하면 마음이 좀 편안해질까 싶어 같이 있길 권했는데 그조차도 어려운 일인가 싶다. 한길은 종잡을 수 없는 아내를 보면 화가 나면서도 당사자는 오죽하랴 싶어 애잔한 마음도 생겼다. 울증 상태가 지속되니 차라리 흥분하는 모습이라도 봤으면 좋겠다는 생각도 들었다. 그러면 의욕이 좀 생길까. 속단하긴 이르나 수술은 지숙에게 별다른 변화를 가져다줄 것 같지 않았다. 수술이 탈출구라고 생각하고 몸을 던졌으나 오히려 문제의 발단이 되는 건 아닌지 한길의 마음도 흔들렸다. 어쩌면 그녀의 증세와 수술은 아무런 관련이 없을지도 모른다. 그렇다면 어디서 병인을 다시 찾아봐야 할까.

수술 후 나흘이 지나고 비가 오는 그날 저녁은 공기가 제법 선뜻선뜻해졌다. 산부인과 병동에선 환자들을 위해 히터를 켜 주었는지 더

운 바람이 나오자 지숙은 비명을 지르며 밖으로 뛰쳐나갔다. 독가스를 감지한 사람처럼 병실에서 멀리 달아나서야 멈췄다. 마치 죽음과 삶의 경계가 지워질 때 그걸 감지한 자에게서 나오는 행동처럼 그녀는 필사적으로 도망쳤다. 대체 그녀의 경련적인 혼란의 원인은 무엇일까. 한길로서도 속수무책이었다. 저 사람이 왜 저럴까. 지숙을 좇아 경황없이 뒤따르는 한길에게 복도를 지나던 사람들은 의아한 시선을 던졌다. 겨우 진정시켜서 산책로를 따라 걷는데 병원과 인접해 있는 체육대학 건물 주변에서 그녀는 발걸음을 멈췄다. 하나, 둘, 셋, 네엣 우렁찬 구령을 외치며 체육관을 돌고 있는 건장한 학생들의 모습이 눈에 들어왔다. 지숙이 그들을 망연히 바라보고 있었다.

"나도 저렇게 힘차게 달릴 수 있으면 좋겠어."

힘없는 목소리로 그녀가 말했다.

"당신도 회복되면 얼마든지 달릴 수 있어."

한길은 대답하며 아내의 손을 잡았다. 그들은 병원 주변을 두어 번 돌다가 병실로 돌아왔지만 그날 밤에도 그녀는 잠들지 못했다. 병원에선 마취 후유증으로 며칠 동안 잠이 오지 않을 수도 있다고 하였다. 간호사를 통해 수면제를 가져다 먹였지만 그것도 초저녁에 잠시 효과가 있었을 뿐이었다. 그녀에게 어떤 아픔이 숨겨져 있기에, 이전의 강단진 마음을 다 빼앗기고 저렇게 허물어져 가고 있는가. 웬만한 잔병치레 따위는 일하다 보면 물러간다고 몸져누워 본 적이 없는 그녀였다. 정신이 건강하면 몸도 건강하다고 말하던 그녀는 어디로 사라진 걸까. 저 마음 깊은 곳에 무엇이 숨어 있어서, 무구한 감성을 잃어버린 사람처럼 물방울 떨어지는 소리에도 화들짝 놀라는 것일까.

아내를 어떻게 돌봐 줘야 하는지 막막해진 한길은 장모에게 연락하고 싶기도 했으나 그것은 마음이 흔들린 순간 스치는 생각일 뿐이었다. 장모라면 딸의 아픔을 알고 이해하여 그에 맞게 대처해 줄지도 모르겠다는 위안 섞인 생각을, 평소 살갑게 오고 가지도 않던 사람이 아프니까 노인에게 도움을 청한다는 자의식이 덮어 버렸다. 한길의 마음속엔 아직도 장모의 수술 문제로 겪어야 했던 여러 일이 삭혀지지 않아 생생하게 남아 있었다. 무엇보다도 아내는 지금 어머니를 원하지 않을 것이다. 한길이 결혼한 이후 크고 작은 일에 직면할 때에도 그녀는 어머니를 찾지 않았다. 다른 여자들은 문제가 있으면 친정으로 달려가고 어머니에게 의지하기도 하더니만, 그녀는 혼자 감당하기 어려운 일은 포기할지언정 어머니에게 손 내밀지 않았다. 지금이라고 뭐가 다를까.

퇴원하고 며칠 동안 잠을 자지 못하고, 먹는 일에 관심이 없어지자 지숙의 상태는 극도로 악화되었다. 자궁 적출은 그녀의 증세를 심하게 했을 뿐이다. 모든 에너지가 그곳에 몰려 있다가 빠져나가기라도 한 듯 아랫배가 허전하다며 두 손으로 감싸고 다녔다. 같은 경험을 한 여자들은 반년은 지나야 그런 느낌에서 벗어날 수 있다고 했다. 한길은 그녀가 기운을 차리는 일이라면 무엇이든 구해다 먹이고 싶었다. 반면에 그녀는 아무것도 먹고 싶지 않다고 고개를 저었다.

기력이 보강되면 나아질까 해서 대체 식품을 구해야겠다고 생각한 한길은 아침저녁으로 쇠고기와 장어구이를 번갈아 가며 식탁에 올리기 시작했다. 그는 자신이 할 수 있는 일이라면 어떤 것도 다 동원하고 싶어서였지만 어디 사람의 병이 먹는 일로만 치유될 수 있겠는가. 몸의 기력을 통해 마음까지 치유하기엔 한계가 많았다. 그런 식단으로 연명하는 것도 며칠 지나자 고기 굽는 냄새만 나도 구역질을 해 댔다. 식사 준비를 하면서 오늘은 좀 달라질까 싶은 매번의 기대는 바람 앞의 성냥불처럼 허망하게 스러졌다. 그날도 저녁 식탁에 고기 담은 접시를 내려놓는 한길의 손길이 긴장해 있었다.

"이 접시에 담긴 고기는 다 먹어야 해. 약이라고 생각하고 먹어. 이걸 먹어야 산다고 생각해."

"그렇게 몰아붙이지 마. 나도 생각대로 먹을 수 있음 좋겠어."

지숙은 자신을 위해 하는 말이라고 생각하면서도 한길의 말투에 짜증이 치밀었다. 저 사람은 늘 저런 식이야. 상대의 생각이나 마음 상태는 전혀 배려하지 않지. 사람을 대하면서도 일을 하듯 분명하게 가름하는 사람이지. 아무리 고약한 먹거리도 먹겠다고 작심하면 먹을 수 있고, 무엇이든 하겠다고 결심하면 해내는 사람이지. 의지만 가지면 못 할 게 없다고 생각하는 사람이지.

"당신, 수술받기 전에 헤모글로빈 수치 올리려고 생간 먹었던 것에 비하면 아무것도 아니잖아."

"그래도 생각처럼 안 돼. 끔찍하니 더 이상 말하지 마."

"그보다는 나으니 먹어 보라는 얘기야."

"제발, 상대가 못 하겠다면 그렇게 좀 받아들여 줘. 난 당신이 아니란 말야."

지숙은 참지 못하고 식탁에서 일어났다.

수술 전, 일상생활을 유지하기 위해서는 수혈을 받아야 한다는 의사의 권고에도 남의 피는 수혈받지 않겠다고 미련하게 버텼던 그녀였다. 그러다가 다급한 상황이 닥치자 의사는 헤모글로빈 수치를 올리지 않으면 수술할 수 없다고 엄포를 놓았다. 하는 수 없이 생고기와 생간을 먹었다. 빈혈을 치료하기 위한 단기간의 식이요법으로는 최상의 선택이었다. 수술 날짜를 2주 후로 예약해 놓고 달리 방법이 없었다. 수혈에만 기댈 수도 없는 노릇이었다. 하루에 한 번씩 한길이 구해 온 간을 김에 싸거나 향이 강한 채소에 싸서 삼켰다. 생간이 입에 닿는 느낌이 오면 입을 부풀려 최대한 입 안의 살갗과 닿지 않게 하여 감촉의 면적을 줄여 보았으나 그녀가 생간을 먹을 때는 차라리 죽고 싶었다. 어느 날은 아침 먹은 것까지 모두 토악질하고, 거울에 비친 그녀의 눈을 보니 분홍빛을 띠고 있었다. 내가 짐승의 생간을 먹는구나. 이렇게 내가 짐승이 되어 가는구나. 탄식하며 냉장고에 있는 간을 모두 쓰레기통에 던져 버렸다. 목숨이라는 것, 이렇게 해서라도 살아야 하나, 목숨 부지하기가 이렇게 구차스러운가 싶었다.

그날 오후 퇴근길에 한길은 다시 구해 온 생간을 의기양양하게 식탁 위에 올려놓았다.

"마침 싱싱한 것이 있어서 많이 구해 왔지. 오늘 저녁엔 조금 더 먹으면 좋겠어."

"나, 이제 생간 안 먹어. 아니 못 먹어."

"무슨 소리야? 먹기 싫어도 먹어야 해."

"안 넘어가는 것을 어떻게 먹어."

"살기 위해서인데 못 먹을 게 뭐 있어? 당신을 보고 있으면 답답해서 내가 먼저 어떻게 될 것 같아."

"그래도 못 먹어. 차라리 죽을게. 이제 그 냄새만 떠올려도 토악질이 나와. 제발 나 좀, 살려줘. 이거 좀 치워 줘."

"당신 뜻 맞추기가 너무 어렵다. 당신을 이해하려고 나도 노력하고 있는데 이건 불법보다 더 어려워."

"나도 나를 맘대로 조절할 수 있음 좋겠어. 저걸 계속 먹다가는 수술 전에 내가 먼저 죽을지도 몰라."

"당신 맘대로 해. 죽든지 말든지…."

화가 난 한길이 그녀를 쏘아보다가 자신을 이기지 못하고 밖으로 나갔다. 현관문이 쾅 닫히는 소리를 들으며 그녀는 자신 앞에 있는, 징그럽게도 윤기 도는 핏덩어리가 담긴 접시를 개수대 쪽으로 던져 버렸다. 수도꼭지를 향해 날아가는 동안 중력을 이기지 못한 빨간 핏덩어리가 서너 개 바닥에 떨어지고 접시는 산산조각이 났다. 바닥에 떨어진 핏빛 덩어리를 보자 화를 내고 나간 한길이 떠올랐다. 막막해진 그녀는 퍽퍽 울면서 일어섰다. 그리고 자신에게 말했다. 이걸 왜 못 먹니. 모든 감각을 다 죽이고 다시 먹어 보자. 나는 없다, 죽었다고 여기고 먹어 보자. 자신에게 주술을 걸며 심호흡을 하고 바닥에 떨어진 간을 주워 들어 입에 넣었다. 핏덩어리를 받은 입이, 몸이 동시에 몸서리친 자맥질을 해 댔다. 그녀는 숨을 멈춤과 동시에 손가락을 넣어 물컹한 그것을 목 안으로 깊숙이 밀어 넣었다.

잠시 마음을 가라앉힌 한길이 집에 들어왔을 때 집 안은 온통 비릿한 피 냄새로 진동했다. 순간 불길한 생각이 든 한길이 부엌으로 뛰어들어갔다. 지숙이 쓰러져 있고 주변은 토해 낸 간과 음식물이 널브러져 있다. 그녀는 가슴을 움켜쥐고 가쁜 숨을 내쉬었다. 한길은 지숙을 일으키며 그녀의 얼굴을 보았다. 사람의 모습이 아니었다. 얼굴이 피로 얼룩져 흡혈귀 같은 모습의 아내를 본 그는 심장의 박동 수가 빨라지고 피가 머리로 몰리는 느낌이었다. 지숙을 안아 등을 세게 두드렸다. 목구멍에 막혔던 간이 튀어나오고 토악질을 해 대며 쓰디쓴 담즙까지 뱉어 낸 아내는 그대로 눈을 감았다.

그녀의 호흡이 차츰 편안해지자 수건을 적셔 얼굴과 머리카락에 묻은 이물질을 닦고 안방으로 데리고 가서 눕혔다. 생간을 못 먹겠다는 그녀를 위해 화를 내며 다그쳤던 자신의 행동에 심한 자괴감이 몰려왔다. 생간을 받아들이지 못하는 것은 그녀의 의지가 아니라 몸이었다는 것을 알지 못했다. 건강한 사람이 아픈 사람을 이해한다는 것이 얼마나 피상적인가. 부부일지라도 똑같은 경험을 하지 않은 이상 내가 아닌 타인의 아픔에 온전한 공감은 불가능하다.

후일에 그녀는 진짜 생의 끝이 보였어도 같은 상황이었을까를 스스로 물었다. 그랬다면 목숨이 원하는 대로, 몸의 감각들을 내려놓고 그저 무감하게 모든 것을 받아들였을지도 모른다는 생각을 했다. 죽을 것 같다는 한마디 외엔 아무것도 할 수 없는 사람은 저항도 불가능해서 모든 것을 받아들이지 않겠는가. 오히려 겸허해지지 않을까. 살겠다고 몸부림친 그녀의 저간의 행위는 생에 대한 어리광에 불과했는가. 하지만 그녀는 고개를 저었다. 그 상황에서 자신이 할 수 있는 것은 다했다는 생각에는 변함이 없기 때문이다.

"이렇게 살아서 뭘 하지?"

한차례의 밥 먹기 전쟁이 치러지고 설거지를 하던 한길의 등에 대고 그녀가 불쑥 탄식을 던졌다.

"이러다가 나아지겠지. 잠시 지나가는 소나기라 생각하고 조금만 더 참아 보자."

"도무지 살아 있는 것 같지 않아. 머릿속에 아무것도 없어. 그저 회색빛 공간밖에. 슬픔조차 느껴지지 않아."

"어떻게든 견디면서 다른 방법도 찾아보자."

"다른 방법? 뭐가 있는데? 입으로는 음식물을 밀어 넣자마자 구역질을 해 대면서 언제까지 기다려? 나는 하루하루가 지옥 같은데. 차라리 팔다리 부러진 것은 눈으로 확인이라도 할 수 있지. 뭐가 문제인지 보이지 않으니 더 미칠 것 같아."

아무리 아픈 아내를 이해하려고 해도 인내심에 한계가 왔는지 설거지를 하던 그가 마지막으로 집어 든 접시를 접시 걸이에 거칠게 세우자 가지런하게 세워진 예닐곱 개의 접시들이 도미노 현상으로 무너진다. 와르르 쓰러지는 접시를 보며 그녀는 사람과의 관계도, 사람의 생도 한순간 무너질 수 있다는 생각을 한다. 자신의 행동이 거칠었다는 것을 알아챈 한길이 물 묻은 손을 닦다가 거실로 나가 버렸다. 그녀의 눈길이 한길을 좇는다. 그래, 당신은 늘 그렇지. 내가 약해 빠져서 그렇다고 소릴 치고 싶은 게지. 평생 자신이 결심한 건 다 실행하고 이뤄 온 당신은 자기 의지나 생각으로 되지 않는 일이 얼마나 많은지 모르지. 지숙은 한길이 설거지하던 싱크대로 가서 조막만 한 음식물 쓰레기 봉지를 들고 밖으로 나갔다.

그 와중에도 그녀는 쓰레기 버리는 일에 몰두했다. 과일 하나만 깎아도 그 껍질을 버리러 나갔고, 돌아와 손을 씻으며 잠깐 안정을 찾기도 했다. 민감할 대로 민감한 사람인데도 냄새나는 음식물 통을 열고 버리는 일에는 크게 거부감을 드러내지 않았다. 쓰레기를 들고 내려가 버려야 하는, 아주 단순한 목표가 그녀를 붙들어 주는지도 모른다. 주말에 집에 와 있던 아이들은 엄마가 쓰레기를 버리며 스트레스 푼다고 놀렸다. 그러나 그녀에겐 무엇인가를 버리며 혹은 씻어 내며 자신에 몰두하는 짧은 순간이 작은 구원의 시간처럼 여겨졌다.

생명을 걸고 무엇엔가 쫓기는 사람처럼 지숙 자신은 절박했으나 그 상태를 이해하지 못하는 아이들은 엄마가 지나치게 군다고 생각했다. 평소의 엄마는 언제나 씩씩했고 당당했으며 혼자서 끙끙 앓는 한이 있어도 가족들에게 아프다는 소리를 하지 않았으니 그런 모습만 봐 온 아이들의 생각은 당연했다. 가족들은 모두 그녀가 수술 상태 이상의 통증을, 더 이상 버티기 어려우니 살려 달라고 호소하고 있다는 것을 알지 못했다. 모르는 것은 그녀 자신도 마찬가지였다. 마음은 몸의 감각을 통해 지숙에게 무엇인가를 전하려 하지만 그 전언을 듣지 못하는 그들에게는 도저히 이해 불가한 상황일 뿐이다.

어머니가 오셨다. 어려운 발걸음이었다. 먹는 행위는 죽고 사는 일과 직결돼 있어서 누구든 그 문제에 자유로울 수 없고, 어머니 역시 딸이 물김치 몇 가닥으로, 연명한다는 소식을 듣고 마음이 움직였을 것이다. 먹지 못하고 잠들지 못하는 딸을 위하여 무엇인가를 해 줘야겠다고 생각하신 모양이다. 그런 순간엔 어머니에게 그녀도 자식이었다. 어머니도 할머니에게 자식이었을 때가 있었던 것처럼.

태양이 서쪽 하늘에 기울고 유리창을 통해 붉은 노을빛이 거실 한 쪽으로 스름스름 넘어왔다. 침대에 누워 있던 그녀는 방 안을 기웃거리는 냄새에 눈을 떴다. 밥 짓는 냄새에는 저녁 빛이 섞여 있었다. 탁탁, 싹둑싹둑 감자를 썰어 넣고 된장찌개를 끓이는 어머니의 도마질 소리가 싫지 않았다. 가정을 꾸리기 전 혼자 외지에 나가 살면서도 이웃집 도마질 소리는 항상 어머니를 생각하게 했었다. 솜씨 좋은 어머니가 담가 온 물김치는 먹음직스러워 보였다. 그녀가 식탁에 앉고 한길과 여동생, 그리고 어머니가 함께 둘러앉았다. 식탁에 앉을 때만 해도 밥을 먹을 수 있을 것 같던 지숙은 수저를 들어 밥을 뜨더니 마치 수미산 산정의 돌을 들고 다시 속세로 돌아와야 하는 사람처럼 무거운 한숨을 쉬었다. 그리고 거실로 나가 서성거렸다. 집 나간 아이 기다리는 어미의 심정이 저리 막막하고 절실해 보일까. 그러고도 버틸 수 없었는지 산이 보이는 베란다를 향해 서서 앙바틈한 가슴을 쳐 댔다.

"아이고, 나 못 살겠어. 왜 이리 답답한지 소리라도 실컷 질러 볼까?"

"누가 뭐라니. 이 집에서 네 맘대로 하지. 너 하고 싶은 대로 실컷 해 봐라."

어머니가 거들었으나 지숙은 아무 말도 하지 못했다. 소리를 지른다는 것, 대상이 누구인지 얼마만큼 큰 소리여야 하는지, 감정은 얼마만큼 담아야 하는지, 무슨 단어를 넣어 소리를 질러야 하는지 생각이 나지 않았다. 이 무력함은 원망하고 분노하는 것보다 훨씬 나빴다. 분명 말하고 싶은 욕망을 가진 자가 말할 수 있는 조건 속에서도 말하지 못하는 곤혹스러움은 최악의 상황이었다. 평생 한 번도 그래 보지 못한 자의 막막함이었다. 겨우 제 살 찢기는 고통을 참는 짐승처럼 끄으응,을 길게 뿜어내는 것으로 그쳤다. 누군가로부터 어떤 것을 해도 좋다고 허락받은 순간에도 자신의 언어를 찾지 못해 소리조차 지르지 못하는 여자라니.

"김 서방, 야를 이대로 두어선 안 되것네. 어디 가서 물어보든지, 해야 한다면 굿이라도 해야지 않겠는가?"

"장모님, 조금만 더 지켜보지요. 예약한 병원에 가서 검사도 하고 상담을 받으면 치료 방법이 나오지 않겠어요?"

"저 퀭한 눈을 보니 내가 가만히 있을 수가 없어서 그러네. 자네도 참 무던하네. 진작 연락했으면 좀 좋아. 자네 전화 받고도 설마 저렇게 심할 거라는 생각은 못 했네."

"죄송합니다. 건강한 사람이니 저러다 곧 털고 일어날 거라 생각했어요. 퇴원한 후에 줄곧 못 먹고 못 자서 더 그래요. 뭐가 그리 불안한지 작은 소리에도 깜짝깜짝 놀래니…."

어머니는 안방으로 들어와 침대에 걸터앉으며, 그래도 김 서방이 펄쩍 뛰지는 않는구나 하시며, 응원군을 얻은 표정이었다.

"너 하는 짓을 보니 아무래도 수상허다. 어디 가서 물어봐얄란갑다."

"하나님 믿는 양반이 그런 소릴 해도 되는지 모르겠네. 근데 나도 그런 생각이 들어. 꼭 뭐에 씐 거 같아."

"세상일은 모르는 것이다. 약이 되려면 생각지도 않은 일에서 효과가 있을 수도 있는 법이니라."

"며칠 후면 예약해 놓은 병원에 가는 날이니 그 후에 생각해 볼게요.”

“내 말 흘려듣지 말거라. 무엇이 네게 약이 될지 모른다.”

어머니는 병원에 가면 병인을 찾을 것으로 믿는 사위의 대답이 신통치 않은지 자신의 생각에 신뢰감을 높이려고 먼 과거의 이야기를 꺼내셨다.

“상현이가 세 살 적 일이다.”

어느 날부터 애가 시들시들 앓더니 아무것도 먹지 않고 잠만 잤다. 며칠이 지나자 서지도 걷지도 못하고 나중에는 고개를 들어 몸을 지탱하지도 못하더라. 그때만 해도 사는 것이 오죽 어려웠냐. 하루 두 끼 밥도 어려웠으니 병원 갈 염도 못 낼 때 아니냐. 하루하루 미루고 있는데 동네 사람들이 애기 죽이겠다고 하도 야단들이어서 옆집 숙모에게 몇 푼 빌려 면에 있는 포구 의원에 갔더니 의사가 고개를 갸웃거리며 빨리 큰 병원으로 가라고 했니라. 전주에 있는 대학 병원엘 가야 하는데 병원비는커녕 차비조차 없어 포기하고는 집으로 오는 버스를 탔다. 이 아이를 이렇게 죽이는갑다 하고 생각했지. 이십 리만 더 가면 집이 나오는디 그때 누군가가 버스를 세워 내리고 막 출발하려던 참에 멀리 팻말이 하나 보이더라. 대나무에 붉은 깃발이 꽂힌 무당 집이었다. 막 출발한 차를 세워 그 집을 찾아갔다.

흰머리를 가지런히 빗어 올려 비녀를 꽂은 무당이 아이를 보더니 집을 짓는 앞집의 물건들 때문에 동토가 났다고 하더라. 어떻게 해야 하느냐고, 아이를 살려 달라고 무릎 꿇고 앉아 애원했지. 아이를 살릴 방법이 있다고 생각하니 그때서야 눈물이 나오더라. 점쟁이가 쌀주머니를 아이의 머리에 대고 잠밥을 먹여 주더라. 다음 날 11시에 집에 와서 굿을 해 줄 테니 음식을 정성껏 준비하라고 했다. 그런데 살릴 방법을 찾았는데도 점쟁이가 정해 준 나물 세 가지도 할 수 없었다. 가진 게 없어서…. 다음 날 점쟁이가 집구석을 돌아보고는 혀를 끌끌 차며 정성이 중요하니 청수라도 정성스레 올리라 해서 그리했다. 무당의 당부가 자신이 돌아가도 모른 척하라 해서 그랬지. 무당이 대문을 나가고 조금 지나자 아이가 고개를 들고 일어나더니 '엄마, 물 줘.' 그러더라. 상현이가 그렇게 살아났다.

"엄마도 참, 지금이 어느 시댄데 굿 이야기를 하시우? 어쨌든 그런 큰일을 겪어서 상현이가 잘됐나 봐? 동생이 살 운명이었으니 살았지."

민숙이 마시던 커피 잔을 내려놓으며 마땅치 않다는 듯 퉁명스럽게 말했다.

"언니는 생각이 많아서 생긴 병이야. 몸이 바쁘고 고단하면 아플 틈도 없잖아. 언니도 단순하게 살려고 해 봐."

"네가 나를 얼마나 안다고 쉽게 말하니?"

"언니는 너무 복잡해. 엄마 수술했을 때에도 동생들이 하는 일을 모른 척했으면 편하잖아. 그때도 신경을 너무 쓰더라니까. 그러니 병이 나지."

"그건 맞아. 그때 내 기운을 너무 소진해서 이명이 올 정도였으니까. 그렇지만 너는 모른 척해도 편할 수 있지만 나는 그럴 수 없었어."

"민숙이 너, 쓸데없는 소리로 아픈 언니 더 힘들게 하지 마라."

"엄마는 말도 못 하게 그러시우? 언니가 걱정되고 답답하니까 그렇지. 남들 가진 것 다 가지고 사는 사람이 뭐가 부족해서 그래."

"진실로 염려는 되는 거니? 다 가졌어도 제일 중요한 것을 못 가졌는지도 모르지."

"무슨 호사스런 말인지 원, 언니 말은 이해가 안 되네."

서로 언니 동생이라 부르며 몇십 년을 살았으나 저 애와 나는 어떤 문제를 두고 진심을 보인 적이 있던가. 지숙이 솔직하게 대하면 불편해하고, 마음을 드러내면 거부했다. 그래도 자매인데, 왜 마음을 열지 않을까. 강산이 몇 번 변할 만큼의 시간이면 어떤 것도 달라질 것 같은데 지숙은 지금도 동생을 잘 알지 못한다. 지 형편에 견줘 경제적으로 좀 더 여유를 가지고 산다는 이유로 때로 반목하고 가까이하지 않으려 하고, 이해해 보려고도 하지 않는다. 세상엔 돈으로 할 수 없는 일이 얼마나 많은데. 그러나 동생 말처럼 필요한 것을 가진 자들은 못 가진 자의 심정을 모르는 게 맞다. 지숙이 여동생에게 마음을 트고, 서로 도움을 주며 좋은 관계를 유지하고 싶었던 것도 형제들 사이에서 그렇게라도 함께 지내고 싶었기 때문이다.

"기운 없으니 이러쿵저러쿵하지 말자."

"내 뭐랬냐? 그만하라니까. 세상이 달라졌다만 방법이 있다면 뭐든 해 봐야지."

지숙 앞에서 덤덤하게 말하는 지금의 어머니에게 그 사건은 추억이 되었다. 남동생은 고위 공무원으로 출세해서 잘살고 있으니 어머니에게는 자랑스런 아들이다. 어떠한 고통이나 아픔도 흘려보낼 수 있다. 그 생의 원칙이 지숙에게도 적용될까. 성공하면 어떤 과거의 일도 잊히고 용서가 된다는 일상에서 얻은 원칙.

나는 누구인가

퇴원 후 꽤 시간이 지났지만, 어떤 것도 지숙에게 위안이 되거나 도움이 될 것 같지 않았다. 그 모습을 보고 있자니 한길도 부아가 치밀려 했다. 그것은 지숙을 향한 것이 아니라 자신도 이유를 알지 못하는 데에서 오는 것이다. 주말에 서울에 있는 아이들이 모두 내려왔어도 지숙은 별 반응을 보이지 않았다.

"자식을 보고도 왜 기쁘지 않을까?"

생에 어떤 의욕도 갖지 못한 자의 절규 같은, 그리고 얼마간 자책이 섞인 목소리였다. 떨어져 지내던 아이들이 오면 눈뜨자마자 아침 짓기를 미루면서까지 수다를 떨던 지숙이었다. 한실이 참다못해 고픈 배를 움켜쥐고 뒹구는 시늉을 해야 가까스로 부엌으로 나가던 사람이었는데. 무엇이 그리 즐거운지 깔깔대는 소리가 거실로 흘러나오곤 했는데, 그런 사람이 아이들을 보고도 반갑지 않다고 말하고 있다. 수술 전엔 빈혈이 문제인가 싶기도 했지만 헤모글로빈 수치를 정상으로 올렸어도 증세는 달라지지 않았다. 문병 온 몇몇 사람들은 자신의 경험담을 늘어놓으며 갱년기 증세라고 했다. 그럴 때는 트롯을 들어야 하고, 연애를 해야 하고, 삶의 일 순위를 바꿔야 한다고 나름의 처방들을 내놓기도 했다. 그러나 그들 부부의 귀에 머무는 것은 없었다.

"엄마, 우리 스님도 뵐 겸 불이사에 가면 좋겠어요. 올 추석엔 엄마가 아파서 인사도 못 드렸잖아요."

아들 영우가 엄마를 생각해서 한 제안이었다. 은우와 지우도 흔쾌하게 동조했다.

"네들 웬일이니? 스스로 절에 가자고 말하다니 내일은 해와 달이 바꿔 뜨려나?"

"오늘 절에 가면 스님 방에 걸려 있는 달마 대사가 서쪽으로 간 까닭을 좀 알아봐야겠어요."

동문서답으로 자신의 생각을 슬쩍 눙치는 영우를 보며 지숙은 엄마를 배려하는 아이들의 마음을 읽었다. 불이사에 가는 길은 가을이 무르익어서 단풍으로 채색된 산빛이 고왔다.

"저기 좀 보세요. 엄마가 좋아하는 저수지 물 위에 산 그림자가 내려와 있어요."

지숙이 마지못해 웃으며 고개를 끄덕였다. 평소라면 차를 세우고 밖으로 나가 수면 위에 반짝이는 윤슬을 보거나 산 그림자를 보며 자신이 흡족할 때까지 서 있곤 했는데.

아이들에게 그들의 근황을 일일이 묻던 스님은 천진한 웃음을 가득 담은 표정으로 지숙에게 물었다.

"보살님, 관세음보살 탄생 설화를 아시오?"

"자세히는 모릅니다만."

"옛날 인도의 남부에 어떤 장자가 살았더랍니다. 그 거부는 부족할 게 없었는데, 어느 날 아내가 두 아들을 남기고 홀연히 세상을 떠났지요. 죽은 아내를 사랑한 그는 두 아들을 자기 자식처럼 키울 수 있는 여자를 맞아들였지요. 그래도 착한 여자는 아이들에게 정성을 다했고, 마침내 남편도 감동하여 아내로 맞고 아이를 낳았습니다. 아이가 태어났어도 여자는 변함없이 두 아들에게 정성을 다했답니다. 마침내 그 장자는 아내에게 모든 재산 관리권을 내주고 자신은 이웃 나라로 장사를 하러 떠났습니다."

"스님, 드디어 아내가 배신했군요?"

영우가 끼어들자 스님은 껄껄 웃으셨다.

"그렇지. 그래서 본처 아이들을 배에 태워 무인도로 가서 놀게 하고선 여자는 혼자만 배를 타고 돌아와 버렸습니다. 두 아이는 배고프고 춥고 서러워 울다가 지쳐 버렸고, 마침내 동생이 죽고 말았지요. 죽은 동생을 보며 형은 아버지와 계모를 원망하고, 다시 친어머니를 원망하게 되었습니다. 어머니가 빨리 죽지 않으면 이런 일은 없을 거라고 생각했으니까요. 그 원망이 뼈에 사무쳐서 극에 달했을 때, 형의 생각이 바뀌었습니다. 내가 겪은 이 고통을 통해 나는 다른 사람들을 도와줘야겠다. 숨기 직전 형은 고통받는 사람들을 구해 줘야겠나는 서원을 세웠습니다. 그렇게 죽어 관세음보살로 화현했지요. 극한의 고통 속에서도 한순간 생각을 바꾸면 깨달음에 이르러 보살이 되는 것입니다."

스님은 지숙의 마음을 알고 계시는 것일까. 고통의 진원지가 어디인지 관(觀)해 보라는 말씀이셨을까. 그걸 보고 알아차릴 수 있다면 그 자리가 너를 자유롭게 해 줄 것이다. 아니, 네 고통을 어떻게 사용하겠니? 어떻게 부리느냐에 따라 너의 자리가 달라질 것이다. 네 것으로 끌어안고 놀다 보면 어느새 네 것이 되어 있느니. 그것이 승화이겠거니.

　무의식과 의식이 평화롭게 공존하고 서로 보상할 때, 삶이 풍요롭고 행복해질 수 있다는 말을 좀 더 빨리 받아들였다면, 인간은 그 먼 길을 돌아오지 않아도 되었을 것이다. 그러나 지숙은 자신의 몸이 드러내는 메시지를 파악하지 못해 보이지 않는 무의식을 살필 여유는 더더욱 없었다. 종합검진을 하고, 혈액 내과 검사까지 다 해 보고 난 뒤, 정말 어머니 생각처럼 굿이라도 해야 하지 않을까를 고려하며 선택한 곳이 신경정신과였다. 인생은 고통으로 시작해서 고통으로 끝난다 했던가. 마음 병 앓고 있는 사람들이 얼마나 많은지 대학 병원에 예약하기까지 1주일을 기다렸다. 기다리는 동안 그녀는 자신의 병인을 찾아보려 했으나 오랜 시간 생각하는 것조차 힘들어 그만두곤 했다. 인간 본래의 근원적인 불안은 죽음에 대한 공포에서 온다고 하였으나 그녀는 죽음을 구체적으로 생각해 본 적이 없다. 현재를 잘 살고 있는 사람이 죽음을 생각할 이유가 없잖은가. 청심환을 먹어도 잠들 수 없는 밤이나, 비 오는 늦은 밤에도 차를 타고 달려야만 그 순간을 견뎌 낼 수 있는 자신을 들여다보며, 스스로 미쳐 가고 있다고 생각했다.
　"저를, 어떻게 알고 찾아오셨나요?"
　"가까운 후배가 원장님을 추천해 주더군요. 다녀간 사람들이 좋은 분이라고…."

"그러시군요."

원장은 자신을 찾아온 경로를 그녀에게 물음으로써 피상담자가 어떤 마음으로 왔는지를 점검했다. 두 사람의 감정은 치료에 영향을 미치기 때문일 것이다.

"자, 이제 시작해 볼까요? 무슨 일로 저를 찾아오셨습니까?"

"갑자기 제게 이해할 수 없는 상황들이 생겼어요."

"이를테면 어떤 상황인지 구체적인 이야기를 해 보세요."

"가장 견딜 수 없는 일 중의 하나가 식사 습관인데요."

나는 그동안 식사 때마다 고역을 치른 이야기를 세세하게 설명했다.

원장이 차트에 무언가를 기록하는 사이, 긴장을 늦춘 지숙은 실내를 둘러보았다. 진료실이라기보다는 일반 가정집의 거실 구도와 닮아 있다. 반백의 원장은 코발트빛 와이셔츠 위에 흰 가운을 입고 있었다. 웃을 때는 큰 눈이 선하면서도 따뜻한 느낌을 주었고, 목소리는 부드러웠다. 차트에서 눈을 뗀 원장이 헛기침을 두어 번 하고는 물었다.

"소리치고 싶을 때, 무슨 말을 하고 싶거나 누구에게라는 대상이 있습니까?"

"아니요. 구체적 대상은 없습니다. 그런데 어제는 출판사 식원과 통화를 하는데, 처음 약속했던 내용과 다른 이야기를 하자 저도 모르게 버럭 소리를 질렀어요. 목청이 아프도록 쉴 틈 없이 쏘아붙였더니 상대가 당황하여 아무 말도 하지 못하더군요."

"전에도 그렇게 화를 낸 적이 있습니까?"

"그 직원과 몇 년 동안 함께 일했어도 화를 낸 적이 없어요. 그런데 전화를 끊고 나서 가슴이 후련해졌다는 것을 알았지요."

"음, 한지숙 씨 안에 분노가 격하게 들어 있군요."

"그런가요. 다른 때는 비슷한 상황에서도 감정을 드러내 말하지 않거든요."

"지금, 근무 중이신가요?"

"우선 휴가를 냈지만, 가끔 제가 결정해야 할 일이 있으면 전화로 해결합니다."

"답답하다고 했는데, 가슴이 두근거리거나 눌리는 기분이 들기도 합니까?"

"아니요. 실제로 가슴에 손을 얹어 보면 아무런 반응이 없어요. 뜨겁지도 않고, 두근거리지도 않아요. 그 답답함도 어디서 오는지 알 수 없어요. 너무 막연한 느낌이거든요."

"식사 장소를 다른 곳으로 옮겨 보았나요?"

"거실, 안방, 다른 집, 식당으로 옮겨 갔을 때도 마찬가지였습니다. 오히려 낯선 장소로 가면 더 심해져서 들어가다 나올 때도 있었어요."

"밤에 잠은 잘 주무십니까?"

"잠이 들기 어렵기도 하지만 자다가 자주 깨는 버릇이 생겼어요."

"언제부터였습니까? 그런 증상들이."

"두 달 정도 됐어요."

"이전에 비슷한 경험을 하신 적이 있습니까?"

"남편이 싱가폴에 출장을 간 일이 있는데 그때에도 안절부절못했어요. 남편이 집을 비울 때의 허전함이 두려움에 가까우니까요. 딸이 학교 진학을 위해 서울로 갔을 때도 숨이 막힐 것 같은 상실감을 경험했어요. 시간이 지나면서 차츰 원상태로 돌아오기는 했지요. 그때의 경험들은 잠깐씩이었으니까 큰 문제는 아니었지요."

"아마 누군가와 헤어지는 순간을 두려워하는 것 같습니다. 유아기 때 충격적인 이별을 한 아이들은 자라서도 그런 경험을 반복하게 되지요. 굳이 말한다면 분리 불안증이라 할 수 있는데 자신이 소중하게 생각하는 사람과 떨어지고 싶지 않은 심리죠. 이를테면 아이가 어머니로부터 분리되면 불안한 증세를 보이는 경우처럼요. 한 인간의 최초 분리 공포증은 어머니로부터 시작합니다만."

일순, 그녀에게 팽팽한 현악기의 줄이 끊어질 때처럼 아찔한 느낌이 스쳤다. 찰나였지만 강렬하게 살아 움직이는 느낌이었다.

꿈결보다 더 아득한 기억이다. 두세 살이었을까. 장마가 끝난 여름 뙤약볕 속에 함지박을 머리에 인 어머니가 걸어가고 있다. 만조의 바닷물이 넘실대는 갯둑이었다. 한쪽은 시퍼런 바닷물이 흰 고무신을 신은 어머니 발밑을 넘보고, 한쪽은 불어난 시냇물이 세차게 흘러가고 있다. 어머니 등에 업힌 아이는 눈앞의 풍경이 두려웠다. 넓고 고요한 바닷물은 부드러웠으나 너무 깊고 넓어 막막했고, 소용돌이치며 흘러가는 시냇물은 어지러웠다. 부지런히 걷던 어머니의 고무신이 돌멩이에 걸렸을까, 어머니의 몸이 휘청했다. 그 순간, 아이는 자신이 그 물속으로 떨어지는 것처럼 강렬한 공포심에 휩싸였다. 어머니의 어두운 산도를 지나 세상 밖으로 나와서 탯줄과 분리될 때의 두려움이 이런 걸까. 왜 그랬을까. 그 작은 아이가 어머니의 등에서 떨어져 물속으로 휩쓸려 들 것 같은 느낌을 받았다는 것은. 흘러가는 물이 무서우면 눈을 감거나 어머니의 등에 얼굴을 묻으면 두려움을 피할 수 있다는 반사 신경도 갖추지 못한 작은 아이가 왜 그런 두려움까지 알게 되었을까. 운명이었을까.

"지금과 같은 증세로 인하여 일상이 방해받기 시작한 과정을 자세히 말해 주시겠어요?"

"올여름 휴가 마지막 날, 오대산엘 갔는데 종일 비가 왔어요. 그래서 비를 맞으며, 월정사, 상원사, 적멸보궁엘 다녀왔지요. 좀 피곤하긴 했어도 집에 도착할 때까지 별다른 일은 없었어요. 그런데 그날 집에 돌아와서부터 이상한 증세가 시작되었지요."

"지금으로서는 여행이 원인이라고 판단하기는 어렵습니다. 휴가 동안에 가족들하고 불편한 일은 없었나요? 이를테면 심한 스트레스를 받았다든가."

"그런 일은 없었습니다. 두 사람이 떠난 휴가에 스트레스받을 일이 뭐 있겠어요."

대답은 아무렇지 않게 하면서도 지숙은 오대산의 그 남자가 떠올랐다. 그러나 그때 보았던 상황과 자신의 아픔이 무슨 관련이 있단 말인가. 더구나 그녀는 그 이야기를 원장이 이해할 수 있도록 논리 정연하게 설명할 수도 없고 그럴 의지도 없다.

"증세 이야기를 좀 더 할까요? 몸이 그렇게 힘든데 한 달 이상을 견뎌 왔단 말인가요?"

"나름대로 대처한다고 했죠. 처음에는 갱년기 증세인가 해서 보혈한다고 한약을 먹기도 하고, 산부인과, 내과, 혈액 내과에서 검사를 받았으나 혈액이 부족한 거 이외에는 이상이 없다고 했어요. 종교를 가진 저는 마음이 문제인가 하고 기도를 해 보기도 했지요. 기도하는 시간만큼은 그럭저럭 견딜 수 있었지요."

"J 출판사 편집장이시네요?"

"예. 하는 수 없이 병가를 내고, 자궁 적출 수술을 받았어요. 지금은 혈액 수치를 10까지 올렸으나 수술 전에는 8 이하였기 때문에 빈혈로 인한 답답증일 수도 있다더군요. 헤모글로빈 수치가 올라가도 변화가 없길래 혼자 해결하려는 생각을 바꿔 이 자리에 온 것이고요."

"왜 그렇게 자신의 몸을 학대했지요? 그 정도로 몸에 대해 무지한 분은 아닌 거 같은데."

"…누가 자기 몸을 괴롭히고 싶겠어요?"

"현명하게 대처하지 못했다는 거죠. 일반적으로 근종 크기가 그 정도면 진작 수술을 해야 하지 않나요? 독한 건가요? 강한 건가요?"

지숙은 푸풋 하고 작은 소리를 내어 웃고는 잠깐 침묵했다. 짧고 작은 그 행동에 담긴 단순하지 않은 여러 가지 의미들이 스스로 느껴져서였다. 우선은 적출 수술을 하고 싶지 않았다. 자신의 몸에 칼을 대고 싶지 않았고, 몸의 일부라고 여겼던 부분이 분리되어 사라진다는 것에 대한 두려움도 있었다. 자신에 대해 무엇을, 얼마나 말해야 할까. 아니 어떻게 말해야 할까. 그녀는 원장에게 마음 깊은 곳까지 보이고 싶었던 생각을 슬그머니 거둬들인다. 상대가 자신에 대해 아는 척하면 달팽이처럼 촉수를 거둬들이던 버릇이 튀어나왔다. 직업이 말해질 때, 거부감이 정수리를 살짝 스쳤다. 그러나 그녀는 자신을 위해 생각을 바꿨다. 의사에게 맡기자. 의사를 신뢰해야 빨리 회복하지. 그리고 지금 원장의 질문 속에는 무지에 대한 질책이 아닌, 무모함을 나무라는 염려의 뜻이 들어 있음을 이미 알고 있지 않은가.

원장이 만년필 잡은 손을 코끝에 대며 다시 물었다.

"하긴, 언제 수술을 했습니까?"

"3주 전에요. 근종 때문에 아무리 잘 먹어도 늘 빌빌거렸어요."

"아, 그래요. 수술한 후에 마음은 어땠지요?"

"이미 자신을 통제하지 못하는 더 시급한 증세들이 있는데, 자궁을 잃었다는 상실감은 사치였겠죠. 그리고 아이들이 셋이나 있으니 모성의 역할은 다했으니까요."

"흐음, 아주 이성적이시군요. 최근에 큰 상처를 받거나 충격받은 일이 있습니까?"

"아니요. 기운이 좀 부족한 거 이외에는 지극히 편안한 상태였는데요."

"증세가 심해질 때는 어떤 생각이 들지요?"

"이렇게 살아서 뭐하나. 견딜 수 없는 상황이 오면 차라리 죽는 게 낫겠다는 생각이 들어요. 몸이나 마음을 자신의 의지대로 끌어 가지 못하는 생을 제 것이라 할 수 있을까 싶고, 사실은 그런 생각들이 저를 무척 슬프게 했지요."

"증세는 주로 어떻게 나타났습니까?"

"잠에서 깨어날 때와 잠들기 전에, 그리고 식사할 때 가장 두드러져요. 어느 땐 어스름 저녁이 되면 수천 악마가 맹렬하게 습격해 와서 제 몸을 잠식하는 것 같은 느낌이 듭니다. 알면서도 어떻게 대처해야 할지 속수무책이지요."

"악마라 표현하시네요?"

"천사라 할 순 없잖아요."

"좋아요. 처음 증세가 오면 내가 이 악마를 물리쳐야 한다는 생각을 해야 합니다. 이것에 지면 안 된다는 의지를 갖게 되면 지들도 파고들지 못하니까요. 공황증은 약물 효과가 좋은 편이어서 걱정하지 않으셔도 되겠습니다. 한지숙 씨의 경우는 중간 정도로 보입니다. 심한 경우는 목을 조르는 느낌이 들어 실제로 기절하는 사람도 있으니까요. 다만 본인의 의지에 따라 치료의 효과도 달라지니 생각을 강하게 가져야 합니다. 숙면을 위해 안정제를 반 알씩 드릴 겁니다."

지숙은 진심으로 원장에게 고맙다는 인사를 했다. 자신의 이야기를 정중하고도 세심하게 들어 준 이에게 보내는 인사였다.

"다음 주에 오실 때는 자신에 대한 생각을 좀 해 오시기 바랍니다."

"어떤 생각을 하지요?"

"지나간 시간 따라 자신을 흘려보내 보거나 주욱 살펴보는 것도 좋겠지요. 시간의 부피가 아닌, 질량을 헤아려 보는 일이랄까 …."

한 남자가 병을 고쳐 줄 테니 자신을 따라오라고 했다. 스승에게 가야 한다는 것이다. 그는 하얀 도포 자락을 펄럭이며 산으로 날아갔다. 지숙은 그를 따라가다가 마을이 보이면 그곳에 내려 기웃거리는 여유를 부리기도 했다. 백두대간의 골찌기를 여러 개 지나 어느 산꼭대기에 이르렀을 때 바위 끝에 학처럼 앉아 있는 도인을 보았다.

다음 날 오후 지숙은 불이사로 향하는 자신을 보았다. 꿈을 해석하기보다는 그대로 믿고 싶은 마음이 더 강했기 때문이다. 꿈일지라도 자신의 병을 낫게 해 준다면 무엇을 의심하고 망설이겠는가. 여름에서 초가을까지 도로를 환하게 장식했던 백일홍의 꽃봉오리가 말라 죽은 벌레들이 매달려 있는 것처럼 흉하게 시들어 가고 있었다. 만발할 시기를 놓친 꽃은 그 죽음 또한 아름답지 못했다. 백일홍이 피기 시작할 때 아파서인지 자꾸 눈길이 갔다. 견딜 수 없으면 절집으로 달려가던 지난여름이 생각났다. 힘들게 달려와 한숨 돌리며 절로 달려오는 순간이 제일 좋았다고 하자 휴가를 보내던 어느 철없는 보살이 그랬다. 그럼 머리 깎으면 되지예. 그때를 어떻게 잊겠는가. 유일하게 숨 쉴 수 있는 공간, 자신을 받아 주던 곳이기도 했다.

대웅전에 들어가니 젊은 여자가 소리 죽여 울고 있었다. 기도하다가 제 감정에 겨워 울음이 터져 나왔을 것이다. 누구든 그럴 수 있지. 꾹꾹 눌러 참아도 나오는 울음은 그 절제력이 강한 만큼 듣는 사람의 가슴을 깊이 후벼 댔다. 그녀에게도 통증이 지나갔다. 알지 못하는 사람이지만 인간이 지닌 고통의 깊이를 헤아리니 같은 심정이 되었을까. 너와 나, 지금 이 공간에서 같은 아픔을 공유한다는 유대감이었을까. 아픈 네 삶의 기억이 지금 여기에 놓여 있듯이, 누구나 자신이 지고 가야 할 짐이 있는 법이니. 그리고 제 짐이 가장 무겁게 느껴질 테고. 생에서 누군들 그런 순간이 없을까. 목 놓아 자신을 방기해 버리지 않으면 안 될 것 같은 그런 순간. 지숙은 여자의 시간을 방해하고 싶지 않아 손수건을 꺼내 옆에 놔두고 법당을 나왔다. 절도량을 따라 돌다 보니 스님들이 일구어 놓은 밭에 김장용 배추가 파릇파릇 풍성하게 자라고, 밭 주변에 있는 몇 그루의 감나무에 붉은 감이 꽃처럼 매달려 있다. 맵찬 서리가 내리고 흰 눈이 쌓여 마지막 남은 까치밥이 애처로워 보일 때까지 저 감은 나무에 매달려 스님들의 간식이 되고,

새들의 먹이가 되며, 기꺼이 하나의 풍경이 되어 줄 것이다. 석양 속의 산사는 어디를 보나 고즈넉하고 평화로웠다.

스님은 혼잣말처럼 무슨 차를 줄까 하시더니, 저녁 시간이니 보이차를 마시자며 찻물을 끓이고 잔을 데웠다.

"스님, 제 마음을 저도 모르겠어요."

"허허, 실체 없는 물건의 정체를 어찌 알 수 있겠소? 자신의 형편대로 변하는 게 마음이라는 것인데. 그래서 한 생각만 돌리면 불편한 마음도 편안해지는 것이지요. 사람의 마음이란 게 뭔가를 해도 불편하고, 안 해도 불편할 때가 있어요. 그때에는 불편한 중생심을 내려놓으면 되잖소."

"실체 없는 그것을 어떻게 내려놓을 수 있지요?"

"여러 방법이 있지요. 자신의 마음을 관(觀)해서 실체 없음을 깨달아 그 마음을 내려놓든지, 기도해서 그 마음을 고요하게 정화하든지, 누군가에게 자비를 베풀어 복을 쌓아 업장을 소멸시키든지…."

"기도하겠습니다."

"기도는 자신의 마음을 향해, 운명을 향해 정성을 들이는 것이니 소원이 이루어질 수밖에. 중요한 것은 기도를 듣는 대상에게 가닿아야 하는 것이요. 그만큼 간절해야 한다는 뜻이요."

"자신을 다 내놓을 만큼요?"

"허허, 그렇게 빨리 알아들었소? 스스로 기도해서 경험해 보지 않으면 선뜻 이해되기 어려운 메커니즘이오. 종교적 입장뿐만 아니라 어떤 기도도 같은 맥락이라고 볼 수 있어요."

세속적으로 말하면 무의식을 바꾸는 일이다. 신은 무의식과 만나는 것이니 그만큼 마음 깊이 들어가야 가능하다. 인간의 심층 의식을 건드려 자신의 운명을 바꾸는 일이 그리 쉽지 않은 이유는 문명을 맹신하는 사람들은 일차적으로 그걸 믿지 않기 때문이고, 또 한 가지는 자신의 무의식을 바꿀 만큼 누구도 절실하게 혹은 간절하게 기도하지 않는다는 것이다.

"그토록 간절하기가 어렵습니다."

"세상살이에 눈이 가 있으니 그럴 틈이 없지 않소? 자기 삶에서 더는 물러날 길 없는 벼랑 끝에 섰을 때 가능한 일이고, 그때 영험함도 체험하는 것이요. 간절해지지 않는다는 건 그럴 인연이 닿지 않았기 때문이오. 불가에서 연기법을 중요시하는 것과 같은 맥락이오."

"스님, 인간은 어째서 그토록 의심이 깊은 걸까요?"

"인간의 마음만큼 야심을 떠나 진솔하기가 어려운 것도 없지요. 서로 의심이 깊어진 것은 오랜 세월 피차에 너무 속이고 속여 왔기 때문이오. 태초의 사람들은 순수해서 영혼이 다 들여다보일 정도였으나 역사가 쌓이면서 점점 제 욕심 채우려 상대를 속이며 스스로를 타락시켜 온 결과라오."

"맞아요. 믿는 자에게 복이 오는 게 아니라 믿는 자는 늘 속게 되더라고요."

"허허, 그러나 믿었다가 속는 것은, 차라리 참된 것을 의심하기보다 훨씬 나은 것이요. 내가 누구인지 무엇인지도 모르면서 타인을 위한다느니 효도해야 한다느니 하는 것은 그야말로 뒤바뀐 헛된 망상이오."

"스님, 생각을 끊는 일이 얼마나 어려운지 아시잖아요."

"물론 쉽지 않아요. 보살님이 지금 아픈 것도 그 생각에서 일어난 것이 원인일 수 있어요. 아픈 몸과 마음을 깊이 들여다보면 원인을 찾을 수 있을 겁니다."

"어렸을 때는 어렵게 살았으나 형편에 맞춰 살아가느라 힘들다는 생각조차 하지 못하고 보냈거든요."

"머리로 살지 않고 몸으로 가슴으로 살았던 것이지요."

"그건 도를 이룬 사람에게나 적용할 수 있는 말인 것 같습니다."

"이것저것 계산하지 않는 어린아이였으니 가능한 일이라는 뜻이요. 전생 공부가 좀 있었던 모양이오, 허허."

"돌이켜 보면 아이는 아이답게 살아야 하는데 너무 어른스럽게 산 것 같아요."

"보살님은 지금 생의 어떤 과정에서 통과의례를 거치고 있을 겁니다. 아무것도 먹지 못하고 잠을 자지 못했을 때 몸이 원하는 대로 그대로 두었으면 어땠을까요? 인생에서 또 하나의 문을 통과하여 새로운 생을 맞았을지도 모르죠."

그때 스님은 사람의 생명은 그렇게 약한 게 아니니 몸이 알아서 원할 때까지 두면 회복이 빠르다고 조언하셨다. 깊은 심연으로 내려간 몸은 그동안의 침전물을 모두 게워 내고 비웠다가 서서히 차오르기 시작할 것이라고. 그러나 그녀는 그걸 참아 내지 못했고 지금도 불안에 흔들리며 방황하고 있다.

"스님, 지혜로운 말은 채찍만 들어도 달린다 했는데 저는 채찍을 맞고서도 아직 이러고 있어요."

"그게 맘대로 되면 깨달은 이가 아니겠소? 사람의 목숨은 쉽게 끊어지는 게 아니니 염려 말고 자신을 내려놓아도 좋습니다. 세상에 온 자기 역할을 다하고 나야 갈 수 있지요. 할 일이 남아 있으면 저승사자도 데리러 왔다가 그냥 간답니다. 세상에 온 이유를, 숙제를 다 마칠 때까지 삶을 연기해 주는 거죠. 흔히 인생은 미완성이라 하는데 완성의 자리는 어디겠어요?"

"그야 죽음이겠죠. 그렇지만 죽음의 세계는 살아서는 알 수 없잖아요?"

"육안만 가진 우리가 알 수 없을 뿐이지, 영혼을 말하는 것처럼 없는 세계는 아니요. 사람의 생은 죽음에 이르러야 평가할 수 있어요. 그래서 잘 사는 사람이 잘 죽는다고 하잖아요. 죽음을 목전에 두면 살아온 습관대로 행하니까. 평생 경험한 온갖 기억들을 무의식에 담아 가니 오죽하겠어요. 한 생도 그러한데 셀 수 없이 많은 생을 윤회하는 동안 쌓은 습업은 상상할 수 없을 정도겠지요?"

"아쉽네요. 한 생각 돌이킬 수 있는 기회였는데…."

스님이 웃으셨다.

"이제부터라도 자신의 생을 제대로 찾아 살면 돼요. 남편, 자식, 부모에게 매여 끌려다니지 말고 나를 생각하고 나를 위한 시간을 보내며 살면 되잖아요."

그녀는 말없이 웃기만 했다. 사람과의 관계처럼 어려운 일이 또 있을까. 오죽하면 자신의 본래면목을 찾겠다고 수행하는 스님들까지도 그 복잡한 관계를 끊으려고 절집으로 출가하겠는가?

"남을 생각하지 말라가 아니고, 함께하되 자신을 찾는 시간도 할애하라는 거죠. 보살님 아팠을 때 남편이 대신 아파 주던가요? 아픔도 기쁨도 내 삶은 철저하게 내 몫이라는 것이지요."

　박 씨가 스무 살이었을 때, 연지 곤지 찍고 혼례 청에 등장하자 손끝 여물고 음전하니 잘 살 것이라는 동네 사람들의 찬사가 신랑의 귀에까지 들려왔다. 그러나 칭찬도 과하면 동티가 난다더니 박 씨는 혼례 치른 지 3년 만에 죄인의 모습으로 친정에 돌아왔다. 달라진 게 있다면 복사꽃처럼 환하게 피어나던 얼굴이 초췌하고 지친 모습이었으며 피붙이 여식을 혹처럼 등에 달랑 업고 나타났다는 점이다.

　불탑 전문가였던 박 씨의 아버지는 6·25 전쟁터에서 총탄을 맞아 팔을 쓸 수 없게 되었다. 수족이 생계의 무기였던 석공이 더는 일을 하지 못하게 되자 가세는 날로 궁핍해졌다. 설상가상으로 시난고난 몇 년 동안 앓다가 세상을 뜨고 3년 상을 치르고 나자 어머니는 맏딸의 혼사를 서둘렀다. 가장이 가장 노릇을 하지 못하는 사이 가난은 깊어져서 칠 남매를 모두 품고 살 순 없었다. 모두 살아가려면 누구든 떼어 내서 입 하나라도 더는 일이 사무치게 필요할 때였다. 큰아들은 겨우 열일곱이었고 큰딸은 열아홉이었다. 아버지의 장례를 치른 후에 어떻게든 돈을 벌어 보겠다고 건설 현장에 나가기 시작한 큰아들이 가족들 굶는 것을 면해 주었지만 긴 봄날의 해를 견디기에는 턱없이 부족한 살림이었다.

　그때 중매쟁이가 나섰다. 의지할 곳 없는 어머니에게 사위 얻어 남편 대신 의지하면 얼마나 힘이 되겠느냐고 밀고 들어왔다. 자식들은 어리고 남편 떠나보낸 어머니 마음이 허물어진 사립문처럼 허숭할 때였으니 귀가 솔깃해졌다. 사윗감이 어떤 결격사유를 가진 사람인지 따질 여유가 없는 어머니는 과분한 자리의 혼처를 냉큼 받아들였다. 과분함 뒤에는 반드시 치명적인 오점이, 음흉하게 숨어 있는 복병이 버티고 있다는 것을 생각할 겨를이 없었다. 어머니 마음은 한 번 기운 쪽으로 달려가 뒤집어 생각할 염도 내지 못했다. 불감청이언정 고소원이지 먹고사는 일만 해결되는 집안이라면 아무래도 좋았다. 혼사 치를 사람들끼리 이것저것 가늠하고 꼬치꼬치 따져 묻는다지만 그런 것은 그들의 몫이 아니었다. 신랑 집안에 대해서는 그 마을에 가서 낱낱이 알아보지 않는 한 알 수 없었다. 오로지 중매쟁이의 말을 믿을 수밖에 없었다. 아니 믿고 싶었다. 신랑네 집은 박 씨가 사는 읍내에서 버스를 타고 세 시간은 족히 들어가야 하는 첩첩산중이었다. 바다를 낀 산골이니 농사를 짓거나 갯가에 나가더라도 먹고사는 일은 해결될 거라 안심하고 혼사를 서둘렀다. 사람이 등 따습고 배부르면 되지 그 이상 뭐가 더 필요한가. 더구나 사윗감은 시골 학교 선생이라지 않은가. 다만 흠이 있다면 나이가 좀 많은 것뿐이다. 9년 차이면 그다지 흠 될 것도 없다. 아무리 따져 보아도 마다할 이유가 없었다. 언감생심 욕심낼 수 없는 혼사 자리라는 걸 한 번만 생각해 봤다면 박 씨의 운명이 달라졌을까. 일생을 바꿀 수렁에 빠지지 않았을까.

눈썰미가 좋은 박 씨는 시댁 어른들께 폐백을 드리며 처음 올려다본 신랑의 안색이 그리 좋지 않다는 것을 알았다. 첫날밤을 치르면서도 신랑의 기침 소리가 잦다고 생각했다. 뭔가 알 수 없는 불안감이 스쳐 갔다. 그리고 자신의 운명을 바꿀 음모 속으로 빠져들었다는 것을 곧 눈치챘지만 이미 돌이킬 수 없는 일이었다.

결혼한 지 서너 달이 지난 어느 밤, 저녁 설거지를 마치고 자리끼를 들고 방으로 들어가던 박 씨는 자신이 몰고 들어온 바람으로 흔들리는 호롱불 아래 각혈하고 있는 신랑을 보았다. 짐작은 하고 있었으나 막상 당하고 보니 놀란 가슴이 얼마나 세차게 뛰놀던지. 심장 뛰는 소리가 신랑에게 들릴까 두려워 제 가슴을 감싸 쥐었다. 운명은 잔인했으나 잔인하기만 한 것은 아니었다. 각혈을 시작한 지 두어 달이 지났을 때, 박 씨의 헛구역질이 시작되었다.

그 밤, 신랑은 박 씨의 등을 토닥여 주며 자신의 마음을 전했다. 마른 나뭇가지처럼 뼈만 남은 신랑의 등가죽이 애처로워 가만히 손을 잡아 주었다. 참 좋은 사람이었다. 함께 산 시간은 얼마 되지 않았으나 이 남자하고 평생을 해로할 수 있다면 이보다 큰 분복은 없을 것이란 생각을 하였다. 아픈 몸으로 사는 사람이었어도 고요하고 맑은 눈 속에는 세상의 혼탁한 기운 따위는 범접하지 못할 위엄이 서려 있었다. 그렇다고 마냥 차가운 사람도 아니었다. 성깔 사나운 형수의 목소리가 부엌문을 나가 자신의 방까지 넘나드는 날이면 말없이 박 씨를 안아 토닥이며 한숨을 쉬던 사람이었다. 박 씨 생애에서 그처럼 포근하고 평화로운 가슴을 가진 사람을 다시 만날 수 있을까 싶을 만치 좋은 사람이었다. 자신이 고통스러우면서도 목소리의 높낮이를 달리하지 않았다. 밤이면 나란히 누워 박 씨의 손을 끌어다 자신의 가슴 위에 올려놓고 두 손으로 만지작거리면서 미안하다고 완곡히 말하던 사람이었다. 그런 사람이, 박 씨가 태기를 보이던 날엔 그의 눈에서 기쁨인지 슬픔인지 모를 물기가 고였다. 박 씨는 처음이자 마지막으로 그의 눈빛이 흔들리는 것을 보았다.

고맙소. 당신에게 죄짓는 일이라고 나는 한사코 반대했으나 형님이 결혼을 서둘렀소. 더구나 당신은 그 마을에서 손끝 여물고 얌전하기로 소문난 사람이었으니 형님의 욕심에 더 불을 댕긴 거요. 내가 죽어도 내 아이를 잘 키워 줄 여자를 찾아냈다고 생각한 거요. 내가 오래 살지 못하리라는 것을 알고 세상에 온 흔적은 남기고 가야 하지 않느냐고 내 맘을 흔들었소. 총각 귀신 면해야 하지 않겠느냐고. 형님 뜻대로, 아니 나도 마찬가지요마는 내 핏줄 하나 남기고 가게 되었으니 당신에게는 미안하오만 내 원 없이 갈 수 있게 되었소. 내가 없어도 형님이 당신을 잘 보살펴 줄 것이요. 너무 두려워 말고 씩씩하게 살아 줘요. 나는 어떤 말도 할 자격이 없다는 것을 알고 있지만 이렇게라도 말하지 않으면 내 가슴이 너무 아파서…. 당신에게 정말 미안해요. 박 씨의 치켜진 마음 자락 하나가 가만히 고개를 숙이는 순간이었다. 그녀에게도 순수하고 따뜻한 미소의 시간이 있었다면 그때였다.

아들이었으면 얼마나 좋았을까. 핏덩이를 쏟아 놓고 보니 딸이었다. 고추 하나만 달고 나왔으면 지 애비 원이 없었을 텐데. 그건 큰어머니 큰아버지의 말이었지 고추 달지 않았어도 아비는 좋아했다. 말하지는 않았으나 눈빛이, 입가에 매달린 웃음이, 토방을 내려서는 발걸음이 그리 말했다. 아이가 태어났을 때 신랑은 별채에 격리되어 있었다. 각혈이 점점 심해져서 삼칠일이 지나도록 제 자식 얼굴도 보지 못했다. 먼발치에서라도 볼 수 있으면 좋으련만 자식에 대한 조바심 때문인지 극구 조면하지 않으려 했다. 아이 낳은 지 삼 일 만에 동네 잔칫집에 돼지를 잡아 준 사내가 술에 취해 지나가다가 금줄 친 집이라는 것을 모르고 들어와 한바탕 소란을 겪어서 더 그랬을 것이다.

그날 삼신할미가 노하셨는지 그 여리고 작은 갓난쟁이가 무슨 힘이 있다고 죽어 가는 돼지 형상을 하며 단발마의 울음소리를 냈다. 한밤중에 놀란 박 씨가 부엌으로 달려가 미역국 끓여 삼신상 차려 올리고 빌었다. 어리석고 무지한 인간이 한 일이니 저 어린것 부디 살려 주시오. 저 아이만 살려 주신다면 제 목숨이라도 드리리다. 지성이면 감천이라고 그 정성이 닿았던지 아이는 동녘이 희끄무레하게 밝아 올 즈음 제 몸 뒤트는 일을 멈추고 잠이 들었다. 혼절할 만큼 놀란 박 씨는 그제야 마비될 정도로 굳어 있는 팔과 다리를 풀며 아이를 들여다보았다. 다음 날 아기를 목욕시키면서 보니 배꼽 위에, 양팔 위에 흉터의 흔적이 내려앉아 있었다. 살아준 것만도 고맙긴 하지만 이 아이의 장래가 평탄치 않을까 두려웠다. 어쩌면 아이는 저 여린 몸으로 세상과 대적할 힘이 있는지 제 운명을 실험했는지도 모를 일이다. 이를 일컬어 사람들은 어린것이 스스로 액막이를 해냈다고 수군거렸다.

그 일이 있고 난 후 식구들은 삼칠일이 지날 때까지 아기가 있는 방에 들어가지 않기로 했다. 아기가 태어나자 바로 지숙이라는 이름을 지어 부르던 신랑은 한 달이 가까워지자 형님을 통해 출생신고를 했다. 그날 아기가 잠든 방 앞에서 박 씨가 신랑에게 물었다. 지숙이라는 이름의 뜻이 무엇인가요? 후일에 아이에게 말해 줘야겠어요. 지혜롭고도 맑은 사람이라는 뜻이요. 아버지 없는 세상에서 자신을 잘 지키며 살려면 슬기로워야 하겠고, 저 아이에게 바라는 아비의 바람이 맑고 깨끗하게 사는 것이어서 그리 지었소. 박 씨가 솟구치는 눈물을 훔쳤다. 신랑이 아기가 있는 방을 향해 지숙아! 지숙아! 서너 번 더 부르고는 아내의 어깨를 토닥인 후 자기 방으로 향했다. 그 목소리에 기쁨과 사랑과 아픔과 애통함과 아쉬움의 감정들이 혼재되어 듣는 이의 가슴에 파도가 일었다.

초여름에 태어난 아기가 어느덧 사람의 눈을 들여다보며 얼러 달라 칭얼댈 즈음에 가을이 되었다. 볕이 따뜻한 날이면 신랑은 가끔 먼발치에서, 혹은 방문 앞에서 문을 열고 쪼그리고 앉아 제 아이를 들여다보며 이름을 부르다 돌아가곤 했다. 지숙아!라고 불러 대는 소리에는 아비로서의 애끓는 간절함이 들어 있어 듣는 박 씨의 가슴이 먹먹해졌다. 그 딸이 배냇짓을 하다 옹알이를 하고, 고개를 가누고, 엎드리기를 하고, 방바닥을 기기 시작했을 때, 신랑은 눈을 감았다, 영원히 뜨지 않았다. 그 눈 속에 제 자식이 윗목에 있는 횃대포의 모란꽃을 보며 옹알이하는 모습을 담은 채. 그날이 정월 스무날이었다.

신랑이 살았을 때 한 말은 거짓이었다. 형님이 잘 돌봐 줄 거라는 말은 신랑의 묘에 뗏장이 파릇해지기도 전에 분분히 흩어졌다. 신랑이 살아 있을 땐 시동생에게 체면치레하느라 병구완하라는 명분으로 집에 두고 살림만 시키더니, 신랑 죽고 삼우제가 끝나자 그 집의 종이 되어야 했다. 새벽부터 집안 살림을 해야 하고, 밭에 나가선 온종일 밭일을 해야 했다. 그렇게 몸을 부리면서 박 씨는 차라리 다행이라 싶었다. 몸이 바쁘면 생각은 고요해지겠지. 그러나 얼마 지나지 않아 박 씨는 몸 둘 곳이 없으면 마음 둘 곳도 없다는 것을 알게 되었다. 몸과 마음은 별개가 아니었다. 사십구일이 되기도 전에 마을에는 서방 잡아먹은 팔자 센 년이라는 소문이 파다했다. 소문의 근원지는 박 씨의 동서였다. 박 씨의 팔자는 한 씨 집안에서 만들어 놓고 팔자 센 여자라니. 억울하지만 이를 물고 참았다.

아이가 젖을 떼고 아장아장 걷기 시작하자 그녀는 딸을 조카들에게 맡기고 들에서 살았다. 박 씨만 보면 삿대질하며 악을 써 대는 동서를 피해 그렇게 하는 것이 훨씬 편했다. 그럴수록 따뜻했던 신랑이 간절히 생각났다. 자신을 속였다는 신뢰가 흔들리는 순간에도, 체념하고 좌절해야 하는 상실의 과정에서도 신랑에 대한 사랑과 믿음은 쌓여 갔던 모양이다. 같이 산 시간이 채 2년도 되지 않았으나 말없이, 요란하지 않게 깊은 정을 주고 간 사람이었다. 그렇다고 육정이 들어 그렇게 하는 것도 아니었다. 혼례 치르고 한동안은 간간이 풋풋한 사랑을 나누었으나 그 사랑에 대한 기억보다는 박 씨에 대한 안타까움으로 괴로워하던 신랑의 모습이 더 많이 남았다. 그럼에도 왠지 박 씨 평생에 받을 사랑을 다 주고 간 것같이 생각되었다. 그런 시간이, 느리고 느리게 흘러갔다. 몇 년이 흐른 것 같은데 신랑을 보낸 지 일 년이 지났다.

아픈 자에게 시간은 왜 그리 더디 가는가. 시간이 흘러야 낫는 병이라면 제발 치타처럼 세월이 빨리 달려 주었으면 좋겠다. 그러나 그럴 수 없는 모양이다. 그렇다고 거북이처럼 느리지도 않았다. 수술을 하고 4주가 지났으니까. 다만 안정제를 먹으면서 조금씩 잠을 자게 되고, 석은 양이시만 식사도 하게 되었다. 무력감은 여전했으나 예전보다는 나아지는 듯했다. 어느 날 어머니가 전화하셨다.

"쯧쯧, 여자의 힘은 자궁에서 나오는 것인데… 아이 낳은 것처럼 몸 보호를 잘해야 한다. 김 서방한테 집안일을 좀 맡겨라. 나는 수술하고 나서 쉬지도 못하고 식구들 건사하느라 몸이 이렇게 망가졌잖냐."

지숙은 어머니와 같은 경험을 공유하게 되었다는 사실이 싫었다. 어쩌면 일반적인 딸들이 생각하는 것처럼 어머니처럼은 살지 않겠어의 연장선상이었는지도 모른다. 그래도 어머니의 말을 조금 더 들어주자. 그녀에게도 말할 기회를 주어야지.

"할머니는 뭐 하시고요?"

"네 할머니? 말도 마라. 그놈의 노인네가 아픈 며느리 생각해서 따뜻한 밥 한 그릇 해 줄 그런 중정이 있었으면 내가 이렇게 분노하지는 않을 것이다."

어머니는 당시의 일이 떠오르는지 노여움의 밀도를 떨어뜨리지 않고 계속하실 것 같다.

"오죽하면 내가 그 노인네 제삿밥 담아 놓지 않으면서도 미안한 마음이 안 들겠냐."

지숙은 그 말에 가식이 없다는 걸 수긍한다. 자신의 삶이 워낙 거칠게 휘돌아 윤기 없는 사람이 되고 말았지만, 마음 곧고 천성이 바르니 누가 판단해도 어머니는 자존심 상하는 일은 하지 않을 양반이다.

"끼니 때우기 어려울 때도 당신은 먹고 싶은 것 다 사 먹고, 놀러다닐 것 다 다녔다. 그 돈으로 손주들 용돈이라도 주었으면 대접받고 살았을 것이다."

어머니의 말과 행동으로 봐선 할머니를 향한 분노가 평생 갈 것 같다. 지숙이 듣기에도 할머니는 보편적인 사람은 아니었다. 그렇다고 어머니에게 맞장구치며 거들어 줄 만큼 지금은 편안하지 않다. 지숙이 침묵하자 어머니는 다음 말을 준비하기 위해 한숨을 쉰다. 어머니의 의도를 짐작한 지숙은 김 서방이 밥 먹자네요 하고는 전화를 끊고 말았다. 지금은 누구와도 수다를 떨 수 없을 만큼 마음이 진정되지 않은 상태다.

딸은 어머니와 신체적 조건이 비슷해서 질환에 대해서도 훨씬 밀착돼 있다. 어머니가 그녀 나이에 축구공만 한 근종을 들어내더니 지숙도 자궁 적출 수술을 받아야 했다. 무엇이든 어머니와 같은 동일성을 인정하고 싶지 않은 그녀였다. 어머니와 닮고 싶지 않다는 것은 어머니를 인정하고 싶지 않은 심리와 같다 할지라도. 제자리에서 버티지 못하고 빠져나간 자궁은 제 것 하나 지키지 못한 혹독한 대가를 치르게 했다. 그것의 흔적은 검붉은 멍으로 남아 꽤 오랜 시간 지숙을 붙잡아 두었다.

근종을 몸에 키우면서 10년을 버텼다. 한 달에 사오일은 암 환자처럼 이를 물고 뒹굴다가 한밤중에도 응급실로 가고 싶었다. 그러나 응급실은 그녀에게 아무런 도움이 되지 못한다는 걸 알고 있기에 진통제를 삼키며 견뎌야 했다. 지옥문을 두드리는 사람처럼 끔찍한 고통을 견뎌야 하는 시간이었다. 하혈량이 많아 빈혈이 심해지고, 내과 의사들은 이러다가 쓰러질 수도 있다고 경고했다. 그러다가 자신에게 문제가 생겨 수술을 결심하니 수혈을 해야 가능하다는 진단이 나왔다. 왜 그리 미련하게 고집을 부렸는지 모르겠다는 후회도 생겼다. 자궁을 지키겠다는 지숙의 집념은 모성을 완수한 후에도 여전했으니 그녀는 자궁을 존재 자체로 생각하고 있었던 모양이다. 너무나 간단하게 결정할 문제도 고집스럽게 지키거나 외면하며 자신을 괴롭힌 것을 보면 모든 일이 운명에 의한 것이라는 생각이 들었다. 어린 시절에 눈치를 살피며 살아야 했던 생활이 결단력 약한 습관을 만들고, 그 습관이 성격을 형성하고, 성격이 운명이 되었는지 모른다.

조금씩 기운을 회복해 가자 지숙은 병원에 가지 않고 절에 들어갔다. 지숙이 스스로를 감당하지 못해 혼자 있는 것을 두려워할 때도 한길은 출장을 가야 했다. 스님은 한길이 일을 마치고 서울에서 내려오는 시간까지 불안정한 그녀를 돌봐 주셨다. 어제는 한길이 돌아오지 못하게 되자 그녀는 절에서 하룻밤을 보냈다. 낯선 방에서 혼자 있는 이유 때문인지 그녀는 매우 예민해져서 자정이 지날 때까지 뒤척이다 깜빡 잠이 들었다.

새벽 3시 30분. 도량석 소리에 소스라쳐 눈을 떴다. 청아하게 울리는 목탁 소리가 만물을 일깨우고 있다. 그녀는 주섬주섬 옷을 갈아입고 섬돌 위에 놓인 신발을 신었다. 새벽의 법당은 더 묘한 신비로움을 자아낸다. 경건한 마음이 절로 인다. 기도 스님 한 분이 무릎을 꿇고 앉아 경건한 자세로 새벽종을 두드린다. 만물이 깨어나서 정성스럽게 올리는 예불 들으시고 진리 깨달으소서. 지숙은 종소리 속에 실린 다른 소리를 듣는다. 어디에든 머물지 말아라. 머물면 집착이 생기고 번뇌가 생기는 것이니. 모든 것은 흘러가는 것이니.

천수경을 순서대로 봉송하고, 관세음보살 기도를 하다가 자신도 모르게 울음이 터져 나왔다. 관세음보살을 부르는 자신의 소리에서 애가 타는 간절함이 느껴진 순간이었을 것이다. 내가 언제 누구를 이렇게 간절하게 불러 본 적 있던가. 엄마, 아빠라고 목청껏 불러 본 적도 있었던가. 어떤 감정도 섞지 않고 순수하게 그 이름만을 애타게 불러 본 적 있던가. 하물며 자신을 불러 본 적은 더욱 없었을 테다. 애절하게 불러야 할 순간에도 불러 보지 못한 이름들. 설움에 겨워 우는 아이처럼 그렇게 오래도록 복받쳐 오르는 울음을 울었다.

기도하던 스님 한 분이 그녀에게 다가와 화장지를 놓고 가셨다. 스님의 마음이었다. 당신 생의 일주문을 하나 더 지나치고 있군요. 눈물을 흘린다는 건 얼마나 순수한 행위인가요. 그렇게 자신을 조금씩 흘려보내고 나면 한결 생이 가벼워질 것입니다. 비워서 가벼워질 수 있다면, 그 눈물로 그대의 업장 덜어 내는 일은 기꺼운 일입니다. 그 울음이 그칠 때까지 한껏 쏟아 내는 것도 좋겠습니다. 저 숲속의 새 울음소리보다, 열어 둔 문틈을 지나가는 바람 소리보다 당신이 내는 울음소리를 스스로 들을 수 있다는 것은 당신 생의 여로를 만들었다는 의미입니다. 침묵 속의 전언을 그녀는 기꺼이 받아들인다.

예불을 마치고 지쳐서 방으로 들어온 그녀는 쓰러지듯 누웠다. 깜빡 잠이 든 것 같은데 잠결에 어떤 소리를 들었다. '너·를·만·날·것·이·다.' 마치 동굴에서 울려 퍼지는 소리처럼 신비롭고도 아름다운 목소리로 또박또박 들려온 그 말은 그녀에게 잠시 현실감각을 잃게 했다. 무슨 소리를 들은 거지. 내가 어디에 와 있는 것이지. 혼몽한 중에 정신을 가다듬어 보니 아침 햇살이 방문턱을 넘어와 넘실거렸다. 아직도 또렷하게 귓가를 맴도는 소리. 누군가 분명히 그녀의 왼쪽 귀에 대고 말했다. 누구일까. '너·를·만·날·것·이·다.'는 무슨 뜻일까. 기억을 더듬어 보니 여자의 목소리도 남자의 목소리도 아니었다. 여자도 남자도 아니라면…. 그녀는 알지 못하는 존재가 자신에게 무언가를 찾고 얻어 돌아오게 하는 힘을 주는 것이라 믿고 싶었다.

점심 공양을 마친 지숙은 스님의 호출을 받았다. 찻물을 끓이던 스님은 그녀가 들어가자 어젯밤 잠은 잘 잤느냐고 묻는다. 그녀는 그저 웃는 것으로 대답하고 자리에 앉았다. 그녀가 차 한 잔을 다 마실 만큼의 시간 동안 두 사람은 침묵했다. 그녀는 스님이 무슨 말씀을 하시려나 기다리고 있었고, 스님은 그녀의 심중을 헤아리는 시간이었을지도 모른다.

"보살님, 어머니는 천륜이니 그대로 인정해야 돼요. 보살님이 택한 어머니잖아요? 그리고 어머니와 보살의 관계는 아무것도 아니요."

"부모 자식이 어떻게 아무것도 아닐 수 있지요?"

"불법 공부하는 사람에게 세상사 그토록 목맬 일이 뭐가 있어요? 가슴을 열면 보살 스스로 바닷물도 될 수 있고, 그걸 그러모아 닫으면 한 줌 가슴 안으로 다 품을 수 있는 사람이 한 생각 돌리면 어머니와의 인연 문제는 아무것도 아닐 수 있잖소."

"스님, 전 중생인데요."

"중생과 중생 아닌 자의 차이가 뭐 있어요? 중생이니 아니니 경계 짓는 순간 중생이 되는 것이지."

"…."

"지나간 시간을 움켜쥐고 있으면 진짜 업이 돼요. 자신을 자유롭게 열 수 있는 힘을 충분히 가진 사람이 왜 자꾸 지나간 시간에 얽매여 있누? 멀리서 지나가는 것만 봐도 보살의 마음이 보여요. 저 사람이 요즘 힘들구나. 마음이 평온해졌구나, 가벼워졌구나 하고. 아픔도, 슬픔도, 행복도 자신이 만들고, 내가 받으면 내 것이 된다는 거 잊지 말아요."

"자신의 생 일부를 바꾸는 일이니… 쉽지 않겠지요?"

"생은 어차피 연극 아니요? 그런데 뭐가 어려워. 우리들 모두 연극 무대에 올려져 한바탕 광대극을 벌이다 가는 것인데."

"오랜 습관 때문일 거예요."

"지구상에서 가장 먼 거리에 있는 게 머리와 가슴이라는 것은 생각과 실천이 그만큼 어렵다는 뜻이지요. 여태 살아온 것이 있는데 어떻게 쉽게 바꿔지겠소?"

"어렵고 힘든 여정이군요."

"중요한 건, 건강한 사람은 자기가 연기하고 있다는 것을 아는데 건강하지 못한 사람은 연기하는 것이 자기라고 믿는다는 것이지. 자신을 몰입시켰으니 연기가 끝나도 인물 속에서 빠져나오지 못하는 것이지요."

"인생이 환이라는 것을, 깨닫게 되면 얼마나 다행일까요. 잘해도 허방만 짚다가 가는 경우가 많을 텐데 대단한 것처럼 요란을 떨고 있네요, 제가."

"인생은 연기라는, 진정한 의미를 아는 사람이 얼마나 있겠소? 우리는 타인을 속이는 연기는 잘하지만, 자신을 속이지 않기는 참 어렵지요. 그 깊은 속까시 아는 일은 성자들이나 가능하겠지요. 이쨌든 진짜 나를 찾는 일은 세상에 온 가장 중요한 목적이니 잊지 마시오."

"…."

"이제 누구에게든 최소한의 도리만 하며 사세요. 지금까지 어머니 문제로 자신을 그토록 고통스럽게 낭비했으면서 아직도 어머니에 갇혀 있는 것 같아서 건네는 말입니다."

"그러네요 스님, 어머니 이야기로 돌아가면 아직도 삶이 불분명해지니까요."

"봄 찾아 하루해를 헤매다 집에 돌아와 보니, 앞마당 매화 끝에 봄이 달려 있더라는 선시가 있지요. 보살님이 찾으려는 것은 자신 곁에 있을 거예요. 나이 오십이 되어서야 어린 시절 못 받았던 어머니 사랑 찾아 먼 길을 돌아보았지만 알게 된 것은 어머니로부터 그걸 받을 수 없다는 것이었잖아요. 그럼 방법은 한 가지밖에 없어요. 심호흡하듯 가슴에서 훅 하고 불어 버리세요. 받아서 자신을 위로해 주겠다는 한 생각을 돌리면 되잖아요."

"제 마음이 놓지 못하고 품지도 못해서라는 걸 알지만, 아는 것과 자신을 바꾸는 일은 그리 쉽지 않습니다. 스님."

"바꾸려고 하지 말고 그대로 인정하고 바라보기만 해도 한결 편안해질 것이오만."

지숙을 바라보는 스님의 눈에 안타까움이 스쳤다. 한 사람이 살아온 생의 흔적을 고스란히 인정할 수만 있다면 인간 세상에 투쟁이란 단어는 불필요해질 것이다. 그때 스님을 찾아온 손님이 있다는 종무소의 전갈이 있었다. 들어오시라는 스님의 대답이 끝나자마자 문이 열리며 한 남자가 들어왔다. 동시에 스님이 일어서서 손님을 맞았다. 남자가 합장하여 정중하게 예를 갖추는 것이 스님과 남자의 친분이 두텁진 않아 보였다. 서로 인사하고 자리에 앉는 동작 하나하나엔 신중함이 배여 있다. 그들은 마치 법거량 하려 만난 도인들처럼 말을 아꼈고, 상대의 움직임에 감각의 촉을 예리하게 세우고 있었다. 그 때문일까. 갑자기 방 안 공기가 묵직하게 내려앉고 그녀는 나가야 할지 그대로 있어야 할지, 방을 나올 적당한 시기를 찾느라 엉거주춤 서 있다가 스님과 정면으로 자리를 잡고 앉은 남자를 슬쩍 쳐다보았다.

언젠가 똑같은 상황이 있었던 것처럼, 무엇인가 익숙한 전경이 데자뷰 현상처럼 스쳐 갔다. 이 느낌은 무엇일까. 약간 혼란스런 상태에서 그녀는 남자를 다시 보았다. 낯설지는 않으나 정확하게 누군지도 알 수 없었다. 그럼에도 남자를 보고 있는 그녀에게 멀리 달아나 버렸던 마음 한 자락이 돌아와 채워지는 것 같았다. 까마득한 먼 옛날, 과거 생에 잃어버렸던 무엇이 지금 이 자리에 다시 찾아온 느낌이 이럴까. 알 수 없는 이 작용들은 무엇일까. 스님은 말없이 차를 준비하셨고 남자는 스님의 움직임에 시선을 두고 있었다. 그들은 침묵 속에서 자연스럽게 대하는 듯했으나 지숙에겐 마냥 자유롭지 않은 무엇인가가 느껴졌다.

"차 한잔하시지요."

찻잔을 내려놓으며 스님이 먼저 침묵을 깼다. 남자가 가벼운 합장으로 답하며 찻잔을 들어 올렸다.

"월정사 큰스님께 다녀오셨다고요?"

"가실 날도 얼마 남지 않은 듯하여 인사차 뵙고 오는 길입니다."

"일대사 인연을 모두 마무리하셨던가요?"

"잘 아시면서 물으십니다."

"평생 오대산에서만 사셨으니 마감도 그곳에서 하시겠지요?"

"그곳을 도리천으로 알고 사셨으니 어디 가시겠습니까?"

또다시 침묵이다. 고요 속에서 차를 마시는 소리만이 그들의 존재를 말해 주고 있었다. 엉거주춤 서 있던 지숙은 마주 앉은 주인과 객이 무엇인가를 찾아내려 온 신경을 곤추세우고 있음을 눈치챘다. 방해하지 않으려 누구에게랄 것도 없이 합장하고 문을 향해 조용히 뒷걸음질 쳤다.

"뭘 그리 오래 살피십니까?"

스님이 다시 말문을 열었다. 문을 열려던 그녀는 문고리에 손을 댄 채 뒤돌아섰다. 팽팽한 긴장 속에서 들려올 대답을 기다리는 그녀의 심장이 격하게 뛰었다.

"스님께서 저를 살피신 것이나 다름없지요."

남자의 대답과 동시에 스님의 안광이 번쩍했다 사라졌다. 찰나간의 일이었다.

"이왕 예까지 오셨으니 저녁 공양이나 하고 가시지요."

"감사합니다만 어둠이 짙어지기 전에 이 산중을 벗어나야겠습니다. 걸어 나가는 길이 십 리는 족히 될 것 같더군요."

"눈 밝고 귀 밝은 분이니 어둠 정도는 괘념치 않으실 줄 알았습니다."

"허허, 후원의 공양주 보살이 초저녁 꿈속에서 헤매고 있습니다."

"공양주 보살이 한 수 윕니다. 그냥 가실 것을 미리 알고 있었으니…."

"허허, 그렇군요."

그들의 선문답 같은 모호한 말들이 일상의 대화로 넘어가자 비로소 방 안의 공기도 긴장에서 헤어났고 그녀는 그 틈에 문을 열고 밖으로 나왔다.

긴장된 공간에서 풀려나자 그녀는 그 남자가 누구일까 궁금해졌다. 전생의 인연이 있는 사람일까. 운전하면서도 남자에게서 생각이 떠나지 않자 그녀는 무언가 착각하고 있으며 의식이 지나치게 과잉 반응하고 있는 건 아닌지 자신을 다그쳐 보았다. 헤아릴 수 없이 많은 인연 중에 잠시 스쳐 가는 사람이 어디 한둘일까. 남자 역시 그런 이들 중 한 사람이지 않을까. 잠시 스쳐 지나가는 사람과의 시공간을 일일이 해석하려는 건 바보 같은 짓이다. 아무리 그렇게 자신을 눙쳐도 마음 한구석에서 일고 있는 것, 왠지 그 남자가 자신의 인생에 새로운 세계를 열어 줄 것 같다는 어처구니없는 생각을 떼어 내지 못했다.

자신에게 빠져 운전에 몰두하지 못하자 앞지르는 차들이 헤드라이트를 쏘아 가며 성깔을 부렸다. 아파트 입구의 갈림길에서 핸들을 꺾어 식료품점으로 향했다. 무엇인가 미지의 세계를 꿈꾸는 이가 새 계획을 세우며 남몰래 설레는 것처럼, 색다른 음식을 만들어 보겠다는 강렬한 의욕이 생겼다.

아버지 산소에서 내려다보는 바다였다. 밀물이었는지 모래사장에도 물이 들어와 있다. 그녀는 허벅지까지 와 닿는 바닷물 위에 세 아이들과 함께 서 있었다. 그 옆을 갈매기 두 마리가 물수제비뜨듯 걷다가 날개를 퍼덕이며 물 위로 날아오른다. 그 갈매기를 잡아야 한다고 생각한 시숙은 남편을 불렀나. 그가 두 마리의 갈매기 어깻죽지를 양손으로 단단히 움켜잡았다. 어린 셋째는 등에 업고, 여덟 살 정도의 큰아이와 둘째는 그녀의 양옆에서 걸었다. 한 손에는 날개를 퍼덕이며 빠져나가려는 새끼 갈매기를 꼭 쥐고 진땀을 흘리며 집으로 돌아가고 있었다. 한밤중, 그 마을을 지나며 행여 동네 사람들의 눈에 띄지 않으려 조바심을 쳤다. 경찰서 앞을 지나갈 때는 경찰에게 보이지 않으려고 키를 낮춰 종종걸음으로 내달렸다. 갈매기를 잡아가는 것은 떳떳하지 못하다고 생각했던 모양이다. 집에 도착하자 싸릿대로 장다리를 만들어 그곳에 갈매기를 풀어놓았다. 그리고서야 안심했다.

아침을 먹으면서 지숙은 남편에게 꿈 이야기를 하였다. 말하다 보니 자신도 모르게 그 꿈이 상징하는 것도 해석되었다. 그녀는 부모와 함께 살고 싶었던 바람을, 현실에서 이루지 못한 꿈을 꿈속에서 이뤘다.

"당신의 의지력은 참 대단해."

불쑥 내뱉는 한길의 말에 지숙은 잠깐 뜨악해 하다가 웃었다.

"다른 사람에겐 평범한 일이지만 내게는 간절하게 바라던 것이었으니까. 엄마와 아버지와 셋이서 사는 게 소원이었던 시절이 있었어요. 어머니가 재혼해서 불행하게 사는 걸 보며 그런 상상을 더 자주 하곤 했지 뭐."

그래서일까. 꿈은 완벽했다. 옆에 있던 두 딸과 업은 아이까지. 큰 딸인 은우의 나이와 어머니가 재혼할 무렵의 그녀 나이까지 똑같았다. 그녀는 꿈이 의식의 영향을 받는다는 것을 알면서도 자신이 직접 경험하고 나니 사람이 지닌 정신세계의 신비함에 전율이 일었다. 남편의 도움을 받았지만 결국 어린 시절의 염원을 꿈으로 실행해 낸 셈이다.

그녀는 꿈을 자주 꾸는 편이었다. 어느 날엔 아무리 기억하려 해도 떠오르지 않는 꿈을 꾸기도 하고, 어느 때는 강렬한 이미지를 그려 내 명확하게 해석이 가능한 꿈을 꾸기도 했다. 아프기 이전과 다른 점은 지금 꾸는 꿈들이 대부분 자신의 상처와 소망 충족에서 기인한다는 것이다. 꿈을 꾸면서 그녀는 한결 편안해지고 있었다. 가을로 접어들면서부터는 출근하는 일이 버겁지 않게 되었고 불안한 느낌도 거의 줄어들었다.

그해 여름은 아이에게 많은 변화를 가져다주었다. 일곱 살이 된 아이는 자신의 발가벗은 몸을 부끄러워할 만큼은 자라 있었다. 아니, 그때쯤에는 누가 가르쳐 주지 않아도 여자와 남자가 어떻게 다르다는 것을 알아 갔다. 그러나 그런 내면의 변화 같은 건 아랑곳없다는 듯이 어머니는 아이를 발가벗겨 세워 놓고 그 매운 손으로 딸의 몸을 뿌득뿌득 소리가 나도록 문질러 댔다. 길 가던 사람들이 느릿한 발걸음을 떼며 성근 탱자나무 울타리 사이로 흘끗거릴 때마다 아이는 더 큰 소리로 울었다. 어머니의 손길이 너무 매섭기도 했지만 그보다는 수치심이 앞서 악을 쓰고 울어 대는 것으로 벌거벗은 자신의 몸을 흘끔거리며 지나다니는 사람들에게 나는 충분히 부끄러워하고 있다는 것을 드러냈다. 창피한 게 무엇인지 모르는 내 어머니가 더 창피해 죽겠다는 듯 항의하고 있었다. 자신의 의사를 그렇게 표현함으로써 수줍음을, 웬만한 부끄러움을 잃어버린 어머니에게 반항했다.

하필이면 꼭 언덕길 아래의 우물가에서 목욕을 시킬 게 뭐람. 뒤꼍의 구석에 가서 씻겨도 되고, 길에서 좀 떨어진 마당 모퉁이에서 해도 좋으련만. 어머니는 그런 아이의 모욕감 같은 건 알지 못했다. 이를테면 아이들의 생각 따위는 안중에도 없는 그런 어른일 뿐이었다. 어머니가 아이의 팔을 높이 쳐들고 겨드랑이를 박박 문지르고 있을 때, 여린 살갗의 통증을 참느라 왕방울만 한 눈물이 그렁그렁 맺혀 있을 때, 은행나무 집에 사는 수형이가 지나갔다. 아이는 수치심으로 눈물이 나오는 눈에 힘을 주며 수형이를 쏘아보았다. 제 딴에는 친구에 대한 의리를 지켜 줄 요량이었던지 수형이는 애써 외면하며 그 앞을 지나쳐 갔다. 이제는 됐구나 싶은 아이가 눈에 힘을 풀어 눈물방울을 흘려보내는데 저만치 가던 수형이 휙 뒤돌아보았다. 친구에 대한 의리가 호기심을 이기지 못한 모양이었다. 나쁜 새끼. 그렇게 나를 배반하다니. 아이는 재빨리 한 손으로 아랫도리를 가렸으나 수치심과 배반감으로 악이 바쳐 자신의 때를 벗겨 내고 있는 어머니의 손을 뿌리치며 소리를 질렀다.

"엄마는 창피하지도 않어? 왜 하필 여기서 목욕을 시키는 거야? 지나가는 사람들이 다 보고 있는데…."

"이 가시네가 뭐라고 앙당거리냐 응? 아이고 이 땀 냄새나는 몸을 내가 아니면 누가 씻어 준다고. 등을 좀 씻게 얼른 뒤로 돌아봐라."

어머니는 자신의 손바닥보다 작은 딸의 뽀얀 엉덩이를 찰싹찰싹 때렸다. 아이는 부끄러움과 어머니에 대한 적개심을 누르느라 앙앙 소리를 내어 울었다. 그 장면처럼 모녀에게 정감 있는 추억이 또 있었던가 싶다. 후일에 성인이 된 그녀가 제 자식들을 키워 보니 그랬다. 야단치고 매를 때려도 돌아서서 엄마를 부르며 안기는 게 어머니와 자식이었다. 오히려 그러한 장면은 유년의 기억에서 참으로 행복한 시절의 일이었지 싶다. 여덟 살 이후, 어머니가 재혼한 다음에는 아무리 더러워도 그때처럼 가만히 좀 있지 못하겠니? 하고 소리를 지르거나 엉덩이를 찰싹찰싹 패대며, 아이의 몸을 샅샅이 씻어 준 기억이 없기 때문이다.

가끔 읍 근교로 모내기를 하러 다니던 어머니는 모내기 철이 지나자 그 집을 떠날 준비를 하고 있었다. 어머니도 이제 혼자 살아가는 일에 지쳤던 모양이다. 의지할 누군가가 필요했다. 그 모든 준비는 아이가 모르는 사이에 이루어졌다. 중매쟁이가 도둑고양이처럼 살금살금 드나들며 어머니를 설득하고 아이가 모르는 무슨 일인가가 진행되고 있다는 것을 알아챘을 땐 이미 어머니는 딸의 새 옷을 바느질하고 있었다. 분홍색 체크무늬의 포플린 원피스가 완성되었을 때, 어머니는 가위를 들고 아이의 긴 머리카락을 싹뚝 잘랐다. 잘려 나간 머리카락처럼 과거의 시간도 그렇게 자르고 싶었던 것일까. 미래에 대한 희망이 사람을 얼마나 지치게 하고 삶을 부질없게 만들던가. 실제로 그렇다 해도 다가올 날에 대한 기대가 없었다면 어머니 생은 얼마나 외롭고 고단할 것인가.

어머니가 아이의 손톱을 깎아 주며 "내일은 우리가 이곳을 떠나는 날이란다." 라고 말했을 때, 아이는 침을 꿀꺽 삼켰다. 자신을 연결해 주던 무엇인가가 툭 하고 끊어지는 것을 느꼈다. 지금과는 전혀 다른 시간이 될 것 같은 단절감이었다. 어머니의 손을 뿌리치고 싶었다. 그러나 아이는 그러지 못했다. 유년의 많은 시간을 이모들과 지냈다. 엄마와 함께 산 지 얼마 되지 않았는데, 이제 겨우 엄마의 손을 잡고 그 품 안의 느낌에 익숙해져 가고 있는데 어떻게 거절할 수 있겠는가. 후일에도 그럴 기회가 왔을 때, 엄마가 손을 놓기 전에 자신이 먼저 놓았다면 끊어진 단절감이 적어졌을까.

아이는 자신의 미래에 대한 불안감을 느꼈는지, 까닭 없이 두렵고 서러웠다. 이곳에서 외할머니가 돌아가시고 이모들 그리고 삼촌과도 이별했다. 방 한 칸에서 여섯 명이 때로는 일곱 명이 살갗 맞대며 든 정이 얼마나 컸는지 아이의 가슴이 송두리째 비워지는 느낌이었다. 어쩌면 낯선 마을과 사람들에 대한 호기심이나 기대감보다는 두려움이 더 컸는지 모른다. 새로운 환경을 거부감 없이 받아들이기에는 아이가 너무 자라 있었다. 그래서 아이는 어머니를 따라간 그 시절 내내 행복할 수 없었다. 무엇인가를 안다는 것은 때로 불행을 초래하기도 한다. 손톱을 다 자르고 나서 어머니가 떨어진 그것을 그러모으는 사이 아이는 밖으로 나왔다. 습관처럼 올려다본 하늘엔 먹구름이 빠르게 흘러가고 있었다. 한참 동안 어두운 밤하늘을 올려다보던 아이가 문득 진저리를 치며 긴 숨을 내쉬었다.

"내가 누구지?"
"고모."
"저기 채전밭에 있는 사람은?"
"할머니."
"방금 지게 지고 나간 사람은?"
"음 ……"
"이제 아빠, 라고 불러야 해."
아이는 대답하지 않았다. 아니, 대답이 나오지 않았다. 새로운 환경과 맞닥뜨리며 겪는 자신의 충격조차 감당하지 못하고 있는 꼬마에게 어른들은 너무 성급했다. 작지만 순수한 세계 안에 있는 아이에게 어른들이 자신의 생각을 강요하는 것은 죄악이다. 어른들의 세계를 받아들이지 못하는 것이 분명 아이의 잘못은 아니다. 아이는 아직 어려서 핏줄이 아니더라도 한 가족이 될 수 있다는 현실을 받아들이지 못했다. 제 아버지는 어렸을 적에 이미 돌아가셨고, 저에겐 엄마밖에 남아 있지 않다는 것을 잘 알고 있기 때문이다. 그러나 결혼해서 옆집에 사는 고모는 아이가 자기 집 앞을 지나칠 때는 붙잡아 놓고 이렇듯 가혹한 시험을 치르게 했다.

여덟 살, 그 이전의 기억을 버리고 현재 네 눈앞에 펼쳐진 상황만을 기억하라 하기엔 아이가 너무 자라 있었다. 무엇보다도 가장 소중한 엄마를 빼앗겼다는 상실감이 현실에 적응하지 못하도록 하는 가장 큰 장애 요인이었다. 이 집에 온 이후로 엄마는 온종일 바빠서 아이에게 눈길 한 번 주지 못했다. 주로 할머니와 세 살 위의 고모와 함께 지냈고, 엄마는 아예 관심을 갖지 않는 것처럼 보였다. 아침을 짓고, 점심을 차리고, 저녁 준비하는 것은 물론이고 이웃에서 요구하면 밭일 품앗이를 나가야 했다. 아이는 밤이 되면 할머니 방으로 건너가서 자야 했다. 새로운 환경에 적응하기 어려워 점점 불안해졌다.

이 집으로 온 첫날 밤, 잔칫집이라고 사람들은 늦도록 술을 마시고 흥겹게 놀았다. 낯선 사람들 속에서 하루 내내 눈치를 보다가 지친 아이는 앉은자리에서 그대로 잠이 들었다. 초저녁부터 잠이 들어 깊은 잠을 달게 자고 나서 초여름의 후덥지근한 습기와 요의 때문에 눈을 떴다. 분명 어둠 속에서도 엄마가 곁에 없다는 것이 느껴졌다. 슬그머니 문을 열고 나와 마루에 걸터앉았다. 음력 보름이었던가, 달이 휘영청 밝았다. 멀리서 개 짖는 소리가 간간이 들리고 마당 모퉁이에 있는 돼지우리에선 잠자는 돼지의 거친 숨소리가 들려왔다. 지독한 적막감이 몰려들어 진저리를 쳤다. 아이는 모두가 잠든 시간에 홀로 깨어나 있는 자신이 갑자기 서글퍼졌다. 사람들은 모두 같은 잠 속 세상에 있는데 혼자만 별개의 세계에 따로 떨어져 있는 외로움이 몰려들었다. 어머니마저 자신 옆에 있지 않으니 아무도 제 편이 되어 주지 않을 것 같았다. 그러자 소리쳐 엉엉 울고 싶어졌다. 가슴이 두근거리고 상실감으로 무너져 내리는 것 같았다. 뭐라 형언할 수 없으나 숨이 막힐 것처럼 답답하고 아팠다.

밟히는 대로 고무신을 끌고 마당으로 내려서는데 저만치서 무엇인가 땅에 툭 떨어지는 소리가 났다. 귀를 곤추세우고 그대로 붙박이듯서 있자 다시 나무에서 조그마한 물체가 투둑 떨어졌다. 허리를 굽혀 들여다보니 감꽃이었다. 밝은 달빛에 떨어진 꽃들은 새하얗게 반짝였다. 그 꽃을 주워 들고 울타리 밑에 앉아 오줌을 눴다. 낮에 보았던 어두운 잿간에 들어가고 싶지 않기 때문이다. 오줌을 누며 읍내에 있는 집으로 돌아가고 싶다는 생각을 했다. 엄마와 살던 그 집으로. 이모들과 삼촌이 보고 싶었다. 소리 내지 않았지만 울고 있었다.

마당을 가로질러 오며 집 모퉁이의 작은 댓돌 위에 놓여 있는 하얀 고무신에 눈길이 갔다. 가만가만 그 방 앞으로 발을 떼는데 들릴 듯 말 듯 알 수 없는 소리가 들려왔다. 아이는 잠시 발을 멈춰 귀를 기울였다. 하아, 하아. 숨을 몰아쉬며 누군가가 애절하게 흐느꼈다. 아이는 우는 이가 제 엄마라고 생각했다. 엄마도 나처럼 집으로 돌아가고 싶은 걸까. 엄마의 마음과 자신의 마음이 같다고 생각하자 위로가 되었다. 밤이 지나고 날이 밝으면 어쩌면 다시 돌아갈 수 있을지도 모른다는 희망이 스쳐 갔다. 그러나 큰방으로 들어가기 위해 마루에 올라서며 뭔가 칙칙하고 석연치 않은 기분을 느꼈다. 늘척지근한 초여름의 밤공기 탓인가. 할머니 옆으로 끼어들어 누웠으나 가슴이 답답해 좀체 잠이 오지 않았다.

다음 날 아침, 아이는 엄마를 보고도 모른 척했다. 왠지 그러고 싶었다. 아침 준비를 하느라 여유가 없는 엄마 또한 아이에게 무관심했다. 엄마는 자신도 새로운 환경에 맞춰 사느라 분주했을 뿐이다. 다만 변하는 상황들을 온몸으로 느끼고 있는 아이와 변화하는 자신조차 감지할 여유가 없는 엄마와의 입장 차이만 있을 것이다. 낯선 곳에서, 낯선 사람들 속에서 점점 엄마를 빼앗기고 있다는 본능적 두려움은 하루하루 지날수록 점점 더 커져만 갔다.

할머니와 아버지, 두 명의 삼촌과 고모, 아이와 엄마 일곱 식구를 위해 밥을 짓고 빨래를 하고 청소를 해야 하는 엄마는 쉴 틈이 없었다. 더 힘든 것은 가난이었다. 식구들이 하루 세끼 보리밥 먹는 일도 어려워 큰삼촌은 신문기자 댁으로 불리는 부잣집에서 머슴살이를 했다. 낭비벽이 심한 할머니는 아들이 새경을 받아오면 그중 일부를 떼어 당신이 먹고 싶은 것을 사들이거나 놀러 다닐 몫으로 따로 챙겼다. 꽁보리밥도 아침저녁으로 두 끼뿐이었고, 점심은 고구마로 때우는 시기였다.

겨울이 되자 엄마의 배가 불러 오기 시작했다. 입덧과 힘든 노동으로 엄마는 얼굴에 살집이라고는 찾아볼 수 없는 삐쩍 마른 몰골로 변해 갔다. 이모들에 의하면 엄마는 솜씨 좋고 멋쟁이여서 외할머니는 여자들의 옷을 사거나 머리를 자르러 미장원에 갈 때면 엄마의 의견에 전적으로 수긍했다고 한다. 바느질집에서 한복을 맞추거나 옷을 사러 갈 때면 항상 엄마를 앞세워 다니셨단다. 그런 엄마가 불과 반년 만에 완벽한 촌부로 변했다.

봄이 되었다. 아홉 살이 된 아이가 초등학교에 입학했다. 다른 아이들처럼 하얀 손수건을 가슴에 달고 선생님의 구령에 맞춰 하나 둘 셋 넷을 외치며 작은 운동장을 누볐다. 입학한 첫 달에 아이는 엄마가 맘먹고 사 준 벙어리장갑과 신발주머니와 검정 고무신을 모두 잃어버렸다. 신발장에 넣어 둔 고무신이 신으려고 보니 없었다. 아이는 한 번 잃어버린 경험으로 조바심이 생겨 장갑은 잃어버리지 않으려고 목에 걸고 다녔다. 그런데도 어느 날 학교에서 집에 돌아와 보니 장갑이 없었다. 아이는 장갑을 잃어버렸다고 말하지 않았고 엄마는 열흘이 지났을 때 아이의 손에 장갑이 없다는 것을 알아봤다. 이 가시네야, 네 창시까지 다 빼놓고 다녀라. 자신의 고달픈 삶을 한탄하듯, 아이에게 악다구니를 썼다.

엄마의 그런 모습을 본 적이 없는 아이는 큰 충격을 받았다. 며칠 동안 악몽을 꾸었는데, 그중에는 집에서 기르는 삽살개의 창자를 꺼내는 꿈도 있었고, 어머니의 입에서 창자가 쏟아져 나오는 꿈도 꾸었다. 무섭고 두렵고 혼란스러운 날들이었다. 그 이후로 아이는 어머니가 왠지 자신을 미워한다는 생각이 들어 세상에는 아무도 자신을 이해해 줄 사람이 없을 것 같았다. 가파른 생의 한가운데에서도, 자신의 권리를 빼앗겨도, 혼자 살면서 일한 대가를 받지 못하고 억울하게 쫓겨 갈 때도 자신이 포기하면 했지 상대에게 포악스럽게 대들지 않던 엄마의 변화가 낯설게만 느껴졌다.

3학년 때까지는 무리 없이 학교에 다녔다. 4학년이 되자 아이는 소녀티가 부쩍 나게 자랐고, 둘째 동생이 태어나서 해야 할 일이 더 늘어났다. 점점 더 엄마의 관심 밖으로 밀려나게 되었다. 농번기에는 동생을 돌보기 위해 결석을 했다. 큰삼촌이 새경을 더 많이 주는 곳으로 옮기려고 할머니와 함께 다른 마을로 분가해 나갔기 때문에 동생들을 돌보는 일이 아이의 차지가 된 것이다. 그래도 결석은 하기 싫었다. 아이에게 학교는 절대적인 장소였다. 학교에 가야만 자신의 존재감이 살아났고 그 자긍심은 강퍅해져 가는 엄마, 아버지의 술주정, 잦은 싸움, 동네 사람들의 수군거림 따위들에서 자신을 버텨 가는 힘이 되었다.

학교에 가지 못하는 것은 너무 큰 상심이어서 동생을 돌봐야 하는 날에는 아기를 업고 학교에 갔다. 형편을 아는 담임 선생님은 나무라지 않았다. 동생을 내려놓고 수업을 하면 아직 걷지 못하는 아기는 분단과 분단 사이를 기어 다니며 놀았다. 울지 않는 것만으로도 동생이 얼마나 고마웠던가. 점심때가 되면 아기를 업고 달려가 젖을 먹이고 다시 학교로 갔다. 엄마는 그런 딸에게 미안해하는 기색도 없었고 당연한 일로 여겼다. 오로지 자신이 짊어진 현실의 무게에 짓눌려 그걸 지탱하기에도 필사적이지 않으면 안 되는 사람처럼 보였다.

엄마는 점점 지독해져 갔다. 아침부터 저녁까지 쉴 틈 없이 일했으나 식구들 먹고사는 일은 넉넉해지지 않았다. 남의 밭 소작하는 것은 겨우 식구들 목구멍으로 들어갔다. 그러니 겨울이 되어도 엄마는 바다에 나가 굴을 따거나 바지락을 캐다 팔아야 했다. 눈이 내리고 강추위가 계속되어도 아이들은 떼를 지어 몰려다니며 놀았다. 자치기를 하거나 딱지치기를 하거나 고무줄넘기를 하였다. 늘 동생을 업고 다니는 아이는 마음대로 놀 수 없었다. 자신의 차례가 되면 아기를 잠깐 포대기 위에 내려놓거나 다른 친구들에게 맡기기도 했다. 그래도 그 순간은 즐거웠다. 다른 아이들과 똑같은 아이로 놀 수 있는 시간이었다.

어느 날 아이가 고무줄놀이에 팔려 있는 사이 동생이 흙을 집어 먹는 모습을 바다에서 돌아오던 엄마가 보았다. 이 썩을 년아, 아기 보라니까 그깟 고무줄놀이에 정신을 팔어. 엄마는 손바닥으로 아이의 등짝을 사정없이 후려쳤다. 그 반동으로 아이는 앞으로 휘청거리다 그대로 꼬꾸라졌다. 함께 놀던 친구들이 슬슬 고무줄을 거둬 들고 뒤꽁무니를 뺐다. 잘못한 것이 없는데도 맞았다는 억울한 마음과 얼얼하게 아픈 등짝 때문에 아이의 자존감에도 금이 갔다. 나도 다른 아이들처럼 신나게 놀고 싶단 말이야. 아무도 없는 장독대가 있는 뒤란으로 가서 울었다. 무엇인지 모르지만 서럽고 슬펐다. 아이에게 뒤꼍은 자신을 풀어놓고 울어도 되는 은닉처가 되었다. 혼자 울어야 할 일이 생기면 그곳으로 갔다. 그런 시간이 없었다면 후일 그녀가 남몰래 숨어서 우는 사람의 눈물을 볼 줄 알게 되었을까. 그렇게 뒤꼍을 맴돌면서 아이는 소녀가 되어 갔다.

그 무렵, 소녀는 소설에 빠져 있었다. 변소에 앉아서 글씨로 된 것은 뭐든 읽었고, 책을 읽다가 빨리 나오지 않는다고 야단을 맞기도 하였다. 아, 빨리 나오지 뭐해, 똥을 집어 먹고 있니. 늘 바쁜 엄마는 느긋한 배설의 기쁨조차 허락하지 않았다. 엄마는 소녀의 행동이 굼뜨고 느려서 그런 줄 알았다가 책을 읽는다는 것을 알았을 때, 그놈의 책 지긋지긋하다고 말했다. 책 읽기 좋아하는 사람치고 부지런한 사람 없고, 게으른 사람들은 가난하다고 책 읽기를 금지했다. 그러나 책은 집 밖에 있었다. 학교 도서관에 있는 책들을 모조리 읽고, 삼촌이 머슴 살았던 신문사 기자 댁에 드나들면서 그 집에 있는 소설까지 빌려다 보았다. 그 집에 있는 책은 아동용이 아니었다. 학교에 있는 『소공자』, 『소공녀』, 『리어왕』도 좋았지만 펄벅의 『모란꽃』을 읽을 때의 설렘과 감미로움은 무엇과도 견줄 수 없었다. 3학년 후배가 살기도 했던 그 집에 밤마다 숨어들어 한동안 소설 읽기에 열을 올렸다.

그러던 어느 겨울 소녀가 어머니의 심부름으로 이웃 마을에 다녀올 때였다. 부엌으로 들어오며 엄마를 부르는데 엄마는 보이지 않고 아궁이 앞에 삼촌이 앉아 있었다. 예기치 않은 광경에 뜨악해진 그녀의 눈에 그때 막 아궁이에 던져져 불이 붙은 소녀의 책보가 보였다. 어? 내 책보, 내 책보…. 다리에 힘이 빠져 스르르 무너지는 그녀를 보며 삼촌이 말했다.

"야 이 가시네야, 책을 읽으면 밥이 나오니, 떡이 나오니? 데려온 자식 밥 먹여 키워 주면 되지 무슨 놈의 공부까지 시켜 주길 바래."

아궁이 불꽃 속에서 희망이, 아니 소녀의 존재가 송두리째 타들어 가는 것을 지켜보며, 귀로는 자신의 현실을 확인시켜 주는 말이 가슴에 화인처럼 각인되고 있었다. 너는 진짜 이 집 식구는 아니야. 곁다리란 말이야. 소녀는 흔들렸다. 책, 공책, 그녀의 모든 것, 그것 없이 버틸 수 있을까? 그날 밤, 소녀는 억지로 먹었던 밥을 다 토해 내고 끝내 토사곽란을 일으켰다. 그 충격으로 1주일 동안 앓고 일어난 후 몸도 마음도 성숙해져 갔다.

아무리 그래도 제 가진 것, 제 팔자를 어찌 바꿀까. 그 무렵 『제인 에어』를 만났다. 4학년 2학기가 끝나 갈 무렵이었다.

"검은 고양이 네로네로 이랬다저랬다 장난꾸러기 …."

까닭도 모르게 칭얼대는 젖먹이 동생을 업고 두 집 건너에 있는 우물가에 나가 서성이고 있었다. 서쪽 하늘에 샛별이 돋기 시작했다. 담임 선생님의 목소리가 조금 멀리 떨어진 수숫대 울 너머에서 들려왔다. 선생님은 휘파람을 불며 장난치듯 소녀를 불렀으나 그녀는 선생님과 눈을 마주치지 않으려고 못 들은 척했다. 아무리 선생님이 자신의 처지를 알고 있다 해도, 학교에서 대답 잘하고 똑똑한 아이의 모습에서 우는 아기나 업고 있는 추레한 자신을 보이는 것은 정말 싫었다. 어디, 처마 밑이나 나뭇등걸 뒤로 모습을 숨기고 싶었으나 선생님이 보는 앞에서 그렇게 도망칠 수도 없었다. 아이 업은 띠에 감춰진 가슴에선 진달래 꽃봉오리처럼 붉은 멍울이 수줍게 생겨나고, 이성에 대한 호기심이 싹트면서 자의식도 생기던 시기였다. 그런 소녀가 아이를 업고 우물가로 나가는 일은, 어린 마음에 크고 작은 상처가 생기기 시작했다는 의미였다. 조숙한 그녀는 인생에서 핏줄의 의미가 무엇인지 어렴풋이 짐작해 가던 중이었다. 얌전하고 조용해서 자신을 드러내지 않지만, 제 자존심이 손상되거나 자의식에 상처를 입으면 상대를 탓하기보다는 제 마음의 문을 조금씩 닫아 가는 시기이기도 했다. 이를테면 자신과 다른 사람들과 싸우느니 혼자 감당하겠다는 심리였다.

그날, 저녁을 먹고 거북이 등딱지처럼 붙어 있던 동생을 내려놓고 소녀는 달빛을 앞세워 조금 긴장된 마음으로 대숲 우거진 선생님의 하숙집을 찾아갔다. 자지러지게 짖어 대는 개를 진정시키며 소녀를 마루에 앉힌 선생님은 방으로 들어가 제법 두툼한 책 한 권을 꺼내 오셨다. 『제인 에어』였다.

"네게 꼭 전하고 싶은 책인데 한번 읽어 보렴."

표지가 너덜거리고 종이가 누렇게 변한 것으로 보아 꽤 오래된 책이었다. 글씨가 깨알처럼 작았으며 세로로 편집되었다. 그 책을 가슴에 안고 집으로 돌아온 소녀는 마치 밀서의 비밀이 새어 나가기를 두려워하는 사람처럼 창호지 바른 문에 이불을 둘러치고 밤을 새웠다. 초저녁이 지나면 기름을 아끼기 위해 등잔불을 끄라고 야단하던 어른의 단속을 피하기 위해서였지만 밤새워 그 책을 다 읽고 나자 진짜 밀서를 읽은 느낌이 들었다. 그녀의 일생 내내 『제인 에어』는 생의 밀서로 남아 있었으니까.

그때 읽은 『제인 에어』는 그녀에게 문학적 의미로 남기보다는 고아가 된 또래의 아이가 제 삶을 지키기 위해 얼마나 강단지고 용기 있게, 또는 고난을 참으며 살아가는지, 지극히 현실적인 의미의 위로로 다가왔다. 악조건 속에서도 제 삶을 단아하게 꾸려 가고, 그러면서도 인간의 향기를 소중히 품고 사는 소설의 주인공에게서 그녀는 제 처지와 비슷한 동병상련의 감정을 느꼈으며, 또한 자신도 그렇게 살고 싶기도 했다. 후일에 그녀가 『제인 에어』를 다시 만났을 때야 눈먼 로체스터와 영혼의 교감까지 가능했던 제인 에어의 순수하고 맑은 영혼을 알게 되었다.

어린 소녀에게 너무나 벅찬 일상을 요구하는 나날이 계속되면서, 순간순간 그런 자신을 잊게 해 주는 독서에 더 몰입하게 되었다. 어쩜 그때부터 현실적이지 못한 그녀의 삶은 시작되었을 것이다. 엄마처럼 생활에 얽매여 그것만 보며 살고 싶지는 않아. 제인 에어처럼 맑은 영혼을 가진 사람이 되고 싶어. 그런 소녀는 후일에 자신의 딸들에게서 종종 놀림을 받았다. 엄마는 현실에 한 발만 딛고 있는 사람처럼 보여. 홍학도 아니면서. 이슬 먹고 사는 사람 같아. 그녀의 삶이 어딘가에 착지하지 못한 채 살아간다는 의미이기도 했다. 이를테면 현실에서의 삶을 억척스레 살아 내지도 못하고 그렇다고 자신의 이상을 완전하게 펼치지도 못한 중간자적 생이었다는 것이다. 오랜 시간이 흐른 후에야 그녀는 그 말뜻을 완전히 이해할 수 있었다. 그녀는 땅에 정착해 사는 사람도, 하늘에 사는 인간도 아닌 중간 세계에서 부유하는 존재처럼 살고 있었다.

초등학교를 졸업하게 되자 중학교에 가야 하는데 아무도 관심을 갖지 않았다. 아버지는 물론이고 엄마조차도 그녀에게 관심이 없었다. 그 무렵엔 겨우 3년을 살고 간 셋째 동생까지 태어나 엄마의 삶은 하루하루 자맥질하듯 위태롭게 이어졌고 생활은 더 궁색해지는 것 같았다. 피죽 먹고 사는 사람처럼 핏기가 없고 깡마른 몰골이 되어 갔다. 이런 집안에서 이대로 살다가는 자신의 인생을 제대로 살 수 없을 것 같았다. 중학교에 가지 못하는 자신을 생각하면 머릿속이 텅 비는 것 같았다. 외삼촌이나 이모들에게 이불을 뒤집어쓰고 몇 밤 동안 편지를 썼다. 입학금만 빌려주면 훌륭한 사람이 되어서 꼭 갚겠다는 내용이었다. 그러나 아무도 답장해 주지 않았다. 마지막으로 청와대의 대통령에게 편지를 보냈다. 어린 마음에 대통령은 부자일 것이고, 공부하고 싶은 마음이 간절하니 도와줄 거라 생각했다. 지성이면 감천이라 했던가. 어느 날 담임 선생님이 부르셨다.

"너를 후원해 줄 수 있는 사람을 물색해 보았지만 쉽지 않다. 우선 선생님이 입학금을 냈으니까 학교에 가면 공부 열심히 해야 한다.”

“선생님, 감사합니다, 정말로 저 중학교에 다닐 수 있는 거죠?”

고개를 끄덕이는 선생님께 인사를 하고 날아가듯 집으로 달려왔다. 빨리 가서 엄마에게 기쁜 소식을 알리고 싶었다.

엄마는 어두운 방 안에서 창호지를 통해 들어오는 겨울 햇볕에 의지해 양말을 깁고 있었다.

“엄마, 선생님이 입학금을 내주셨대. 나, 중학교에 갈 수 있다고!”

“무슨 놈의 중학교엘 간다고, 가시내가 기어이, 고집을 꺾지 않는구나.”

자신의 생각과는 전혀 다른 엄마의 반응에 소녀는 사기가 꺾였다.

“엄마, 엄마가 어떻게 그래?”

겨우 그 말 한마디를 내놓고 소녀는 엉엉 울었다. 엄마는 채 마무리되지 않은 양말에 바늘을 꽂더니 반짇고리에 담아 윗목으로 밀어놓고 그대로 나가 버렸다. 혼자 무참하게 남겨진 소녀는 눈물을 닦느라 소매 끝이 흥건하게 젖었다. 엄마의 냉담한 반응은 소녀의 가슴속에서 평생 치유되기 어려운 고약한 환부를 만들었다. 혼자 감당하기에는 너무 벅찬 생의 갈림길에서 엄마조차도 자기 손을 잡아 주지 않는다는 혹독한 외로움을 새기게 되었다. 그 아픔은 깊은 소를 이루고 가장 깊숙한 곳에 외상으로 자리 잡았다.

그가 내려온 까닭은

주말 오후였다. 시내에 가서 파이닝거의 작품 「해안 절벽」 복사본을 표구점에 맡겼다. 덕수궁 미술관에서 복사본으로 구한 그림이었다. 작년 가을, 전시관을 돌다가 지숙은 그 작품에 매료되어 시간 가는 줄 모르고 붙잡혀 있었다. 그림의 개성이라면, 파스텔 톤의 색채가 주는 편안함과 해안 절벽 풍경을 삼각형, 사각형, 원 등의 도형으로 표현한 것밖에는 없었다. 그런데도 그 앞에 서 있던 그녀는 무한히 아늑하고 평화로운 감정을 전달받았다. 무심하게 작품 앞에 섰을 때는 특별한 무엇을 느끼지 못했다. 그러나 잠깐 들여다보고 있는 사이 그 오브제는 자신을 어딘가로 한없이 끌어가고 있었다. 시공간을 초월해 알 수 없는 곳에 머물게 했다. 인간이 가진 근원적인 세계 속으로 들어가면 이런 느낌이 들까. 한없이 편안하고 아늑해서 그 흡인력에 내맡겼던 몇 분의 시간이 마치 다른 세계를 엿보고 온 것처럼 신비롭게 느껴졌다. 초월적인 세계가 이런 것일까.

인간은 이미 주어져 있는 세계에 던져진 존재이기에 자신이 찾고 감지할 수 있는 것만큼 자기 삶으로 살 수 있다. 특히 감각적 영역에서 더욱. 좋은 작품이란 그렇게 사람의 무의식을 건드려 일상의 모습에서 초극 상태로 끌어 주는 것인지도 모른다. 발길은 다음 작품을 향해 옮기면서도 자꾸 눈길이 가던 그림이었다. 집으로 돌아와서도 그 감동이 희석되지 않자 지숙은 미술관에 전화해서 복사본을 구했다. 그걸 표구사에 맡기고 돌아오는 길에 불현듯 불이사가 떠올라 그곳으로 향했다.

일주문에서 대웅전을 이어 주는 108계단을 오르기 시작했다. 주말 나들이 삼아 나오거나 사찰 주변을 돌며 휴식을 취하던 사람들도 모두 돌아간 저녁나절의 절집은 한껏 고즈넉했다. 가끔 계곡에서 불어오는 바람이 기분 좋게 이마를 건드리고 흐르는 물소리만 간간이 의식 속으로 끼어들었다 사라졌다. 한 발 한 발 옮기는 발걸음에만 집중하다 보니 어느새 팽나무 근처에 이르러 있다. 수령이 5백 년이나 되었다는 팽나무 아래의 벤치에 혼자 앉아 있는 사람의 모습이 보였다. 이 자리는 절을 둘러싼 산의 모습이나 절의 가람이 환하게 들어오는 장소다. 그러나 대웅전을 등지고 앞산을 향해 앉아 있는 남자는 지숙이 계단을 올라오고 있는 모습을 처음부터 지켜보았을지도 모른다. 절에 온 손님이거나 잠시 놀러 왔다가 나무 그늘이 좋아 머물러 있는 사람일 것이다. 그가 누구든 해 질 무렵의 평화를 한껏 누리는 사람처럼 보였다.

"새들도 둥지 찾아 날아오는 시간이지요?"

친숙한 사람에게 말을 하듯 자연스러워 그녀는 다른 누군가가 있는지 주변을 둘러보았다. 아무도 없다는 것을 확인하는데, 목소리의 여운이 그녀를 사로잡았다.

"또 만나게 되는군요."

"저 말씀이세요?"

"여기 누가 또 있어요?"

그녀는 잠깐 어리둥절해 있다가 가까스로 기억을 되살려 냈다. 모른 척 내숭 떨다 상대에게 속내를 들켰을 때처럼 계면쩍음인지 부끄러움인지 모를 감정이 솟아났다. 그 사람이었다. 얼마 전 스님의 눈에서 빛을 발하게 했던 사람.

"여기서 뵙게 될 줄은 몰랐습니다."

"앞일을 미리 아는 사람이 어디 있겠어요? 하지만 우리가 언젠가는 정면으로 조우할 때가 있을 거라 예견하고 있었지요. 전생의 인연이 꽤 깊었던 모양입니다."

남자가 지숙이 앉을 자리를 만들기 위해 옆으로 옮겨 앉았다. 눈에 띄는 모습이 아닌데도 그에게서 받는 강렬한 이미지는 무엇 때문일까.

"저를 기억하실 줄 몰랐어요. 그날 거사님과 스님은 상대에게 모든 에너지를 집중하시는 것 같았거든요. 저는 옆에 있었어도 존재감이 전혀 없었어요."

"그래도 선생을 기억하잖아요."

"제가 아는 한 한 번도 제게 시선을 주지 않으셨어요."

"사람을 꼭 눈으로 봐야만 압니까? 마음을 알면 그 사람이 보이지요."

"오대산에 다녀오셨다는 것으로 보아 산속에 은둔하시는 분인가

봅니다."

"은자는 무슨…. 세상이 필요로 하면 나와야지요. 산 따라 물 따라 흘러 다니다 쉬고 싶은 곳이 있으면 잠시 쉬기도 하고요. 운수납자로 떠돌다 공부를 이룬 도인을 만나면 서로 가르침을 받기도 한다오."

"그렇게, 자유로운 분이시군요."

한차례 바람이 지나가자 그가 비워 둔 자리에 가랑잎 하나가 슬그머니 날아와 앉았다. 남자가 그것을 집어내며 앉으라는 손짓을 했다. 그녀가 그의 옆에 가 앉으며 고개를 돌렸을 때 두 사람의 눈이 마주쳤다. 시선을 돌릴 수도 있을 텐데 그녀는 그의 눈빛에서 달아나지 못하고 붙잡혔다.

"자유 없는 사람이 어딨어요? 누구에게나 자유는 이미 주어져 있어요. 자신들이 게으르고 무지하여 찾아 쓰지 못할 뿐이지요. 실은 더 재미있고 신나는 일이 많으니 자유 따윈 안중에 두지 않을 테고요. 적당한 구속이 주는 쾌감을 누리면서 사는 것도 좋고."

남자에 대한 호기심으로 지숙의 머릿속에서 스파크가 일고 있었다. 그의 목소리는 무한히 부드럽고 편안해서 사람을 끌어들이는 흡인력이 있다.

"범부중생으로 사는 일로는 성이 차지 않아 우주 법계의 비밀을 찾아보겠다는 포부를 이루셨나요?"

"허허, 선사들이라면 주장자로 한 대 맞을 질문이오. 그러나 우리가 살고 있는 지금 이 삶이 진리라는 것은 알고 있소. 내 마음이 흐르는 대로 선생을 만나고 이야기를 하는 이 순간이 내 할 일이라는 것쯤은 알지요."

"수행자는 절에만 있는 줄 알았더니 세상 속에도 계시는군요."

"앉은 자리가 수행처라 했으니. 어디든 무슨 상관이겠소?"

"그렇군요."

"한 평 관 속에 들어가도 자유로운 이가 있고, 광대무변한 대지를 밟고 서 있어도 불편한 사람이 있소. 이 모두 제 틀에 자신을 가둔 마음의 장난 아니요? 자유롭다면 어디에 있든 상관없잖아요?"

그녀는 고개를 돌려 남자를 본다. 그가 말할 때 슬몃 짓는 미소는 얼마나 자애로운가.

"도를 이루신 분이군요."

남자가 대답 대신 그녀를 보았다. 눈빛이 평온해서 오래도록 들여다보면 자신도 마음이 따뜻해질 것 같다. 관세음보살의 눈빛이 저토록 그윽하고 자비로울까.

"거사님의 침묵은 자고로 도인은 도를 말하지 않는 법이라는 뜻이군요. 부처님께서도 그 많은 법을 설하시고도 열반하실 땐 나는 한 마디도 설한 게 없다고 하셨으니…."

"북 치고 장구도 치고 회심곡 한 곡조 뽑으면 금상첨화겠구려. 나는 종교를 좋아하지 않아요. 다 지들 신이 최고라고 우겨 대지만 그렇지 않다는 거 잘 알잖소?"

"제가 감히 어떻게…."

"그 정도는 알고 있잖소? 정원의 나무 중에서 유독 눈길이 자주 가는 나무가 있듯, 대중 속에서 가장자리에 조용히 있어도 눈길이 가는 그런 사람이 있지요. 대개 영혼에 깊은 울림을 가지고 있는 사람들이 그렇지요."

"칭찬이신가요?"

지숙이 웃으며 남자를 보았다. 그가 알고 있는 것은 어떤 것들일까. 그의 목소리에 귀를 기울이다 보니 마음이 평화롭고 고요해졌다. 눈을 감고 소리를 따라가면 아득한 어딘가로 한없이 날아갈 수 있을 것 같다. 한 줄기 바람을 따라 그녀의 마음이 출렁거렸다.

"우리가 종종 이해할 수 없다고 하는 것은 인간의 능력으로는 이해할 수 없는 것들이기 때문이오."

"그게 운명인가요? 신의 섭리라는 건가요? 그럼 우리는 그것을 어떻게 풀어 가야 할까요? 제게도 풀리지 않는 문제가 있어 운명이라 생각하던 중이었습니다."

"질문이 너무 많소. 진짜 궁금한 것은 간단한 것이오. 긴 질문은 머리로 하는 것이고 생각을 굴리는 것이잖요. 가슴으로 하는 질문은 짧고 그게 진짜일 가능성이 짙죠. 운명이라는 것은, 우주와 인간 사이에 묵계 된 영원한 약속이 무엇인지 깨달을 때만 비로소 체득되는 진리라오."

"도를 깨달아야 알 수 있다는 뜻이군요."

"인간이 자신의 생을 다 알고 있으며, 모든 것을 주체적으로 끌어갈 수 있다는 생각이 얼마나 오만하고 위험힌지 아는 사람은 드물 것이오."

"자신의 생이니까요. 최소한 주체적이라는 말은 맞죠."

"주체라, 혼자 뭘 할 수 있다는 것이지요? 가시적인 것 이외엔, 한치 앞도 못 보는 게 사람 아니오?"

"좀 불만스럽긴 하지만, 생이 매력적인 것은 그런 예측 불허성 때문 아닌가요?"

"다행이오, 내 말을 빨리 알아들어서. 정말 깨달은 자는 말하지 않는 법이요. 나는 사이비이니 이러쿵저러쿵하는 것이지."

"제가 거사님의 깊은 경지를 어찌 알겠어요? 다만 거사님의 도움을 좀 받고 싶은 거 이외엔."

"나는 범부일 뿐이오. 그저 세상사에 두려움 없이 사는 사람 정도지요."

"자리이타(自利利他)이니, 자신을 구제했으면 이제 세상으로 나가 타인을 구원할 차례잖아요."

"각자 지 몫대로 사는 것이지 누가 누구를 구원한단 말이요. 누구든 그 자리에 있는 것은 그럴 만한 이유가 있어서인데 남의 인생에 끼어드는 것은 오만이오."

"세상은 혼자 사는 게 아니잖아요."

"하하, 자신을 구해야 다른 이도 도울 수 있다는 거 본인이 방금 말했잖소? 자신을 먼저 살피시오."

"그렇군요. 제 어깨에 얹힌 짐도 내려놓지 못했는데요 뭐."

지숙이 깔고 앉았던 손수건을 거둬 반듯하게 접어 가방에 넣었다.

"이제 그만 가족들에게서 놓여나시오. 뭘 그리 오래 붙들고 있는 거요? 마음속에 원귀처럼 똘똘 뭉쳐 둔 분노를 이제 내려놓으란 말입니다. 본질은 욕망을 버렸을 때만 보이는 법이오. 덧없는 욕망으로 자신을 낭비하지 않았으면 해서 던지는 말이오. 무엇이 선생의 욕망이고 본질인지 잘 아실 거라 믿는 자의 호의로 말했을 뿐이오. 문제 해결 방법은 그 문제를 내려놓았을 때 비로소 보이는 법이니."

가볍고 경쾌하진 않았으나 가슴 한쪽에 숨어 있는 우수를 일깨우는 소리였다. 말을 하는 사람의 무늬와 결이 그녀의 가슴으로 다가와 어루만져 주는 느낌이었다. 차갑게 언 몸을 갑자기 불 앞에 들이댄 듯 지숙의 마음이 강하게 일렁였다. 말이 끊어진 틈새로 절대적인 고요가 대신 채워졌다. 어디선가 습기 머금은 저녁 바람이 나뭇가지 틈새로 내려와 그들 앞에 잠시 머물렀다. 그 순간 그녀에게 있던 불유쾌한 슬픔이 단번에 씻어지듯 마음이 평화로웠다. 지숙은 그에게 합장했다. 그가 일어서서 목례를 보냈는데 그 태도가 매우 정중했다.

"저기, 위의 암자에 머물고 있어요. 저 앞산을 바라보는 재미가 좋아 가끔 이곳에 와서 쉬었다 가기도 합니다. 인연 있으면 또 만나지요."

뒤돌아서는 지숙의 가슴이 두근거렸다. 풀리지 않는 자신의 문제를 붙들고 시름 하며 어느 때는 누군가의 도움을 간절하게 기다렸고, 어느 때는 숙명처럼 받아들이겠다고 했으나 지금은 어떻게 해야 하는지 판단이 되지 않았다. 그가 내 운명을 들여다보고 있다면 해결책도 가지고 있는 것인가. 그는 이미 자신이 묵고 있다는 암자 쪽의 숲길로 들어가 휘적휘적 걸어가고 있었다.

왔던 길을 그대로 되짚어 집으로 돌아오는 지숙의 발걸음이 느리고 더뎠다. 그 남자의 말이 귓가를 떠나지 않았다. 남자의 말은 지숙의 귓가에서 진동하고, 가슴에서 공명했다. 그는 정말 나를 보고 있을까. 한낱 미혹일 뿐이라고 경계하기엔 지숙이 그에게 다가서 있고, 그의 태도는 너무 자연스러웠다.

천왕문

그 짧은 사랑

가을 추수가 끝나고 겨울이 되었다. 동짓달이었다. 박 씨는 메주를 쑤려고 콩을 삶았다. 콩을 삶을 때 그 안에 같이 넣어 찐 고구마를 꺼내 바구니에 담았다. 어린 조카들을 불렀으나 집 안에는 아무도 없는지 대답이 없다. 사랑채에서 새끼를 꼬고 있을 시아주버니가 생각났다. 해가 설핏한 것으로 보아 시장기가 돌 때였다. 윗집에 사는 할아버지가 찾아온 지 얼마 되지 않아 같이 있으려니 싶었다. 신랑 상여 나갈 때 망혼가를 불러 준 노인이었다. 동네 상여가 나갈 때면 요령을 흔들며 망자를 위로하고 달래 보내던 이였다. 고맙다는 인사를 할 입장도 아니었으나 마음은 고맙게 생각하고 있었다. 아침저녁으로 반주를 즐기는 시숙을 위해 준비해 둔 막걸리 한 사발을 챙기고, 소쿠리에 고구마를 담아 동치미와 함께 소반에 받쳐 들고 아래채로 향했다. 윗집 노인은 돌아갔는지 댓돌 위에는 신발이 한 켤레밖에 없었다. 박 씨가 토방 아래에 서자 인기척을 느꼈는지 방문이 열렸다. 새끼를 꼬던 시숙의 얼굴이 문밖으로 드러났다. 박 씨가 고개를 숙이는 사이 시숙은 토방으로 내려와 제수가 들고 온 소반을 받아 주었다. 박 씨는 시숙의 표정이 어땠는지 살필 겨를도 없이 돌아섰다. 한집에 살고 있지만, 날마다 대면하면서 살지만, 시숙의 얼굴을 함부로 쳐다보지 않는 박 씨였다. 서방 일찍 여읜 여자가 어찌 고개 뻣뻣이 들고 살 수 있으랴.

박 씨의 뒤통수에 시숙의 눈초리가 쏟아졌다.

"제수씨, 할 이야기가 있으니 잠깐 들어오시오."

이 집에서 나가라는 말이 언제 떨어질지 두려워 시숙과 마주치지 않으려 피해 다니다시피 했건만 예기치 않게 그날은 오고 마는구나 싶었다. 못 들은 척 돌아가기에는 너무 늦었다. 엉거주춤 망설이는 박 씨에게 뭘 꾸물거리느냐는 시숙의 다그침이 재차 들려왔다. 이제 뒤로 물러날 기회는 잃었다. 부딪치는 수밖에. 박 씨는 모든 것을 포기하는 심정으로 신발을 벗었다. 꼬아 놓은 새끼 무더기를 한쪽으로 밀어제치며 한쪽에 놓인 상 앞에 가서 무릎을 꿇고 앉으려는 찰나였다.

"자네, 지금 뭐하고 있나?"

동네 사랑방에 가서 막걸리 잔치를 하고 거나해져 돌아오던 동서의 고함이었다. 동서의 시선이 박 씨에게 칼끝처럼 꽂혔다. 곧 튀어나올 것처럼 부릅뜬 눈을 하고 뛰어든 동서는 박 씨의 머리채를 휘어잡았다. 머리채를 잡힌 채 안채로 끌려 들어온 박 씨는 한마디 변명할 기회조차 갖지 못하고 동서로부터 주먹질에 발길질까지 당했다. 얼떨결에 그런 상황에 직면한 시숙은 그게 아니고를 몇 번 외치더니 마당에서 서성거리다 조카들이 저녁 먹으러 몰려오자 어디론가 사라졌다. 동서는 그래도 분이 풀리지 않는지 시숙까지 붙어먹을 화냥년이라고 악다구니를 쓰다가 제풀에 겨워서야 잠잠해졌다.

마을에 소문은 무성했다. 서방 잡아먹은 년에서 이제는 시숙 붙어 먹은 년으로. 동서와 한통속의 여자들이 가세해서 박 씨는 진퇴양난에 처했다. 대문 밖만 나가면 온통 수군거리는 소리가 그녀의 숨통을 조여 왔다. 박 씨가 동네 사람들로부터 배척당하는 이유 하나를 덧붙이자면 이런 것이 있다. 결혼하기 전 박 씨는, 비록 가난하게 살았으나 읍내에서 자란 여자였다. 그들이 보기엔 젊고 예뻤으며, 섣불리 흉내 낼 수 없는 무언가가 있었다. 아무리 과부가 되었다 해도, 죄인의 심정으로 살고 있다 해도, 스물둘의 젊음은 어쩔 수 없이 발산되는 거였다. 누더기를 입고 들판으로 나가 일을 하더라도 가끔 마주치는 남정네들의 눈길에서 자유로울 수 없었다. 눈길을 준 남자는 그 속셈만큼 박 씨를 손가락질했고, 그의 아내들은 질투심으로 박 씨를 비난하는 데에 핏대를 올렸다. 동서는 원래 성품이 거친 사람인 데다 젊은 동서에 대한 분노를 주체할 수 없었는데, 그날 마침 자신이 없는 틈을 타서 남편을 꼬였다고 생각하니 눈이 뒤집힐 지경이었다.

그렇다고 친정으로 돌아갈 수도 없었다. 입 하나 덜자고 출가시킨 딸이 과부가 되어 돌아온다면 어머니의 가슴은 무너질 것이다. 죽으나 사나 이 마을에서 버텨야 했다. 이제는 자신만이 아니라 딸의 목숨까지 달려 있다. 그 후로 동서는 사흘이 멀다 하고 이 마을에서 사라지라고 을러댔다. 나이 스물둘에 청상과부로 살기에는 네 삶이 너무 억울하지 않냐고 생각해 주는 척도 했다. 박 씨는 무엇보다도 딸을 그들에게 맡기는 일은 절대로 하지 않겠다고 다짐했다. 그런 와중에도 시간은 흘러갔다. 겨울이 가고 봄이 오자 동서는 아랫마을에 방 한 칸을 얻어 분가하라고 했다. 그 사건 이후로 미안했던지 시숙이 나서서 해 준 배려였다. 이사를 했다. 짐이라야 소가 끄는 수레에 실은 옷가지며 밥 끓여 먹을 밥그릇, 솥단지뿐이었다. 뻔한 살림살이인데, 동서는 혹여 제 살림 묻혀 갈까 봐 두 눈을 희번덕이며 설쳤다. 그렇지 않아도 동서의 물건이라면 주어도 가져가지 않겠다고 다짐한 박 씨였다. 어쨌든 그들의 굴레에서 벗어나는 것은 굶어 죽는 한이 있을지라도 다행한 일이었다.

아이를 업고 다니며 할 수 있는 일은 거의 없었다. 그나마 큰집에 얹혀살 때는 그 집의 후광으로 동정도 받을 수 있었고, 동네 사람 중에는 위로를 보내는 이들도 있었다. 무엇보다 분가했으니 혼자의 힘으로 먹고살아야 하는 문제를 해결해야 했다. 몇 날 몇 밤을 뒤척이며 고심한 끝에 생선 장사를 하기로 했다. 적은 밑천으로 그날그날 조금씩 받아다 팔면 손해 볼 일은 없을 것 같아 적격이었다. 다행히 주인집 할아버지 큰아들네가 서문포에서 고기잡이배를 가지고 있다며 연결을 해 주었다. 물때를 맞춰 나가면 소규모의 어판장에 그물을 쳐서 끌어 올린 생선을 가지고 나와 싸게 넘기는 이들이 있었다. 박 씨는 아이를 업고 시오 리 길을 걸어가서 생선을 떼다 주변 마을을 돌아다니며 팔기 시작했다.

처음엔 되려 바가지를 쓰는 날도 있었다. 생각해 주는 척 달려들어 박 씨에게 물건을 비싼 가격에 다 넘겨 버리고는 줄행랑치는 치도 있었다. 그런 날엔 제값도 못 받고 팔아야 했다. 밑지지 않으면 다행이었다. 삶은 그리 쉽게 박 씨 편이 되어 주지 않았다. 아니, 사람들이 그랬다. 속이기 아니면 속아야 했다. 그래도 날이 더워지기 전까지는 그런대로 수입이 괜찮았다. 동네 사람 중에는 젊은 여자가 아기를 업고 장사 다닌다며 동정을 하기도 했고, 비아냥거리기도 했다. 대체로 사람들은 문전박대하지 않았다. 신랑이 근무했던 학교 교장 선생 댁은 혀를 끌끌 차며 기꺼이 단골이 되어 주었다. 떨이까지 다 팔고 나면 두 곱 장사는 족히 되었다. 그렇게 돈을 모아 이곳을 떠나고 싶었다.

장마가 시작되었다. 굵은 장대비가 종일 쏟아졌다. 박 씨는 잠든 딸을 뉘어 놓고 주인집 마루에 앉아 초록색 벼들이 물결을 이루고 있는 들녘을 바라보고 있었다. 들판은 뿌옇게 흐려 보였다. 좀처럼 그칠 것 같지 않은 비는 박 씨의 앞날처럼 암울하게 내렸다. 박 씨가 한숨을 쉬며 돌아앉으려는데 삐뚤삐뚤한 가르마 모양으로 나 있는 논둑길을 따라서 우산 하나가 집 쪽으로 걸어왔다. 우산은 빗속도 아랑곳하지 않고 빠른 걸음으로 다가오더니 사립문 안으로 들어섰다.

우산 속에서 한 남자가 나타났다. 신랑 연배로 보이는 남자는 단아한 눈매에 콧날이 오뚝한 모양이 귀티가 나 보였다. 남자가 우산을 접으며 토방 위로 올라섰다. 한문수 씨 부인이십니까? 그 순간 박 씨는 남자의 입을 통해 불리는 이름이 그저 누군가의 이름이려니 생각했다. 대답이 없자 빤히 쳐다보고 서 있는 남자를 보며 비로소 박 씨는 그 남자가 자신을 찾아왔음을 알아챘다. 예? 뭐라고 하셨지요? 그러고 보니 신랑의 이름이 한문수였던가. 박 씨는 황급히 일어나 고개를 숙였다. 남자는 교장 선생님의 조카였는데 신랑의 고등학교 동기이기도 했다. 국회의원이었던 아버지가 솜씨 좋고 얌전한 가정부를 구해 달라고 동생인 교장 선생에게 부탁했는데 박 씨를 잘 알고 있는 교장 댁이 그니가 적절하다고 소개해 준 것이다. 남자는 죽은 친구의 아내를 가난과 핍진함에서 구해 주고자 했다.

해사한 족두리 쓰고 인마 타고 온 신랑을 맞아 백년해로하라는 하객들의 인사를 받은 지 3년 만에 박 씨는 남편이 묻힌 그 마을을 떴다. 신랑 보낸 지 1년 상을 벗고 난 후 마지막 작별 인사를 하러 큰집에 들렀더니 동서는 어디서 주워들었는지 도회지의 젊은 사내 따라가니 퍽도 좋겠다고 비아냥거릴 뿐, 가서 잘 살라는 덕담 한마디 들려주지 않았다. 그 여자의 심장에서는 검은 피가 솟구치고 있을 것 같았다. 동서가 어떤 사람인지 모르는 바 아니었으나 박 씨는 한순간의 기대조차도 무리였음을 깨닫고 입술을 깨물었다. 마지막으로 아이 얼굴이라도 한 번 더 보여 줄까 싶어서, 기대하지 않으면서도 내심 마지막일지도 모르는 조카의 이마 한 번 쓰다듬어 줄까 싶어서, 덕담이라도 해주면 그 아이 자랄 때 네 큰아버지의 말씀이란다 하고 들려줄 말 한마디 기억해 두고 싶어서 아이를 데려왔다. 하지만 자신들에게 짐 지울 일 있을까 봐 몸 사리다 마지막 인사하는 사람에게 해도 너무했다. 박 씨가 아무 말 없이 고개 숙여 인사를 하고 돌아서는데 칼날처럼 번뜩이는 동서의 말이 다시 가슴에 꽂혔다.

"내 진작 시숙 꼬여 내던 화냥기를 알아봤어야 했는디. 어느 놈 후려 가는지 몰르지만 아이고, 저 어린것 불쌍해서 어쩔꼬, 쯧쯧."

하늘 흐린 날, 미친 여자가 날궂이 하려니 그렇게 치부하고 물러나려던 박 씨가 입술을 깨물며 돌아섰다. 어느 누군들 보이지 않는 깊은 곳에 독이 든 가시 한둘쯤 숨기고 있지 않으랴.

"정을 떼는 형님의 마지막 인사라고 생각하고 떠날게요. 제가 다시 이 집안에 발 들이는 일도 없겠지만 이 아이까지 잊어 주세요. 우리

모녀는 이 시간부터 죽은 사람들입니다."

말을 마친 박 씨는 아이 업은 포대기 끈을 풀어 다시 단단히 조여 매고 울음을 삼키며 대문을 나왔다. 올망졸망한 보따리 몇 개를 머리에 이거나 손에 들고 버스 길을 향해 걷는데 속에서 고요하게 차오르는 눈물이 앞을 가려 자꾸만 헛걸음질했다. 날씨까지 흐려 박 씨의 마음은 더 쓸쓸했다.

"떠나는 마당에 숨길 게 뭐 있겠나. 애 아범 퇴직금을 자네에게 주지 못한 내 죄를 용서해 주시게. 부부가 어찌나 극성스럽게 쫓아다니는지 나도 그들을 당할 재간이 없었다네. 내 미안한 마음에 동생네를 소개했다네. 가서 부디 살 터전을 마련해 보게나."

마음 어느 한구석에서부터 용솟음치는 분노를 눌러 덮느라 박 씨는 피멍이 들도록 입술을 깨물었다. 버스에 올라 새근새근 잠든 아이의 얼굴을 물끄러미 바라보던 박 씨의 뇌리에 자꾸만 재생되는 교장 선생의 말은 다른 세상으로 나아가려는 박 씨를 더 강하게 다져 주었다. 내 다시, 이 마을에 찾아오는 일은 없으리.

시간은 붙잡아도, 빨리 가라고 떠밀어도 그저 무심한 듯 유유히 흘러갔다. 조바심치는 건 인간들 각자의 마음일 뿐이었다. 박 씨가 마음을 한곳에 붙박지 못했던 것은 그녀 탓이 아니었다. 남편의 친구 따라 남의 집살이를 왔지만, 어찌 살아도 동서 시집살이만 할까 싶어 두 번도 안 돌아보고 나섰으나 그곳에서도 3년을 넘기지 못했다. 처음엔 그 집 식구들 모두 음식 맛깔스럽게 잘해 주고 입성 곱게 준비해 주니 얌전한 솜씨 칭찬하며 환영하였다. 대궐 같은 기와집 마루는 언제나 반짝반짝 윤이 났고, 미닫이식 방문들을 열어 보면 가지런히 정돈된 살림이 그 안에서 사는 사람들에게 어떤 충족감을 느끼게 했다. 까다로운 안주인조차도 박 씨에게 곳간의 열쇠를 맡기는 날이 잦아졌다. 그랬음에도 또 그 집을 떠나야 했다. 운명은 박 씨에게 훼방꾼일 뿐이었다.

어느 날인가 술에 취한 주인집 아들이 밤늦게 대문을 열어 주는 박 씨를 와락 끌어안고 말았다. 그 모습을 아버지 선거철에 힘들게 보좌하는 아들 마중을 나오던 그의 어머니가 보고 말았으니 변명의 여지는 누구에게도 없었다. 술기운을 빌어 한 실수였지만 두 사람 누구도 실수라고 생각하지 않았다. 사랑이 그들을 그렇게 이끌었는데 그렇게 말할 수는 없지 않은가. 그래서 더욱 박 씨는 안주인의 내침에 항거하거나 변명하지 않고 그 집을 나왔고, 셋째 아이 산후조리하러 친정에 가 있던 그의 아내 덕택에 그 남자는 시끄럽지 않게 친구의 아내를 보낼 수 있었다. 그들이 어찌 사랑 운운할 수 있을 것인가. 그들에게 사랑은 감히 입에 담을 수도 없는 불경한 것이었으니. 그렇다 해도, 아무리 단속하고 단속해도 상대를 향해 달음질치는 마음까지는 어쩔 수가 없었다. 아픈 게 사랑이라면 두 사람 다 먹먹한 가슴을 쓸어 냈으니 사랑이었음에 의심의 여지가 없었겠다.

그 집을 나온 이후 박 씨는 자신의 운명에 대항할 힘이 없다는 것을 알았다. 딸아이를 친정 동생들에게 맡기고 일자리를 찾아다녔다. 공장에서 일했을 때는 월급을 받지 못해 힘없는 여자의 몸으로 항거하다가 모욕만 당하고 그냥 쫓겨났다. 식당에서 일하면서는 집적거리는 술꾼의 손을 뿌리쳤다가 뺨을 맞기도 했다. 그 젊음으로 그 몸뚱어리로 왜 그리 미련하게 사느냐고 같이 일하는 여자들이 답답한 가슴을 쳐대도 박 씨는 그저 큰 눈을 끔벅거리며 웃기만 했다. 그냥 하루 세끼 밥 먹고 밤이면 잠들 곳으로 깃들기 위해 열심히 일했을 뿐인데 그조차도 허락되지 않는 삶이었다. 사람들은 박 씨를 가만 놔두지 않고 흔들고 할퀴려 들었다. 참 얄궂은 운명의 시간이었다. 어느 날은 고향에 돌아가고 싶어 여섯 살배기 아이를 데리고 눈보라 치는 서울역에 나갔다가 반기는 이 없는 고향에 갈 용기를 잃고 뒤돌아섰다. 어딘가 한곳에 정착해서 살고 싶었으나 그 작은 바람조차 뜻대로 할 수 없었다.

출판사 사장이 몇몇 직원들과 함께 점심을 먹자고 했다. 토요일 오후까지 일해야 하는 이유를 장황하게 설명하느라 식사가 끝나 가는데도 그의 공기에는 밥이 절반이나 남았다. 주말의 계획을 무산시켜야 하는 사람들은 불만스러워하면서도 직접 표현하지는 못했다. 그들의 표정이 불편해질수록 사장은 더 큰 소리로 변명을 늘어놓았다. 막내격인 직원이 커피를 뽑아 와서 사장 앞에 놓아두자 승늉 마시듯 들이켜고는 먼저 일어섰다. 지숙 앞에 앉아 있던 직원이 어깨를 들어 올려 알 수 없다는 신호를 보내며 웃었다. 사장은 선한 사람이긴 하나 오너로서의 욕심이 작동하면 그의 선함은 분별력을 잃고 오히려 무모하게 돌변했다.

서둘러 출판사에 들어갔는데도 점심시간이 20분이나 지나 있었다. 박해준이 『숨겨진 사찰의 미』 겨울 호 중간 편집회의를 소집해 놓고 기다리고 있었다. 가을엔 사람들의 감성이 활발하게 작동하는지 유독 문학작품 출판이 늘어나 잡지 편집이 밀려나게 되었다. 어떤 작가는 원고 보낸 지 3주 만에 책을 만들어 달라고 통사정을 하기도 했다. 아무리 워드 작업된 원고라 해도 뚝딱하면 책이 되는 건 아닌데 그들은 자신들의 요구가 지나치다는 것도 인정하지 않으려 했다. 반면에 3개월 전에 보낸 작품도 급하다고 으름장을 놓지 않으면 차일피일 미뤄졌다. 어쩌면 자본주의사회를 살아가는 영악한 이들이 만든 세상의 이치인지도 모른다. 출판사에서 들고나는 사람들을 통해 지숙이 깨달은 것은 관계 중심적 삶의 태도를 가진 이들이 세상 살기가 훨씬 수월하다는 점이다. 결국 관계라는 게 자신에게 유리한 무엇을 갖고자 하는 데에서 출발하지만 때로 그 관계에서 발생하는 시너지 효과는 그 조직을 견인해 가는 중심이 되기도 한다.

며칠 전 지숙이 『숨겨진 사찰의 미』 편집 팀은 이제 잡지에 집중하도록 당분간 다른 일은 맡기지 말라고 부탁하자 사장의 양미간이 좁아졌다. 자신이 애정을 갖는 잡지이니 그 정도로 그쳤을 거라 생각하며 하루만 더 늦추자는 의견을 받아들였다. 마땅치 않아도 그녀로서는 사장의 말을 따라 주어야 했다. 마감일에 쫓겨 자정까지 일해야 한다면 그렇게라도 감내할지언정 사장의 말을 거부할 수 없었다.

"내일 사찰 취재를 떠나도 될까요? 아래층 사정을 보니 오전에 일이 또 몰려온 것 같던데요."

박해준이 사진 때문에 걱정된다는 표정으로 말했다.

"괜찮아요. 내가 책임져요. 아, 최미애 씨는 원고 청탁한 것 모아서 내부 편집 바로 들어가세요. 1차 교정은 미애 씨가 보고, 1주일 후에 두 번째 교정은 내가 볼 테니까요. 각자 맡은 꼭지는 실수 없이 체크

하도록."

팀원들이 맡은 코너를 세부적으로 재확인한 후 지숙이 박해준을 향해 말했다.

"이번 호 특집 천왕문 촬영과 기사는 더 꼼꼼하게 체크해야 합니다. 지난 호의 일주문 기사는 급하게 서두른 흔적들이 보였어요. 요즘 업무량이 많아 잡지에 전력투구하지 못했지만 그렇다고 허투루 하면 안 됩니다."

"그러잖아도 천왕문에 대해서 자료를 정리하고 있습니다."

"그래요? 특집이 중요하니까 우리 다 같이 모여 있을 때 20분 정도만 의견 좀 모아 볼까요?"

"천왕문의 상징이 현실적으로 의미가 있을까요?"

"속단은 금물. 최대한 모든 정보를 다 찾고 그다음엔 상상력도 동원해야지."

무신론자라고 종교에 대해 다소 편협성을 보이던 김 대리가 끼어들자 지숙은 단호하게 대답했다.

"종교나 신은 믿는 자에게만 존재하죠. 그렇다고 타인이 믿는 종교에 대해 그 의미나 가치를 폄훼하는 것도 옳지 않다고 봐요. 자, 가장 기본적인 이야기부터 시작할까요?"

"천왕문으로 상징되는 사천왕은 본래 동서남북을 관장하는 방위신이었죠?"

"본래는 문신이었는데, 호국신의 역할을 강하게 부여받으면서 무신의 이미지로 변화했다고 합니다. 사천왕에 대한 민중적 열망과 지지가 높았기 때문에 사원 건축에서도 사천왕이 주된 출입로에 모여 있는 배치를 하게 되었고요. 어떤 현상도 그 시대 사람들의 열망과 무관하진 않으니까요."

"절집에 들어갈 때마다 통과해야 하는 3문 구조는 수미산을 중심으로 하는 우주관이죠?"

최미애가 거들었다. 지숙이 웃음 가득한 눈으로 그녀를 바라보았다. 그 나이 때의 자신과 닮았다고 느낄 때가 많은 후배였다.

"물론. 수미산은 실재하는 산이라기보다는 인도 문화 속의 우주 산이라 봐야지요. 한국 절들의 가람 배치를 보면 수미산 이론과 거의 똑같아요. 수미산의 최하단에 성역의 시작점을 알리는 일주문이 있고, 중턱에는 권속들을 거느린 사천왕이 살고 있어요. 이를 사왕천이라고 하는데, 신들의 첫 번째 거주처가 되는 것이지요. 그 문이 천왕문인 셈이고. 신들이 사는 세계를 욕계(欲界), 색계(色界), 무색계(無色界)로 분류하는데, 사왕천은 욕계에 해당해요."

"그렇다면 욕망이 있는 신들의 세계라는 의미가 되겠는데요? 사천왕은 불교회화인 탱화에도 등장하잖아요."

"물론 신들도 욕망이 있죠. 그 욕망의 세계를 초월한 분이 부처고. 신중탱화는 부처님을 모신 전(殿)에는 거의 필수적으로 있어요. 불법을 수호하면서 중생의 소원을 들어주는 신들이니까. 사천왕의 세계 또한 인간계와 같은 갈등과 투쟁이 있는 세계이기 때문에 당연히 욕망이 존재하지만 인간의 욕망과는 다르고 전체적으로 더 우월하고 뛰어나죠. 그들은 신이니까. 신 중에 인간과 좀 더 가까운 신이라고 생각하면 될 것 같아요. 어쨌거나 사람들은 그 신들에게 자신의 소원을 빌고, 부족한 것을 채워 달라 기도하는 것입니다."

"욕계를 설명하려면 색계와 무색계에 대해서도 같이 정리하는 게 좋겠어요. 어때요, 박해준 씨?"

"색계는 욕망은 없고 물질적인 존재감만 있는 세계라고 합니다. 하찮은 집착을 끊은 보다 고등한 경계이고, 무색계는 물질마저도 없는 순수 정신의 세계를 의미한다고 합니다. 고도의 명상 상태와 같은 거친 속박에서 벗어난 세계라고도 하더군요."

"이번 호 천왕문의 기사는 기대해도 좋을 것 같아요. 불교도가 아니어도 알 수 있게 써야 하는 게 관건이긴 하네요."

지숙이 박해준의 사기를 북돋워 주자 그가 다시 말을 이었다.

"천왕문은 일주문이라는 성역 안에서 다시금 신들의 세계가 시작된다는, 이중의 성역이라는 공간 분할의 의미를 가집니다. 사천왕의 구분은 어떤 방위에 있느냐는 것과 지물(持物), 즉 손에 무엇을 들고 있는가를 가지고 구분합니다. 이를테면 탑을 들고 있는 북쪽을 관장하는 사천왕은 다문천왕이라 하지요."

"그 부분의 내용은 기사로 쓰고, 무엇으로 천왕문과 현실을 매개할 거죠?"

"인간과 같은 욕망 구조를 가진다는 의미에서 연결 고리를 찾아 쓸 생각입니다."

"좋아요. 천왕문을 자세히 본 적 있어요?"

"천왕문은 사찰에 대한 굳건한 수호를 의미하지만, 악귀를 밟고 있는 사천왕을 통해서 악에 대한 제압의 상징성을 갖는다 해요. 재미있는 것은 악귀가 우리나라의 북쪽 지방에서는 청나라 만주족으로 표현되고, 남쪽에서는 일본인으로 묘사되고 있다는 것이지요. 병자호란과

임진왜란을 겪으면서 우리 민족이 당했던 비극과 수치심이 반복되지 않게 해 달라는 의미를 내포한다고 볼 수 있어요. 다른 면으로는 이렇게라도 해서 민족적 한풀이를 해 보려는 심리가 깔려 있다고 봐야겠지요. 그래서 사천왕의 생령좌(生靈座)에는 민초들의 슬픔이 깃들어 있다고 하나 봐요."

"사천왕의 모습에 시대적 민중의 삶이 투영되어 있군요."

"그 시대를 사는 사람들의 원형 속에 함께 존재하니까요."

"첨성대와의 관련성은?"

"첨성대가 별자리를 관측하기 위한 것이라면 도시로부터 떨어져 산 쪽으로 옮겨 와 어두운 곳에 세워야 하는데 그렇지 않다면 다른 뜻이 있는 거잖아요. 실제 첨성대의 구조로는 별 보기가 어렵대요. 그렇다면 첨성대가 단순히 육안의 별 보기 이상의 다른 의미를 내포할 것 같아요."

"그러네요. 그 시대에 별을 본다는 것은 천체관측보다 하늘의 뜻을 본다는 의미가 더 컸을 테니까요. 하늘의 뜻을 읽겠다? 신의 뜻은 운명이라고 할 수 있을 텐데…."

지숙은 그 순간 오대산을 떠올렸다. 그녀의 비밀, 풀리지 않는 생의 비밀이 은둔지처럼 묻혀 있을 것만 같은 산. 나는 누구인가? 어디서 와서 어디로 가는 존재인가. 나는 무엇 때문에 남들과 다른 생의 경로를 달려가고 있는가. 왜 이런 모습으로 살아야 하는가. 갑자기 자신에 대한 의문들이 꼬리를 이어 가 그 답을 찾아 나서고 싶은 강렬한 욕구가 치솟았다.

"편집장님?"

"미안, 잠시 다른 생각을 하다가… 첨성대가 수미산의 상징? 그러고 보니 첨성대를 만든 시대의 선덕여왕은 죽을 때에도 수미산 도리천에 묻어 달라는 유언을 남겼어요."

"수미산은 상상의 산이잖아요."

"그러니 상징성을 찾아야지요. 불교 문화권을 믿는 사람들의 마음에 있는 산이잖아요. 종교를 떠나 누구나 초월적 세계를 꿈꾸고, 어려움이 있을 때 막연하지만 자신을 도울 존재를 기대하는 세계의 메타포이기도 하죠. 더구나 그 산에 천왕문이 있고, 신들은 인간과 같은 형태로 희로애락을 경험하며 함께 존재하잖아요. 우리의 현실과 함께하는 신들이 모여 사는 은거처라 할 수 있죠. 믿음을 가진 사람들에게는 현실에서도 그런 산이 존재하겠잖아요? 그 점을 강조해서 쓰는 것도 좋겠어요. 오늘 편집회의는 이 정도로 마칩시다."

사천왕, 신의 소리…. 그녀가 아직 소녀였을 때, 해안의 경비병들과 사투를 벌이며 들었던 소리의 주인은 누구일까. 그녀에게 구원의 소리를 들려준 존재는 누구일까. 조금만 버티거라. 내 너를 구해 주마. 그 소리의 주인을 언제 만날 수 있을까. 아득하지만 뚜렷하게 들었던 그 소리의 잔영은 그녀에게 각인되어 그대로 살아 있다.

분열을 확인했을 뿐

'누나, 어머니가 수술을 받게 되었어.' 진동으로 바꿔 둔 휴대폰에 남겨진 남동생의 문자메시지였다. 아이들을 키우느라 휴직 중이던 며느리가 재취업한 후 잠시 손주를 돌보러 가신 어머니가 갑자기 수술을 받으신다니 뒤통수를 얻어맞은 것처럼 얼떨떨한 기분이 들었다. 고희를 훌쩍 넘긴 노인이니 갑자기 무슨 일을 당할 수도 있겠다는 생각이 조급증을 불러일으켰다. 밤 열 시가 지난 시각, 지숙은 남동생에게 전화했다.

"어머니 허리 아픈 거 누나도 알잖아. 어제 병원에 모시고 갔는데, 의사가 수술해야 한다고 해서 수술 날짜를 잡고 예약했어."

"두 달 전에 허리 검사한 후 의사는 아직 수술 단계는 아니라고 했잖아. 허리 수술은 부작용이 많아 쉽게 생각하면 안 된다던데."

"어머니가 통증 때문에 하루하루가 고통스럽다 하시는데 그냥 보고 있을 수가 없었어. 웬만하면 아프다는 말씀을 잘 안 하시잖아. 그런 어머니를 생각해서 얼른 결정해 버렸어."

"어머니가 원하신다면 수술을 해야겠지만, 아무리 생각해도 성급한 결정인 것 같다. 어머니에게도 수술 후유증에 대해서 알려야 하지 않겠니?"

"누나, 나는 그런 악역은 못하겠어. 어머니에게는 수술하지 말란 얘기처럼 들리겠잖아. 자식들이 수술 못 하게 하려고 변명하는 것 같기도 하고."

"네가 못 한다면 나라도 해야지. 수술한 사람들을 보면 열에 일고여덟은 후유증으로 고생을 하더라. 그 사람들 말로는 허리는 함부로 칼 대는 게 아니래. 매형 친구도 두 사람이나 고생하고 있잖아."

동생과 통화를 마치고 어머니에게 전화하려던 그녀는 잠깐 망설였다. 같은 말이라도 어머니에게는 그녀가 할 때와 남동생이 할 때의 의미가 달랐다. 그렇다 해도 항상 효자로만 남고 싶은 아들이 못 하면 그녀라도 어머니에게 말해야 한다고 생각했다. 어머니의 허리 수술은 척추 관절이 내려앉아 그 부위에 철골을 넣어 봉합하는 어려운 과정이다. 통증은 적어지겠으나 허리를 마음대로 구부릴 수도 없을뿐더러 몸이 비틀어지기도 하고 신경이 유착되어 제대로 회복되지 않는 사례들이 많았다. 척추를 중심으로 섬세하게 뻗어 있는 신경들이 온전하게 보존되지 못하면 그런 증상이 나타난다고 했다.

핸드폰을 만지작거리는 지숙의 마음에 자꾸 갈등이 생긴다. 후유증을 언급하면 노인은 자칫 수술을 못 하게 하는 불효한 딸이라고 생각할 수도 있다.

"그러면 어떻게 한다냐. 여기 와서 놀고 있어도 허리가 아픈데 일하면 더 아플 것 아니냐. 우리 동네 최 씨는 허리 수술하고 나서 일을 더 잘하더라."

예상했던 것처럼, 어머니의 목소리에 노기가 묻어 있다. 그렇다면 그녀가 물러서야 한다.

"어머니가 하고 싶으면 하셔야지요. 수술해서 좋아지길 바라지만 그런 경우도 있으니 결정을 신중하게 하시라고 알려드린 거예요."

그사이 전화기 너머로 수런거리는 소리가 들리더니 동생이 다시 끼어들었다.

"누나! 어머니가 수술받겠다고 날짜까지 받아 놓았는데 자꾸 방해를 하면 얼마나 불안하시겠어? 어머니 생각을 해서 그대로 하시게 돼."

지금까지 살아오면서 동생에게 화가 난 적은 있었으나 화를 낸 적은 없었다. 아니 내지 못했다.

"방해라니? 너 말하는 본새가 좀 그렇다. 너만 자식이고 나는 어머니의 자식이 아니라는 것처럼 들려."

"그런 뜻이 아니라 어머니가 통증 때문에 고통스러워하시니까 수술을 받으려는 건데 왜 그렇게 안 좋은 말을 해서 불안하게 하느냐는 거지."

동생의 말투가 다소 누그러져 있다.

"수술 후 생길 이런저런 문제가 빤하게 예상되잖아. 좋아질 확률보다 나빠질 확률이 더 높다는 걸 너는 알고나 있어? 그렇게 큰일을 결정하면서도 누나들과 의논도 하지 않았잖아?"

"뭘 생각해? 의사가 낫게 해 준다는데 의사를 믿어야지. 그리고 의사가 그 자리에서 결정하라고 하는데 당사자인 어머니의 의견을 들으면 되지 누나들에게 일일이 의견을 다 물어야 해?"

"왜 그렇게 서두르는지 이해가 안 돼. 그리고 수술하는 사람들은 모두 좋아질 거라 믿고 시작해. 나빠지는 경우가 많으나 의사나 병원은 환자에 대해 책임지지 않아. 수술만 하면 끝인 거야. 그래서 걱정하는 거지. 너와 입씨름하고 싶지 않다. 그만 끊자."

누르고 눌렀어도 목소리가 떨려서 동생이 눈치채기 전에 전화를 끊었다. 동생과 실랑이를 해 봐야 결론은 뻔하고 서로 감정만 더 쌓일 것이다. 수술 날 잡아 두고 불안해할 어머니를 위해서 그것으로 덮자고 자신의 감정을 잠재웠다. 동생들 사이에서 지숙은 늘 그래 왔다. 하고 싶은 말을 하려다가도 지금 상태보다 더 나빠지는 게 염려돼 참는 일이 많았다. 그런 자신에게 화가 나는 경우도 종종 있었다.

그녀가 처음부터 그랬던 건 아니다. 동생들을 모두 업어서 키운 만큼 애착도 많았다. 어머니가 아이들을 안고 젖을 물려 생물학적 부모 역할을 했다면 지숙은 그 아이들의 기저귀를 갈아 주고, 자신의 등에 오줌 세례를 받으며 그들이 자라는 동안엔 거의 한 몸처럼 살았다. 그런 동생들이어도 결혼해서 제 가정 꾸려 가게 되자 서로 멀어지게 되었다. 올케는 어쩔 수 없이 타인이었다. 제 자식과 제 가정 이외에는 관심을 두지 않았다. 당연히 나이 차이 많은 시누이는 이래저래 안중에도 없었다. 집안에 일이 있어 대면할 때 이외에는 그들 삶에서 존재감이 없는 누나일 뿐이었다. 그런 동생에게 무슨 말을 할 수 있을까.

결국에 어머니는 서울에 있는 척추 신경 전문 병원에서 수술을 받았다. 그녀는 어머니가 입원해 있는 병실을 찾아갔다. 어머니의 동생에, 자식들과 손주들까지 문병 온 입원실은 시끌벅적했다. 아무리 조

용히 드나들고 소곤거리듯 이야기한다 해도 입원실을 같이 쓰는 옆
사람들은 불편한 표정을 지었다. 그래도 어머니는 별로 신경 쓰시지
않는 눈치였다.

"아야, 에미야, 냉장고에 있는 음료수랑 과일 좀 꺼내 놓아라."

어머니의 목소리는 오히려 들떠 보였다. 아마 통증에서 벗어날 거
라는 기대에 부풀어 계신 모양이다.

어머니의 다리를 펴고 이리저리 눌러 보며 감각을 살피고 있는데
남동생 상현이가 들어오더니 머뭇머뭇 말했다.

"척추 1, 2번에 심을 박는 수술을 한 게 아니라 3, 4번에서 옆으로
삐져나온 부분을 잘라 냈어."

"무슨 소리야?"

옆에서 동생이 한 말을 들은 한길이 처남을 데리고 밖으로 나갔다.

"자세히 좀 말해 봐."

뒤따라간 그녀가 물었다.

"이미 수술 끝났는데 이러쿵저러쿵할 필요 있어?"

"처남, 이제 보니 아주 몹쓸 사람이네? 그런 말이 어디 있어?"

"너무 신경 곤두세우지 말란 말입니다. 매형이 자꾸 나서니 불편합
니다."

"우리가 남이야? 다른 사람도 아니고 어머니 일이잖아."

"만일 어머니에게 무슨 일 있으면 누나랑 매형이 책임질 거예요?
그렇잖으면 우리 집안일에 너무 간섭하려 하지 마세요."

"너, 아주 나쁜 놈이구나? 매형에게 어떻게 그런 말을 해?"

"누나가 아무리 그래도 집안일은 우리가 해결해. 매형이 자꾸 나서

는 거 원하지 않아."

"이 싸가지 없는 놈!"

그녀의 의식이 탄성의 한계를 넘어선 강철처럼 뚝 부러져 버렸다. 아무리 못마땅한 동생이어도 야단 한 번 칠 수 없었던 그동안의 응축된 감정이 처음 내지르는 욕 한마디에 다 들어 있었다. 간신히 버텨오던 그녀의 몸에 갈기처럼 일어서는 소름이 인다.

"우린 네들과 다르다는 뜻이야 뭐야?"

"누나나 매형에게 나는 늘 불편스러웠어. 어머니나 아버지를 대하는 태도에 진심이 안 보여. 우리들과도 흔쾌하게 어울리지 않잖아."

"매형과 네들은 15년의 나이 차이가 있어. 매형은 네들 초등학교 다닐 때부터 봐 왔단 말야."

"그렇다고 우릴 가르치려고 하지 마. 우리도 이제 40이 넘었어."

"그래서 매형 뒤에서 흉보고 낄낄거리며 함부로 대드니?"

"그럼 내가 매형에게 납작 엎드려 고분고분해야 해?"

그녀는 동생의 태도에서 그 의도를 일찌감치 짐작해야 했다.

"지금 우리가 말하는 문제의 본질을 그렇게 회피하려고 하지 마라."

"복잡하게 말하지 마. 누나도 우리 주변에서 맴돌기만 했어. 그러면서도 늘 문제를 일으키는 게 누나였어."

"문제를 일으키는 게 아니라 네들이 나를 남이라고 생각하는 것이겠지. 형제라 생각하지 않으니까 네들 영역을 침범하지 못하도록 경계를 짓고, 그러니 귀찮게 끼어든다고 생각하겠지. 함께할 마음이라면 이런 말들이 필요 없잖아? 어머니 일에 간섭하지 말라고? 어떻게 그런 말을 할 수 있지? 네가 나를 어떻게 생각하든, 지금은 우리에 대한 네 감정을 말할 때가 아니고 어머니 수술 문제를 말하고 있는 거야. 내 어머니이기도 하니까."

"아무튼 내가 해결할 거야. 내친김에 누나에게 내 감정을 말했을 뿐이고."

"어머니 문제에서 왜 그렇게 우리를 밀어내는데?"

"우리 집안에 대한 내 자격지심인지도 몰라. 어쨌든 매형을 보면 나는 자존심이 상해."

"기가 막히는구나."

어디서부터 꼬인 걸까. 여기서 따져 싸울 수도 없고 이 막막함을 어떻게 해야 할까. 말해야 하는데, 말하고 싶은데 이 상황에서 그 많은 말을 다할 순 없어서, 답답함과 분노가 자신을 물어뜯으러 오는 좀비 떼를 보고만 있어야 하는 사람의 심정처럼 참담하고 허망하다.

"당신, 진정해. 처남이 우리를 어떻게 생각하는지 이제 알았으니 그만두자. 말할 가치 없는 일에 에너지 낭비하지 말고 병실에 들어가. 어머니가 찾으시겠다."

한길이 차분하게 상황을 정리했다. 지숙은 그런 그가 고마우면서도 두렵다. 진짜 화가 나면 흥분하거나 허둥대지 않고 오히려 냉철해지는 그가.

지숙은 그가 이끄는 대로 병실로 향했지만 잠재워지지 않은 분노의 여진이 온몸에 그대로 남아 진저리를 쳤다. 입이 타들어 가고 혀끝이 까슬까슬해졌다. 이런 문제가 아니더라도 어머니 수술에 대해 정체 모를 불안감이 스멀스멀 제 몸체를 털며 기어 나오는 느낌이었다.

불길한 징조. 동생에 대한 절대 신뢰도가 작동하지 않아서일까. 어머니의 수술에 대해, 아니 어머니의 몸에 대해 과연 제 몸처럼 신중했을까 하는 비속한 의구심이 자꾸 고개를 쳐들었다. 어머니를 위해 수술을 진행했지만 제 낯내기 위해 더 서두른 건 아닌가 하는. 한마디 의논 없이 제멋대로 결정한 사실이 그런 의구심을 더 갖게 했다. 그렇지 않다면 어머니에게 가장 신뢰받는 자식이고 싶었던가. 의심은 끊임없이 또 다른 의심을 불러온다. 그걸 아는 그녀는 고개를 저어 몰려오는 생각을 흩어 버리려 했다.

애초부터 어머니는 대다수의 시골 노인들이 그렇듯, 당신의 허리 어느 부분이 수술될 것인지 정확히 알지 못한 채 수술만 하면 나을 것이라는 기대에 차 있었다. 그러나 병원에서는 두 달 전에 찍은 MRI 사진을 놓고 판독한 결과 수술해야 한다고 주장했으나 막상 입원해서 수술을 위한 정밀 검사를 해 보니 아직 수술 단계는 아니었다. 통상 병원에서도 척추 수술은 마모 상태가 더 심해졌을 때 권한다. 그래서 퇴행성으로 돌출된 연골을 잘라 냈다. 의사들은 수술 후의 부작용에 대해 함구했다. 전혀 말하지 않은 게 아니라 두루뭉술하게 한두 마디 했을 것이다. 척추에 대한 아무런 경험도 지식도 없어 의사만 맹신하는 젊은 보호자는 수술 동의서에 흔쾌하게 도장을 찍어 주었으니 모든 책임은 환자에게 전가되었다.

2주 후 어머니는 퇴원하셨다. 의료용 복대를 허리에 차고 보족기를 신고 목발에 의지해 간신히 걸었다. 어머니가 시골집으로 내려오시는 날, 형제들이 모였다. 그녀는 그날 가지 않았다. 누구도 직접 연락하지 않았고 꾸역꾸역 찾아가 눈치 보는 불청객으로 있으니 모른 체하는 게 나을 것 같았다. 그뿐 아니라 해야 할 도리와 그날을 피하고 싶다는 회피감 사이에서의 갈등이 없지 않았다. 일을 진행하는 동생들의 태도가 못마땅하다는 자신 생각을 그렇게 간접적으로나마 표출하고 싶었다.

어머니를 위한다는 입장에서 자식들은 모두 같다. 그러나 그 생각한다는 것이 개별화되어 나타나는 방식은 모두 달랐다. 그녀는 어머니에게 불행한 일이 생기면 그 어머니를 어떻게 모셔야 하나까지 살폈다. 그러나 동생은 의학이 어머니의 통증을 없애 줄 거라는 막연한 믿음만 가지고 어머니의 수술을 결정했다. 거침없이 제 생각을 실천에 옮길 수 있었던 것은 의학의 힘과 제 판단을 믿는 자신감 때문이었다. 그것은 어머니에게서 받은 신뢰감이 바탕일 것이다. 그러나 어머니의 몸은 우매한 동생의 지혜를 깨칠 때 필요한 실험 도구가 되어서는 안 되었다.

동생들이 모인 시골집에서 분명히 어머니의 수술비를 놓고 이야기가 오갔을 것이다. 당시에는 수술비가 첫 번째로 해결해야 하는 문제였으니까. 스스로 그 문제에서 거리를 둔 건, 그녀 마음 한구석에는 동생들이 자신을 어떻게 대하는지 보고 싶은 마음도 작용했다. 나설 수도 모른 척할 수도 없는 자의 이중 심리였다. 집안의 중대사를 놓고 차단된 동생들과의 관계가 그렇게라도 다시 열리길 바라는 마음도 컸다. 그녀는 자신의 어떤 역할로 인해서라도 동생들에게 필요한 존재이고자 했으며, 그런 방법을 택해서라도 그들과 공동의 유대감을 갖고 싶었다. 그것은 그녀의 생각일 뿐이었다. 아니, 대단한 착오였다.

사람의 등 뒤에는 앞의 세계보다 더 지독한 것들이 존재한다는 것을 그때 알았다. 동생들은 보란 듯이 자기들끼리 어머니의 병원비를 분담했다. 최소한 이 문제에서 그녀는 유령 같은 존재였다.

병원비를 분담한 동생들은 그들의 결정 사항을 알려 주지도 않았다. 나중에 여동생으로부터 토막 난 이야기를 주워 직조했을 때, 그녀는 그들로부터 너무 멀리 떠밀려진 느낌이었다. 이제 다시는 돌아갈 수 없을 만큼 먼 거리에 서 있는 그네들을 느꼈다. 여기는 네 자리가 아니야, 우리가 둘러놓은 선을 넘어서지 마, 그런 경고였다. 그녀가 공평하게 할 수 있는 것은 부모의 생일이나 형제들의 대소사에 참석하는 정도. 지금까지 해 왔듯이, 그 경계선을 한 번 더 확인했을 뿐이었다. 멀리 황야에 홀로 버려진 느낌이다. 그토록 따뜻해지고 싶었던 가슴속의 열망이 말라비틀어진 밥알처럼 제각각 흩어졌다. 불현듯 여동생이 결혼할 때의 일이 떠올랐다. 동생의 결혼 청첩장에는 '이환수, 박수자 씨의 장녀 이민숙'이라고 씌어 있었다. 이 집안의 장녀는 지숙이 아니라 동생 민숙이였다. 그녀는 이 집안의 가계에 오를 수 없는 사람이었다. 지숙이라는 이름을 가진 그녀는 이환수, 박수자 씨의 장녀가 될 수 없었다. 한 지붕 아래서, 한 이불 속에서, 한솥밥을 먹고 같이 뒹굴며 살아온 진짜 삶은 핏줄이라는 장벽에 부딪혀 박제되었다. 그녀는 세상 사람들 앞에 공개될 때, 결코 이 씨 집안의 장녀로 호명될 수 없다는 뼈아픈 경험을 하지 않았던가.

그때를 생각하니 훅 하고 자조적인 웃음이 나온다. 바랄 걸 바라야지. 성이 같지 않으면, 핏줄이 같지 않으면 진짜 가족이 될 수 없다는, 혈연 중심의 완고한 가족 관계 속에 언감생심 끼어들 생각을 하다니.

오랜 시간 동안 굳어진 관습이라는 그 굳건한 성을 깨면서까지 그녀를 배려하는 사람은 없었다. 심지어는 어머니조차 모른 체 침묵했다. 아니, 어머니는 그럴 수밖에 없었을 것이다. 그러나 어머니가 아니면 누가 그녀를 제자리에 서게 한단 말인가. 함께 살아온 사람으로서 그들에 대한 기대는 멀리서 반짝이는 모래 위의 사금파리 같은 것이었던가. 실제 다가가 보니 이미 사라지고 없는 신기루 같은 것이었던가. 온몸으로 함께 살았고, 자신의 눈으로 한 가족이라는 것을 늘 확인하며 살았는데도 그 관계는 손에 잡히지 않았다.

같이 산 시간, 공유하며 자랐던 많은 추억들, 한 가족이라는 착각을 하게 한 시간들이 산산조각이 되어 무화되는 순간이었다. 그들은 그녀에게 혼자라는, 숫자의 힘으론 대항할 수 없는 어떤 무기력성을 일깨워 주었다. 이름하여 그것을 외로움이라 하던가. 세상이 비록 지뢰밭처럼 위험하다 해도 어우러져 함께하는 위로는 큰 힘을 줄 거라고 믿고 살았던 그녀에게 그 사건은 수없이 흘러간 시간이 헛것이라는 자각을 주었다. 가진 게 없어서, 오로지 홀로여서 스스로 그 진리를 체험해야 했는가.

보편적인 사람의 생에 견줘, 그녀 생은 살아갈 날보다 살아 버린 날이 더 많았다. 사십 대를 꽉 채운 그 시간 동안 단 한 번도 동생들에게 직접 허물을 말해 본 적이 없다. 아니 말할 수 없었다. 그들에게서 멀어지고 싶지 않았다. 지난 시간 동안 간신히 쌓아 온 혈맥에 더 이상의 누수 현상을 초래하게 할 수 없었다. 그래서 스물세 평 아파트에서 아이 셋을 키우며 살면서도 동생들을 품어 줘야 한다고 생각했다. 그것이 사람살이라고 생각했다. 자신을 의지처 삼아 찾아오는 사람을 내치지 못하는 모질지 못한 성품 탓도 있지만 다른 사람들이 제 형제들끼리 어우러져 사는 것이 좋아 보였다. 제 자식들만큼은 이모도 있고 삼촌도 있어 어우러지는 따뜻한 생을 살 수 있게 하고 싶었다. 다른 집 아이들처럼 그녀의 자식들도, 상급 학교에 가고 졸업을 할 때마다 꽃다발을 사 들고 찾아와 주는 이모가 있다는 것, 대학 입학 축하 파티 핑계로 아이들을 불러낸 삼촌이 조카와 함께 술주정하는 모습도 정겹다고 생각했다.

이 너른 세상에서 혼자이기보다는 그렇게 어울려 사는 것이 아름답다고 생각했기 때문이다. 그것이 혈육 없는 이보다 있는 이들의 든든한 울타리라 여겼다. 그러나 후일에 그녀는 착각임을 통렬하게 느껴야 했다. 핏줄이라는 허망한 무기로 그녀를 난도질하고 살을 에어 내는 일들이 더 많다는 것을 알았을 때 비로소 자신이 꿈꾼 것들이 헛된 욕망임을 보았다. 그녀는 무엇에 연연하고 있었던가. 핏줄에 대한 순수한 끌림으로 그들과 관계를 이어 보려 몸부림쳤는가, 아님 핏줄이라는 허황한 미련에 매여 헤매었는가. 설령 그것이 미망의 끈을 잡고 놓지 않은 결과라 해도, 집착이었다 할지라도 그녀의 현실을 끌어가는 하나의 동아줄이었음을 부인할 수가 없다. 그조차 없었다면 어떻게 살았을까. 그걸 놓지 못해 얼마나 아프고 자존심 상하며 살아왔는가. 그마저도 이제 놓아야 할 시간인가. 진실을 보아야 하는 지금이 슬프고 슬프다.

어머니 수술 문제는 처음부터 마무리까지 그녀를 제외했다. 동생들과 똑같이 어머니의 자식이고자 원했던 지숙을 멀찍이 밀어내 버렸다. 그 후 그녀는 표면적으로는 별일 없다는 듯이 일상을 보냈다. 그러나 깊은 잠에 들지 못하고 꿈에 시달리는 때가 많았다. 한밤중에 깨어나 멍하니 앉아 있다가 자신의 그런 모습이 싫어지면 거실로 나와 불을 켜고 서성이기도 했다. 상처를 받는 일은, 꼭 드러내서 피를 흘리는 아픔이 있어야 하는 것은 아니다. 타인을 소외시키는 일, 내민 손 무참하게 뿌리쳐 버리는 것은 치유될 수도 없는 더 큰 상처를 남긴다. 막연하게, 근거 없이 혼자라는 생각이 들 때와 이렇게 확연하게 혼자라는 정황이 입증될 때의 심정은 달랐다. 그래도 막연한 생각일 때는 견딜 만했다. 때로 제 혼자의 착각일 거라는 출구가 열려 있어 자기 위로의 합리화도 가능했기 때문이다. 그러나 형제들이 작심하고 나서는 것이 확인된 지금은 그녀를 깊은 방황 속으로 침잠하게 했다.

지숙은 자신의 아픔을 어떤 뒤틀린 증오나 교묘한 복수심으로 바꿔 내는 술책을 부릴 수 있는 사람은 못 되었다. 고통은 그저 자신이 겪는 문제일 뿐, 다른 어떤 것으로도 환치되지 않는 것이라 인정하는 사람이다. 올봄 내내 그 문제로 스트레스성 만성 위장병이 생기면서도 생각만 많았지 만나서 따지거나 피 터지게 싸워 쟁취할 생각은 더더구나 하지 못했다. 사랑이 더 많은 자가, 외로운 자가, 인생의 경험을 더 많이 한 자가 더 괴로울 수밖에 없다는 것만 확인했을 뿐이다.

잡지와 문예지 몇 종류를 만들던 사장은 1년 전부터 자신이 좋아하는 불교 잡지까지 발간하고 싶어 했다. 출판사와 인쇄소를 같이 운영하는 그에게 잡지 한 종류를 더하는 것은 별문제가 아니었다. 사장이 지숙에게 잡지 『숨겨진 사찰의 미』를 만들자고 했을 때, 지숙은 직원의 복지를 위해 휴게소로 쓸 공간과 인원 보충을 요청했다. 사장은 쥐

꼬리만큼의 급여를 올려 주겠다고 협상안을 내놓았으나 현재로도 충분히 혹사당하고 있다는 직원들의 아우성에 한발 물러났다. 그때 박해준이 입사했고, 사찰 취재와 사진 등 외부에서 담당해야 할 일은 그에게 주어졌다. 아직 그의 능력을 알지 못하는 그녀로서는 못 미더웠지만 남자 사원이 절대적으로 부족한 출판사에서 외부 취재를 그에게 일임하는 것은 받아들여야 했다. 그렇게 해야 한다는 당위성과 현실의 괴리는 어느 세계에나 있어서 그녀의 생각대로만 할 수 없었다. 지숙은 사장의 의도를 알고 있었다. 힐링과 치유가 일종의 슬로건이 된 이 시대에 상품 가치가 있는 잡지를 만들어 보겠다는 야심을. 좋은 잡지가 판매까지 잘된다면 그야말로 금상첨화다. 그렇게 시작된 『숨겨진 사찰의 미』 창간호는 홍보용으로 많이 나갔으나 그럼에도 출판 비용을 조금 밑도는 자금이 회수되었으니 충분한 효과를 거둔 셈이다.

몇 년 동안 사회 곳곳에서 소통과 공감을 외쳐 대더니 어느새 힐링의 시대로 넘어왔다. 그것도 몇 년이 지나면 다른 문화 현상으로 옮겨갈 것이다. 소통하고 공감하면 치유는 자연적 현상일 터다. 어떤 이유로든 지치고 병든 현대인들이 치유를 생각하는 사회현상은 바람직하다고 생각했다. 치유하기 위해서는 쉬어야 하고, 쉬기 위해서는 번잡한 도시를 떠나 한적한 자연으로 들어가야 한다. 그러려면 사찰에서 운영하는 템플스테이나 산사음악회, 시민선방 등에 관한 자료도 풍부하게 꾸며 주어야 할 것이다. 더구나 절집에 대한 취재 내용은 관심 있는 사람들에게 흥미를 줄 수 있다. 수행자들이 사는 절집의 히스토리는 은닉된 공간의 이야기가 밖으로 공개된다는 의미에서 독자들에게 관심을 불러일으킬 것이다.

사람과의 사이에서 상처받고 아파하는 사람들은 자신의 일상과 다른 수행자들의 일상을 보며 위안을 느끼거나 마음 수행에 관심을 둘 것이다. 그들 중에 삶의 좌표를 찾는 이들이 있다면 얼마나 멋진 일인가. 하루에도 수만 번씩 변화하는 마음의 움직임을 좇아 사는 이들이 관계 속에서 다치지 않으려면 자신의 마음 근육을 단단하게 하는 일임을 알고 있기 때문이다. 책을 만드는 그녀 또한 이 시대에서 요구하는 잡지를 만드는 것은 보람 있는 일이라 여겼다. 직업이라 할지라도 타인의 삶에 긍정적인 영향을 미치는 일이라면 불편을 감수하면서라도 해낼 마음이었다. 그럼에도 출판 사업의 문화적 의미를 내세워 자신의 욕심을 슬쩍 숨기는 사장의 지시까지 유쾌하지는 않았다.

지숙이 도내에서 가장 큰 출판사인 '수미안'에서 일한 지도 20년이 넘었다. 문예창작과를 졸업하고 1년간 작은 출판사에서 근무하다가 이곳으로 옮겨 왔다. 그사이 두어 번 신춘문예에 낙방하고 다시는 글을 쓰지 않았다. 무릇 글 쓰는 자는 콤플렉스 덩어리여야 한다며 지도교수는 한 학기 내내 콤플렉스만 가르쳤다. 실제로 그녀는 콤플렉스 덩어리였지만 그 세계를 깨지 못해서 소설을 제대로 쓰지 못했다. 그녀가 자신을 뒤집어 내놓거나 승화시켰다면 소설이 써졌을까. 내놓으려면 용기가 필요하고 승화시키려면 자기를 버려야 했다. 그런데 그녀는 버리기는커녕 그것을 더 움켜쥐고 있으면서도 알지 못했다.

사회적 윤리관보다 개인의 윤리관이 훨씬 더 강한 사람은 그 경계를 쉽게 풀어내지 못한다. 그녀가 소설을 쓰려면 어느 평론가의 말처럼 자신의 에티카를 좀 더 몰락시켜야 했다. 그래야 내면에 웅크린 이야기를 풀어헤칠 수 있을 테니까. 그놈의 과거는 덮어 두기만 해서는 잊히지 않는다. 잊으려면 반드시 용서가 필요하다. 용서한 자만이 기억을 지울 수 있다. 잊는 것과 용서는 다른 문제이기 때문이다. 그녀는 어머니도, 그 어머니를 미워한 자신도 용서하지 못했으니까. 지극히 도덕적이고, 지극히 성실하고, 지극히 평범하게 살면서 기상천외한 상상력을 원하는 독자들이 만족하는 글을 쓸 수 없을 것이다. 사는일이 맹탕이고 지겨운 이들에게 삶보다 더 지리멸렬한 이야기를 하려다 보니 글쟁이는 되지 못하고 남의 이야기를 엮어 주는 출판사 일을 하게 되었다. 그리고 시간이 여유로워지자 가지 못한 길이었던 심리학을 넘겨다보았다.

그녀에게도 이런 치기 어린 시절이 있었던가. 신중해야 할 일일수록 장난스러울 필요가 있다고 학과를 선택하면서 심리학과와 문예창작과를 두고 주사위를 던졌다. 똑같이 해 보고 싶은 공부였다. 자신의 내면에서 올라오는 의문을 풀지 못해 궁금한 게 많았다. 누구에게도 쉽게 조언을 들을 수 없는 것들이었다. 원서를 쓰면서 동전의 양면에 심리학과와 문창과를 써서 천장에 닿도록 높이 던졌다. 그것은 높이 올라간 만큼 낙하지점도 멀었다. 먼지가 수북한 책상 밑으로 굴러간 동전을 그대로 집어 보니 문창과가 보였다. 그게 그거지. 한 가지를 하면 무언가 자신을 밝히는 작업을 할 수 있게 되겠지. 그러나 지금와 생각해 보니 동전을 집어 들며 의식하지 못하는 사이 앞뒷면이 바뀌지는 않았을지 의심도 없지 않다. 장난처럼, 호기롭게 시도한 사소한 것들이 생을 뒤집거나 그 길을 바꾸고 견인해 가기도 한다는 걸 이즈음에야 깨닫고 있기 때문이다. 알 수 없는 운명 때문에. 풀리지 않는 자신의 운명을 알기 위해 사주 공부를 시작하는 사람이 있는 것처럼, 그녀도 자신을 알기 위해, 사람을 알고 싶어 심리학을 공부했다. 하다 보니 박사 학위를 받게 되었지만 그것으로 무엇을 바꿀 수 있을 것인가에 대한 회의는 여전하다.

그녀가 그랬던 것처럼, 지나치게 도덕적이거나 지나치게 반듯한 사람들의 내면에는 지극히 비정상적인 무의식이 숨어 있는 법이다. 그 복병을 드러내지 않기 위해 평범함을 가장하는 것이다. 1층에서 일하는 여직원은 매사에 씩씩하고 거칠 것 없는 태도로 사람을 대하고 일조차도 힘들이지 않고 쉽게 잘 해낸다. 회식하는 날엔 잘하지 못하는 노래도 매우 자신 있게 부르고, 잘 알지 못하는 인문서에 대해서도 포장된 언사로 유창하게 말을 잘한다. 자기표현을 잘하고 말을 유창하게 하는 것과 진짜 실력과는 별개의 문제지만, 지숙은 사람을 상대할 일이 생기면 그 직원에게 부탁하곤 했다. 스스로 자신감을 만끽하는 직원을 보면서 지숙도 흡족한 경험이 있긴 하다. 사장은 표현력이 부족해서 아는 것의 절반밖에 표현하지 못하는 축에 속하는데, 대외적인 행사 때에는 어느 대화에도 쉽게 끼어들어 친화력을 과시하는 그 직원을 앞세우고 그 능력을 인정한다. 사장과 지숙의 가치판단 기준이 다를지라도 겉으로 드러나는 능력이 우선 눈에 띄는 것은 사실이다.

그러나 그 직원은 조금만 세심하게 들여다보면 불안정한 행동을 자주 했다. 서류를 작성하면서도 잦은 실수를 하고 책을 편집하며 간지 작업을 빠뜨리기도 하고, 작가와 말실수를 하여 대금 결제자가 곤혹스러울 때가 있다. 어느 땐 거칠게 좌충우돌하는 그 약점이 어느 땐 소리 나는 언사나 행동으로 가려지는 것이다. 그 직원의 장기로 내세우는 대중적 태도가 콤플렉스를 모두 가리고 있다는 것을 아는 이는 거의 없다. 타인들에게 의도적으로 드러내는 그녀의 장점은 실은 내세울 것 없는 그녀의 치부를 가리는 데 어느 정도의 역할을 하는 것이다. 사람의 심연은 그렇게 헤아리기 어려워서 진솔하다고 자처하는 사람들일수록 더욱 난해하다. 하물며 지숙 자신의 마음이야 말해 무엇하랴.

가족의 그물망

어머니 수술 이후, 아내의 표정이 어두워지고 고통스러워하는 것을 눈치챈 한길이 어느 날 처가에 가자고 제안을 했다. 제 아내가 어머니 문제에선 솔직할 수 없다는 것을 알고, 장모와의 사이를 중재하고 싶었던 모양이다. 처가에 간 날, 아내가 저녁상을 들고 나간 사이에 장모에게 이번 사건의 전말을 이야기했다.

"내 탓이네. 내가 잘못 가르친 탓이여."

"장모님, 그런 뜻으로 하는 말이 아닙니다. 이번 일로 저 사람은 상당히 충격을 받았어요. 형제들 사이에서 제외되었다고 생각하고 있거든요."

"그게 무에 그리 중요한가? 자식이 에미 병원비 내는 것은 당연한 일인데."

과일을 들고 방으로 들어오던 그녀는 자신도 모르게 소리쳤다.

"나도 자식이잖아요. 그런데 왜 어머니 일을 쉬쉬하며 해결하냐고요?"

그녀가 기억하는 한 이토록 큰소리로 어머니에게 대든 적이 없었다. 그렇다면 어머니 수술과 관련된 문제는 지숙에게 시한폭탄처럼 내장되어 있었던 모양이다.

"그래서 병원에서 싸웠냐? 그러잖아도 내 수술 때문에 고생한 애들한테 애썼다고는 못할망정 큰소리는 왜 내냐. 네들이 그러면 난들 편하겠냐. 하이고, 내가 혼자 살았어야 하는디 무슨 좋은 꼴 보겠다고 이 집구석에 들어와서 ⋯."

어머니가 망령이 나셨나? 아님 늘 석연찮게 대하는 딸에게 마지막 카드를 내미는 심정으로 저러시는 것일까? 저건 어머니의 반칙이다. 어머니 스스로 금기시해 왔던 말을 입 밖에 내놓아서 딸에게 더는 다른 말 하지 말라는 경고를 한 것이다. 노인의 전략치곤 치졸하다.

"어머니, 나도 그런 말 할 자격 있어요. 어머니는 내 어머니이고 동생들은 내가 업어 키웠으니 내가 아주 남은 아니잖아요? 그러니 어머니는 나를 똑같은 자식으로 대해야 하고 동생들은 형제간으로 대해 줘야지요. 그런데 모두들 나를 없는 사람 취급하잖아요."

"애들도 사정이 있었겠지야. 네가 애들 흉을 들추면 내가 뭐라고 하겠냐?"

"무슨 사정요? 나는 지들 형제가 아니니 낄 자격이 없다는 사정요?"

"네가 그럴까 봐 애들도 쉬쉬하고 있는 거 아니냐?"

사람이 좋아 쉽게 누구 편을 들지 못하는 한길이 보기에도 어머니의 저울추는 평형 감각을 상실해 버린 것 같다. 지숙의 침묵은 그녀의 흉이 되고, 동생들의 침묵은 지숙을 배려해서라니 세상에 그런 편리한 셈법이 어디 있는가. 한 사건인데도 이렇게 각기 다른 생각을 하고 있다니. 도대체 그녀가 무엇을 잘못했기에 어머니를 포함한 동생들과 대적하고 있는 셈이 되어 버린 것일까? 아내의 절망은 사건을 대하는 어머니가 눈감고 귀를 닫아 버렸다는 생각 때문으로 보였다.

비밀의 안과 밖, 그 경계에 있거나 바깥에 선 자는 피해 의식을 가지고 있을 수밖에 없다. 비밀이 불온한 것은 같은 비밀을 가진 사람끼리의 연대감이 비밀 바깥의 사람을 배척하기 때문이다. 그녀는 바깥에 있다가 소외되는 게 싫어 그토록 발버둥 쳤는가. 일련의 사건들을 어머니는 완강하게 부정했다. 너, 상현이가 한 말 잊었냐? 큰누나를 불쌍히 생각해서 잘해야겠다고 말하지 않더냐? 순간 지숙은 어머니 앞에서 그 말을 하는 동생의 가증스런 얼굴이 떠올랐다. 주책없이 흘러나오는 눈물을 옷소매로 닦아 댔다. 울고 싶지 않은데 나오는 눈물이 싫다. 무력한 나방과 같이 마음이 힘없이 퍼덕이는 자신이 싫다.

아무리 좋은 기억, 따뜻한 기억을 더듬어 보려 해도 떠오르지 않았다. 이를테면 집 떠나는 자식을 안타깝게 바라보는 애틋한 눈빛이라도 기억할 수 있다면 얼마나 다행일까. 다른 사람들은 다 가진, 흔해서 일상이 되어 버린 그 기억이라도 있다면 얼마나 위안이 될까. 그러나 어머니는 집 떠나 학교에 다니던 그녀가 가족이 그리워 가끔 찾아왔다 돌아갈 때, 처진 어깨 토닥이며 '힘들지야, 그래도 잘 견디거라.' 그런 말 한마디 해 주지 않았다. 참을 수 없는 기침 소리처럼 사랑 또한 숨길 수 없는 마음이니 그녀에게 줄 사랑이 어머니에게 있었다면 어떻게든 전달되었을 것이다. 간절한 마음은 어디에든 이를 수 있으니, 그 마음 읽지 못했을 리 없다. 어머니에겐 정말 그럴 여유가 없었을까. 제힘으로 학교 다니는 딸에게 차비에 보태라고 동전 한 닢 얹어 줄 생활이 못 되었을까. 어머니의 삶이 아무리 강퍅했다 해도, 그렇게 치부해도 이해되지 않았다. 눈앞에 보이지 않으면 어머니는 그녀를 잊고 살았을 것이다. 이 나이에도 모정에 걸근대는 것 같은 자신이 싫다.

이제 어머니에 대한 기대는 모두 철회해야겠다고 다짐한다. 아무리 기다려도 오지 않는 것을 체념하는 것도 자신을 위해 필요하다. 누군가를 지키고 싶었던 것은, 실은 지켜지고 싶은 자신의 마음이었을 것이다. 그녀가 오랫동안 지독한 하혈과 통증을 참으면서도 자궁 적출 수술을 하지 않았던 것은 자궁으로 이어지는 모성에 대한 기대를 버리고 싶지 않은 심리에서였을 것이다. 어린 시절 어머니로부터 받지 못한 사랑 때문에 직면한 문제 위에 자궁 잃은 상처까지 얹고 싶지 않은. 의도적으로 생각하진 않았으나 자궁을 지키는 일이 어머니와의 연결 고리를 이어 가는 것이라고 생각했을지도 모른다. 자궁, 아기집. 그녀는 어머니의 자궁을 빌어 태어났고, 그녀의 자궁을 통해 아이들이 태어났다. 한 인간의 존재의 집이고, 한 가족의 구심력이 되는 공간임을 아는 그녀가 어떻게 쉽게 포기하겠는가. 그런 지숙에게 의사들은 마치 고장 난 기계 부속을 갈아 치우자는 태도로 수술을 권했고, 지숙의 냉소적인 태도는 극에 달했다. '당신들도 여자의 자궁을 통해 세상에 나왔지요? 당신을 증언하는 기원의 장소를 메스로 도려내자는 말이 그리 쉽게 나와요?'라고 격앙된 감정으로 응수했던가. 그러나 지금 이 순간부터는 자궁에 대한 인간적인, 그리고 낭만적인 생각들을 버려야 한다.

"나는 세 남매를 차별하지 않으려고 애를 썼네. 김치를 담아 보내도 똑같이 보냈고, 나눠 먹을 것이 있으면 누나 거라고 같이 보내곤 했네. 나는 결코 차별하지 않았네."

망연히 앉아 있던 그녀는 어머니의 말이 새털처럼 가볍게 들렸다. 어머니는 진짜 그런 일들이 공평하다고 생각하는 것일까? 지숙이 어머니에게 바라는 것은 어머니의 마음이지 김치 따위가 아니었다. 김치를 똑같이 나눠 준다고 해서 마음이 똑같이 전달되는 것은 아니다. 한 번도 사랑을 받아 본 적이 없다는 상실감이 의도를 가진 음식물로 대체될 수는 없는 까닭이다. 그녀는 그렇게 말하고 있는 어머니가 자신을 이해하고 인정해 주는 일은 불가능하다고 생각한다. 표면적으로만 저렇게 말하고 계실 뿐이지 상현과 민숙이 나서서 수술 후 뒷감당해 준 것에 대해 만족하고 있다는 것을 이미 느끼고 있으니.

이후, 어머니는 재산 분배를 하셨을 때, 아들에게는 현금과 집과 전답을 나눠 주었고 여동생에게는 사업 자금을 현금으로 주셨다. 지숙은 자신에게 십 원짜리 하나도 주지 않은 것에 이의를 갖진 않지만, 동생들과 어머니가 그녀 모르게 만나 의논하며 진행한 일이라는 것에는 충격을 받았다. 애당초 받을 생각도, 그럴 자격도 없다고 생각하고 있었지만 단 한 마디의 언급도 없이 쉬쉬하며 결정한 일을 나중에 알았을 때 참 허망했다. 사람은 제게 없는 것을 갈망하는 법, 그녀는 부모 형제 사이에서 자신의 존재감을 갈망했다. 어머니 말씀처럼 공평했다면 최소한 귀띔이라도 해 주어야 했다. 재산은 나눠 주지 않아도 이렇게 할 수밖에 없었다는 말은 해야 하지 않은가. 뉘 집이든 부모의 재산을 나눌 때 제 몫 줄어드는 것을 원하는 사람은 없을 터, 그러므로 동생들이 누나를 챙기자는 말은 하지 않을 것으로 알지만 어머니마저 비밀에 부쳤으니 그녀가 느끼는 배반감은 당연했다. 오죽하면 저 재산 분배 때문에 지숙을 이 씨 집안의 형제로 인정하지 않으려 했는지 모른다는 생각이 들 정도였다.

결국에는 어머니의 허리 수술로 조용하던 어머니와 형제들 간의 본심이 살점 없는 뼈다귀처럼 허옇게 드러나 버렸다. 여기저기 피멍이 들고 피투성이가 된 모습으로 서 있는 자신을 본다. 천박하고 삐딱한 독설, 가슴속에 불을 지르는 말들을 하지 않는다고 해서 좋은 관계라 할 수 없다. 외면하고 모른 체하며 침묵으로 행하는 위악이 때로 더 잔인하다. 사실은 표면상으로만 유지해 온 의리였을 것이다. 진실은 없으나 각자 가지고 있는 척, 그나마 가식적이어도 평온한 일상이 깨지는 걸 원하지 않아 연기하고 있었을 뿐이다.

"나는 상현이에게 늘 말해 왔다. 내가 죽고 나면 네 누나는 혼자 남는다. 천지에 고아 아니냐. 그러니 장남인 너라도 누나에게 잘해야 한다. 네 누나, 불쌍한 사람이라고 말이다."

"어머니, 뭐 하러 그런 말을 해!"

내부에서 맹렬히 끓어오르는 분노로 그녀는 소리쳤다. 어머니에게는 그럴싸하게 대답하고 천연덕스럽게 자신을 속인 그들을 생각하니 화가 나서 견딜 수가 없다. 어머니는 그녀를 두고 '고아'라고 했던가. 그들 사이에서 그녀는 이미 '고아'였던가. 아니 지숙이 고아임은 현재진행형이다. 그게 그녀의 현실이다. 지숙이 더 혹독하게 몰아붙이는 것은 자신을 보호하기 위해서일 것이다. 어머니가 그렇게 간절히 말씀하셔서, 불쌍한 누나를 안쓰럽게 여겨서 동생은 누나에게 그랬던

가. 자존심이 상해서 견딜 수가 없다. 어떻게 해도 풀리지 않을 단단한 옹이 하나가 또 심장에 박힌다. 차라리 어머니가 동생에게 그런 말을 하지 않았으면 이런 수모의 감정은 들지 않을까. 형제들 앞에서 자신의 자존감은 이미 너덜너덜 찢겨 너무나 비루해졌다.

인간의 마음속에는 얼마나 더럽고 음흉한 속셈이 깊고 풍부하게 숨어 있는가. 그것들이 때로는 고개를 쳐들어 죄와 악을 부추기고 위악을 가장하여 위선으로 드러내는 것쯤은 아무 일도 아니게 한다. 그들이 드러낸 말과 행동도 마찬가지였음을 짐작하는 데 대단한 상상력이 필요치 않다. 지숙은 그들과 형제가 되고 싶어 구걸했던 어리석음에 입술을 깨문다. 비릿하고 짭조름한 액체가 입 안 가득 고인다. 그 통증을 기껍게 받아들이며 마음을 닫는다. 자신을 보호하기 위해 남은 무엇이 있다면 그나마 지켜야겠다는 본능 때문이다.

"그래도 너는 별문제 없이 잘 살지 않냐?"

"엄마, 지금 무슨 말씀을 하시는 거예요?"

"들어봐라. 상현이는 부부가 공무원이니 걱정 없이 살 것이다만, 민숙이네는 사업 자금이 모자라 쩔쩔매고 있다더라. 자식들은 커 나가고 하는 일은 안 되니 에미 속이 편하겠냐? 나는 그래도 여유 있는 자네가 도움을 줄줄 알았네."

갑자기 화살이 자신에게 날아온 것을 뒤늦게 안 한길이 앉아 있던 자리에서 몸을 한 번 뒤챈 뒤 말했다.

"장모님! 그렇게 쉽게 하실 말씀은 아닌 거 같은데요."

"내가 오죽하면 이런 소릴 하겠나. 형제들끼리 서로 돕고 살면 좋지 않은가?"

한길은 장모가 참 편리한 생각을 가졌다고 생각했다. 그럴 땐 형제이고 도와야 한다니. 자신의 속마음을 보일 듯 말 듯 하면서 본심을 숨기고 계시더니 기어이 드러내다니. 우리가 평수 넓은 아파트로 이사 가면서 처제네를 도와주지 않아 섭섭한 마음을 끝까지 숨길 수 없었던 것이다. 자신 생각과 처제의 의도와 장모의 욕심을 어떻게 정리해서 말해야 할지 막막해진 한길은 담배를 꺼내 들고 밖으로 나갔다.

여동생은 자신의 의도를 직접 말하지 않으면서 어머니에게 힘들다고 압력을 넣어 압박해 왔으니 원망은 지숙네에게 향했을 것이다. 그렇다 해도 어머니까지 합세하다니 이해할 수가 없다. 그녀는 할 만큼 했다는 생각인데 상대는 더 주지 않는다고 야속하다 하니 인간들에게 적절한 형평성은 어디쯤일까. 어머니라는 이름으로 자식에게 그래도 되는 것일까. 어머니는 무엇으로도 보상될 수 없는 젊은 날의 고통을 딸에게 전가하고 싶은 것일까.

"나는 네가 제일 효도할 줄 알았다."

"내가 얼마나 더 해야 하는데요? 엄마, 내 엄마가 맞아요? 나도 똑같은 자식인데 어떻게 이래요? 내게 뭘 해 주셨다고…"

"너는 내가 살아온 것을 다 봤지야? 그래서 나를 제일 이해하고 도와줄 줄 알았다. 실제로 너는 너 하고 싶은 대로 다 하면서 살잖냐?"

"뭘 다 하고 산다는 거예요? 그저 주어진 상황대로 열심히 살아가는 것뿐인데. 이만큼이라도 사는 데 친정이 울타리가 돼 준 것도 아니잖아요?"

"나 산 것에 비하면 너는 잘 사는 거지. 그래서 네가 나를 챙기고 살펴 줄 줄 알았다."

"어머니가 믿고 의지하는 아들이 있잖아요?"

"그 애들과 너는 다르다고 생각하며 살았다. 네 아버지와 상현이 아버지가 다르듯이 말이다. 나는 너를 볼 때마다 어린 너를 눈 속에 담고 싶어 하던 네 아버지가 떠오른다. 따뜻하게 살을 부비고 진실로 사랑했던 피붙이들끼리의 사람살이를 살았기 때문인지도 모른다. 너는 내게 네 아버지이기도 했단 말이다."

"무슨 말씀을 하시는 거예요? 아버지에 관한 한 매정하다 싶을 만큼 내색한 적 없으시면서. 제겐 따뜻한 눈길 한 번도 주지 않고 사셨잖아요."

"속에 있는 말을 어떻게 다 한다냐? 네 앞에서 이런 소릴 하는 걸 보니 나도 죽을 때가 된 것 같다."

지숙은 저런 어머니가 밉다.

"중도 제 머리는 못 깎는다더라만, 너는 혼자서도 네 머리를 잘도 깎더라. 그러니 내가 해 줄 게 없었다."

중학교에 다닐 때, 귀밑 2센티미터가 넘으면 선도부에게 머리카락이 잘렸다. 그 치욕을 당하지 않으려면 혼자서라도 잘라야 했다. 늦은 밤, 거울을 들고 혼자 머리카락을 자르던 기억이 들쑥날쑥 떠올랐다. 머리카락을 잘라 줄 사람은 없는데 왜 그리 잘 자라는지. 용의 검사를 하기 전날엔 혼자서 거울을 들고 용을 써도 뒷머리는 늘 삐뚤삐뚤하게 잘렸다. 다음 날 학교에 가면 친구들이 놀리면서 다듬어 주겠다고 가위를 들고 쫓아다녔지만 끝내 받아들이지 않았다. 그래서 중학교 다니는 내내 지숙의 머리카락은 다른 아이들처럼 가지런하지 못했다. 그 모습이 그녀의 청년기 때를 대변한다 해도 맞는 말이다. 그 기억은 외로움을 다시 소환하였다. 그녀는 깊은 무의식에서 올라오는 서러움으로 진저리를 쳤다.

"어머니에게 깎아 달라 할 수가 없었는데, 누구에게 깎아 달라 해요? 어머니가 안 돌보니 어쩔 수 없이 한 것뿐인데. 그게 어린애가 할 짓이에요?"

"네가 해 달라고 매달려 봐라. 누구든 안 해 줬겠냐? 거울 보고 혼자 머리 자르는 것을 보며 산속에 사는 중보다 낫다 싶더라. 어린것이 놔두면 소리도 없이 척척 다 해결하니 돌볼 게 뭐 있냐. 네가 절에 다니니 하는 말이다만, 뭣이냐 절에 가면 과일도 놓고 밥도 올려놓는 단위의 신들 있잖냐. 너는 어쩌면 그 무리 중의 하나일 거라는 생각이 들었다. 밥을 굶겨도 밥 달라고 울지도 않고 성미를 부리지도 않았고, 학교를 못 다니게 해도 누구의 도움을 받아서라도 진학했다. 그저 묵덕보살처럼 입을 다물고 지 할 일만 했었지. 그것이 어린애가 하는 행동이냐? 어른도 그렇게는 못 한다."

"아무리 그래도 나는 아이였어요. 어머니의 보호를 받아야 할 아이였단 말예요. 저 뒤꼍 대숲에 가서 소리 죽여 운 적이 얼마나 많았는데요."

"너는 내 앞에서 울지 않았잖냐? 어린 네 동생들 건사하기도 힘들어서 소리 안 내는 네게까지 눈 돌리지 못했다. 전생에 무슨 죄를 지어서 이 집안으로 들어와 이 집 식구들 먹여 살리느라 밭으로 바다로 달음박질치며 한 세월 다 보냈다."

"내가 어떻게 살았는지 어머니는 알아요? 겨우 초등학교 졸업한 후엔 내게 아무것도 안 해 줬잖아요? 한밤중에 집에서 쫓아내고, 애가 어떻게 됐는지, 살아 있는지 걱정하신 적 있어요? 실제로 내게 해 준 게 뭐가 있냐고요?"

"너도 자식 키우니 알 것 아니냐. 자식 때문에 울어 보지 않은 어미는 없다. 네가 생각한 만큼 정을 주지 않았는지는 몰라도 너 때문에 나도 울었다. 다만 나는 사랑이 무슨 모양인지 무슨 색깔인지 몰라서 표현할 줄 모른다. 그저 생각되는 대로 할 뿐이지 어떻게 해야 네가 원하는 것인지 모른다. 그래도 너는 남편이 잘하고 자식들도 든든하잖냐. 지금 잘 살면 되지 지나간 일이 무슨 소용이다냐? 너만큼만 하고 싶은 대로 살 수 있다면 부러울 게 없겠다."

"나도 엄마의 마음을 받아 보지 못해서, 엄마에게 어떻게 해야 하는지 잘 몰라요. 지금 내게 잘해 달라는 게 아니고, 제발, 나도 엄마의 자식으로 대해 달라는 거예요. 무조건 네가 잘못 생각하는 거라고 말하지 말고, 엄마니까 내 편에서도 생각하고 받아들여 달라고요. 동생들과 엄마 사이에서 때로 너도 속상했겠다고 인정하고 위로해 달라는 거예요. 내게도 엄마니까. 나도 그런 엄마가 필요하단 말이에요. 엄마는 내게 한 번도 그래 주지 않았잖아요? 도통 내 엄마 같지가 않아."

"흥, 받은 게 없다고? 나는 내 목숨을 버리려 한 적은 있어도 너를 버리지는 않았다."

"부모가 자식을 어떻게 버려요? 보살피지 않았으면 버린 것이나 다름없지요."

어머니가 가소롭다는 듯 화장지를 툭 뽑아 코를 풀더니 뚜껑 없는 휴지통에 던졌다. 잠깐의 침묵이 흘렀다.

"네 아버지 묻고 돌아오는 날 안개로 희뿌연한 바다가 날 부르더

라. 다 놓고 싶더라, 살아갈 일이 너무 막막해서. 파도 출렁이는 바다에 정신을 놓고 들어가는데 네가 내 발목을 잡더라. 등에 업힌 어린것 몸이 겨울 바닷물에 잠겼던지 자지러지게 울어 대고, 울음소리 위에 네 아버지의 간절한 눈빛이 겹쳐지더라. 핏줄 남기려고 아픈 몸으로 나를 만나 그토록 애절하게 너를 부탁한 사람이었다. 그때는 내 목숨보다 그 사람하고 한 약속이 더 귀해서 가슴께에 차오른 물을 헤치고 뒤돌아섰다. 눈물이 앞을 가려 몇 번을 넘어지며 일어서고⋯."

몇 번의 한숨과 함께 토해 놓은 어머니의 이야기가 그녀의 귀에 순하게 들어오지 않았다. 이미 앙바틈해진 가슴은 귀를 거칠게 만들고 눈을 어둡게 하여 어머니의 통렬한 고백조차 성근 그물망을 빠져나가는 바람처럼 성글게 여겨졌다. 이번엔 내가 귀를 닫고 마음을 닫았구나, 알면서도 받아들이지 못하는 자신을 그녀도 어떻게 할 수 없었다. 그동안 한 번도 하지 않던 아버지 이야기를 지금 와서 왜 하시는 걸까. 간절하게 들어와야 하는 이야기인데 당신을 변명하려 하신다는 뒤틀린 생각에 가려져 버렸다.

"네 큰집에서 나왔을 때, 자식 없는 집에서 너를 달라고 찾아왔더라. 차라리 잘사는 그 집에 주었으면 너도 고생 안 하고 자랄 것을. 그때는 앞뒤 생각도 없이 끔찍한 소리 말라고 악을 쓰며 쫓아 보냈다. 죽어도 내 자식을 내줄 수 없었다. 그게 내 최선이었다."

"차라리 남에게 주어 버리지 그랬어요. 그랬다면 이렇게 핏줄에게 구걸하듯 매달려 살지는 않았을 거잖아요? 내 부모 형제라는 기대감이 없으면 걸림도 없이 그들과 복닥복닥 어울려 살며 덜 외로웠을 거 아녜요?"

그 순간엔 진심이었다. 이 땅에 태어난 생명들은 모두 자기 몸을 방어할 본능을 가지고 태어난다. 애초부터 없이 태어난 존재는 제 생존 방식을 바꿔서라도 살아갈 길을 구한다. 다람쥐는 재빠름을 갖고, 사자는 용맹을 지니고, 향기 좋은 나무는 잎사귀에 독을 품고, 먹이를 낚는 혀를 가지고, 살기 위해 꼬리를 자르고, 인간처럼 가면을 쓰고서라도 제 길을 만들어 가니까.

"망할 년, 잘도 지껄이는구나. 생색이 아니라 어미니까 당연히 그래야 했다. 허지만 우리들의 운명이려니 생각해라. 너만 못 받은 게 아니라 나도 워낙 받은 게 없어 평생 마른풀처럼 가슴에 물기라곤 없는 사람으로 살았다. 이제 와서 어쩌겠냐. 나라고 왜 다른 여자들처럼 속 빼놓고 놀기도 하고 웃으며 살고 싶지 않겠냐. 그러나 나는 평생 이렇게 살아서 지금 나를 바꾸면 내가 무너져 버릴 것 같다. 늘 생사 앞에서 쫓기듯 절박하게 살아와서 인생이 무엇인지 어떻게 살아야 하는지 지금도 모르겠다. 나는 내가 사는 방식대로 살아야지 어쩌겠냐. 어떤 것도 죽음 앞이라고 생각하면 지금 일어나는 이깟 것들 아무 것도 아니니라."

"…."

"옛날에… 네들 아버지 내가 죽인 거나 진배없다."

감정이 정리되지 않은 그녀는 어머니의 말이 무얼 의미하는지 알 수 없어 멀거니 바라봤다.

"돌아가신 지 10년이 넘었는데 새삼 무슨 말씀이세요?"

"그날 밤, 술에 취해 인사불성이 되었으니 데려가라는 점방 집 여자의 전갈을 받고도 모른 척했다. 이놈의 인간 집에 들어오면 밤새 시달릴 생각에 일어설 염이 나지 않더구나. 점방 집 여자 악다구니도 듣고 싶지 않고, 그곳에 있는 동네 사람들 볼 면목도 없었다. 젊었을 땐 더 했지. 남에게도 그러한데 내게는 어땠겠냐. 하루하루가 수치스러워 살 수가 없었다. 차라리 죽어 줬으면 좋겠다는 생각도 했었다. 그 옛날 네가 고등학교 갈 무렵 내가 죽으려 했을 때는 그런 생각 안 했겠냐?"

"술 취해 돌아가신 거 다 아는 이야기잖아요. 뭐 좋은 이야기라고 끄집어내세요."

"천덕꾸러기 취급을 받을망정 가게 아무 데에서나 잠들었다가 아침에 오는 게 낫다고 생각했다. 졸다가 깨다가 깜빡 잠들었는데 새벽이었다. 그 인간은 점방 집 나서서 오다가 꼬꾸라져 그대로 잠이 든 것이고. 그렇게 갈라고 술독에 빠져 살았던 모양이지."

"….."

"너에게라도 말해 버리고 나니 가슴이 좀 후련하다. 김 서방 찾아 어두워지기 전에 돌아가거라. 혼자 있고 싶구나."

평생 아버지 이야기를 금기시하듯 살아오신 양반이 오늘은 폭풍 휘몰아치듯 토해 내시더니 어머니가 그 자리에 무너지듯 드러누웠다. 이불을 꺼내 덮어 드리고 그녀는 밖으로 나왔다. 마당 한가운데 있는 수돗가에 가서 입 안에 가득 고인 핏물을 뱉고 바가지에 물을 떠서 흘려보냈다. 그래도 비릿한 냄새가 입 안 가득하다. 어찌나 앙다물고 있었던지 아랫입술이 부어 있었다. 생은 이렇게 고약한 비린내를 풍기며 이어져 가는 것인가.

그녀는 보이지 않는 한길을 찾아 큰길가로 발걸음을 떼었다. 이제 시멘트로 잘 닦아 놓았으나 예전에는 돌에 걸려 넘어지기 일쑤였던 길이다. 그 길 위에서 흉터가 생기고 나아지기를 반복했던 것처럼, 어렸을 때부터 최근까지의 일들이 주마등처럼 스쳤다. 그녀는 이제야 가족에 대한 환상을 가지고 살았다는 생각이 들었다. 현실에서 결핍된 가족 관계를 이상적으로 그려 왔다는 자각. 그녀에게 부모 형제는 혈육이라는 것만으로도 충분히 이해가 되고, 서로 상처를 주면서도 결국엔 모이고 돌아오게 하는 힘을 갖는 것이어야 했다.

그러나 이제 가족은 그 누구도 감히 벼리가 될 수 없는 거대한 그물망의 얽힘으로 이뤄졌다는 것을 시인해야 했다. 그것을 펼쳐 놓으면 얼마나 많은 갈등과 토악질과 피비린내 나는 투쟁의 장이 되는지 이제 상상이 가능하다. 개개마다 다른 사람들이 하나의 구심력을 만들려면 누군가가 희생도 해야 하고…. 그렇지 않으면 서로를 탓하다가 이웃보다 못한 존재가 되어 버린다. 결국 가족도 사회와 닮은 자기장을 가지고 있으니 가족의 관계를 구성하는 핵심은 권력이다. 그 권력의 요소는 여러 가지겠지만 지숙의 어머니는 자식들에게 자신이 할 수 있는 것을 나눠 주며 비호를 받는다. 그리고 동생은 가족들 사이에서 자신을 주인공으로 삼아 무대에 올리고 싶어서 아직도 어머니의 날개 밑에서 보호를 요청하고 있다. 가족이란 것도 따뜻한 포용과 기쁨보다는 환멸의 관계 구조를 가진다는 사실을 그녀는 왜 이제야 알게 되는가. 좀 더 빨리 알았더라면 그들과의 관계를 영악스럽게 잘해 가며 상처를 덜 받았을까. 그것이 세속적 의미의 가족이라면 말이다. 그런 논리라면 그녀 역시 무대 뒷전으로 밀린 소외감 때문에 분노하는 것일 테니.

동생들이 그렇다면 이제 홀로 살아야지. 언제 그녀들과 진심 어린 애정을 주고받으며 살았던가. 언제는 혼자가 아니었던가. 더 외롭고 고독했던 시절에도 잘 견뎠는데 자식이 있고 남편이 있는 지금 두려울 게 뭐 있으랴. 그렇게 자위해도 이 너른 세상에서 혼자 걷고 있는 자신을 생각하니 가엾고 쓸쓸하다. 지숙이 바란 것은 다른 사람들처럼 아버지와 어머니 밑에서 행복하게 자라 평범한 인생을 사는 것뿐이었는데, 운명은 그조차도 허락해 주지 않았다. 그녀는 그저 외롭고 아픈 상처 보이지 않으려 안간힘을 쓰며 사는 사람일 뿐인데, 그럼에도 핏줄이라는 헛된 그물망에 걸려 파닥거리고 있었다.

그것이 자신의 운명인지 모르겠다고 체념하는 순간 섬광처럼 반짝이는 이미지가 나타났다 사라졌다. 교교한 달빛 아래에서의 관음상, 오대산의 그 남자. 그러면 지숙이 삶의 비밀을 푸는 데 필요한 열쇠를 가지고 있을 것만 같다. 선재동자가 문수보살을 만나기까지 보살과 비구와 천신, 장사꾼에 뱃사공까지 수많은 인연을 만났듯, 그를 만난다면 지숙에게도 알지 못하는 운명의 고리를 끊고 새로운 세계가 열릴까. 누구에게도 이해받지 못할 자신만의 맹목적인 믿음이었다. 사람의 논리 안에서 해결할 수 없는 영역들, 아무리 알려 해도 다 알지 못하는 생의 파편들, 끊어져 이어지지 않는 지난 시간의 궤적을 재생시킬 수 있을 것 같은 그런 믿음들이 솟아났다. 가슴이 절절하도록 그를 만나고 싶었다. 그러나 그는 지숙 앞에 있지 않다.

높은 건물 안에 있던 사람들이 다 떠나가고 열일곱쯤으로 보이는 소녀와 지숙만 남았다. 소녀도 떠나겠다고 한다. 그녀는 왜 다들 자신 곁을 떠나는지 모르겠다고 생각하지만 붙잡지는 않는다. 소녀마저 떠나자 모두들 어디로 가는지 보겠다고 지숙이 복도로 나갔다. 유리창을 열고 오른쪽으로 고개를 돌려 보니 길을 가고 있는 소녀의 등이 보인다. 모습이 보이지는 않지만 지숙의 생각에 소녀 앞에 어머니와 여동생이 가고 있다. 그들의 뒷모습을 보다가 아래를 내려다보니 가없는 푸른 바다다. 파도가 치는데 지숙이 노끈으로 묶은 작은 조롱박을 던져 물을 뜨려 한다. 망망대해의 파도 위에 떠 있는 조롱박. 이리저리 방향을 바꾸고 팔에 힘을 넣었다 뺐다 하며 아무리 조준해도 파도 위의 조롱박을 붙잡아 두는 건 불가능하다. 파도 앞에서 조롱박은 어떻게 대응해 볼 수 없는 중과부적 상태다. 그걸 여러 번 시도하면서 지숙은 자신이 지나친 욕심이라는 걸 깨닫는다. 저 바다의 물을 조롱박으로 떠서 뭘 어쩌겠다는 말인가. 그러다가 포기하고 줄을 두어 발 끌어당겨 문에 박힌 큰 못에 묶어 둔다. 조롱박은 출렁이는 파도 위에 떠서 위태롭게 흔들리고 있다.

어머니를 만나 가족에 대한 환상을 무너뜨리고 집으로 돌아온 날 밤, 그녀는 꿈을 꾸었다. 아침에 눈을 뜨자 쓸쓸하고도 슬픈 감정이 일어났다. 어머니와 여동생을 보내고, 소녀로 보이는 자신마저 보냈으니 외로움이 밀려들었겠다. 떠나겠다는 그들을 보내기는 했으나 여전히 생생한 분노를 가지고 있는 자신을 인정해야 했다. 드넓은 바다에서 일렁이는 파도 위에 떠 있는 작은 조롱박이라니 대적이 안 되는 분노다. 그 작은 조롱박으로 바닷물을 길어 올려 어쩌겠다는 건가. 그러나 지숙의 자아는 초자아와 이드 사이에서 간신히 힘을 조절하여 조롱박에 묶은 노끈을 잡아당겨 못에 묶어 두었다. 무의식은 의식으로 생각하고 달래고 체념하는 것으로는 치유하기 어려운 상태라는 말인가. 내 안에 있지만 나도 알 수 없는 영역이라니, 그녀는 씁쓸하게 웃는다. 어린 시절 뿌려져, 그 후로 오랫동안에 걸쳐 길러진 한 인간의 경험과 그에 대한 기억에서 오는 고독과 분노와 불신이 평생에 걸쳐 싹을 틔워 자라 왔으니 그럴 만도 했다.

지숙은 중학교 졸업을 하고 고등학교 갈 준비를 해야 하는데 무엇을, 어떻게 해야 하는지 몰라 막막했다. 어머니는 그때도 딸의 미래에 대해, 곧 입학해야 하는 상급 학교 준비에 대해 무관심했다. 어쩌면 딸이 학교에 가지 않고 그냥 눌러앉아 동생들이나 돌보며 농사일을 돕고 어머니를 거들어 주길 바랐을 것이다. 그래야 품앗이라도 한 번 더 가고 개펄 밭에 나가 꼬막이라도 캐서 살림살이에 보탤 수 있을 것이기 때문이다. 어린 딸이 스스로 장학금 받아 학교에 가겠다는데 못 가게 말릴 수는 없으나 내심 어머니의 마음은 그랬다. 그녀에게는 자신이 낳아 키우는 다른 자식들 건사하는 일이 중요했고, 아들 상현이를 대학까지 보내려면 허리띠를 졸라매야 했다. 어머니는 결국 딸에게 아무것도 해 주지 못했다.

며칠만 지나면 집을 떠나 홀로 살아야 하는 막연한 두려움 속에서 시간을 보내던 지숙을 어느 날 밤에 친구들이 불러냈다. 그리고 그녀는 그날 집에 들어오지 않았다. 친구 집에 모인 대여섯 명의 소녀들은 밤새워 이야기하고 깔깔대다가 새벽녘이 되어서야 하나둘 그대로 쓰러져 새우잠이 들었다.

"해가 중천에 떴구만 이놈의 가시나들이 아직도 안 일어나나?"

문을 열고 소리치는 친구 어머니의 지청구에 화들짝 놀라 눈을 비비며 집에 와 보니 아무도 없었다. 부엌문을 열고 높은 문턱을 지나 오랫동안 해 댄 비질로 패여 석순처럼 울퉁불퉁해진 바닥을 밟는데 서늘한 느낌이 들었다. 여느 때 같으면 불을 지핀 온기도 있고, 밥을 지은 흔적도 있고, 아침마다 물을 긷는 어머니의 습관대로 바닥에 물이 고여 있기도 할 텐데 사람의 손길이 닿은 흔적이 없었다. 그녀는 기시감으로 온몸이 떨려왔다. 진저리를 치며 땅속에 묻혀 있는 물 항아리를 열어 보니 바닥이 보였다. 물을 길어 오려고 우물가로 나갔더니 빨래하고 있던 앞집 아주머니가 묻지 않은 말을 했다.

"네 엄마 병원에 갔을 것이여."

"우리 엄마 어디 아파요?"

"너는 엊저녁에 어딜 갔던 것이여? 네 아버지 아래 점방에서 술을 얼마나 마셨는지 인사불성이 되어 와서 고래고래 악을 쓰다가 또 그놈의 손 버르장머리가 동해서 곡괭이를 들고 설쳤잖여. 네 엄닌 맞아 죽느니 차라리 자기 손으로 죽겠다고 약을 먹었나벼."

"그래서 아줌마? 울 엄마 살았느냐고요?"

"살았으니 소식이 없지. 지 에미 걱정은 되나 보네 쯧쯧."

손에 힘이 풀린 그녀는 우물에 던져 넣었던 두레박 끈을 스르르 놓고 말았다.

"무슨 놈의 팔자가 그리도 기구한지. 눈만 뜨면 살 궁리하느라 일만 하는데도 주정뱅이 서방은 속 차릴 생각을 안 허고. 딸년은 이 판국에 무슨 놈의 고등학교를 간다고 야단이니 네 에미 복장이 터질 만한겨. 이 철딱서니 없는 가시나야, 어딜 싸다니다 이제 온겨?"

여자의 말소리는 귀에 들어오지 않고, 우물을 들여다보던 그녀의 눈엔 투명한 겨울 하늘의 흰 구름이 떠가고 있었다. 어머니가 죽으려 했다. 엄마가 죽을 결심을 했다. 엄마가 죽으려는 이유는 나 때문이 아냐. 지숙은 중얼거리며 고개를 저었다. 열일곱의 소녀에게 죽음은 너무 멀리 존재해서 도무지 그 정체가 실감되지 않았다. 빨래를 헹구려고 두레박을 찾던 아주머니가 소리쳤다. 오메, 두룸박을 빠뜨리면 어쩐다냐. 아야, 제발 정신 좀 차리거라잉?

후일에 어머니와 불화할 때 지숙은 문득 그때를 생각했다. 어머니는 살았으나 그녀가 받은 충격은 가슴에 해인처럼 새겨졌다. 어머니가 살아서 다행이라는 표현만으론 너무나 부족하다. 그때 지숙은 죽음의 의미가 어떤 것인지 전혀 알지 못하는 나이였으니 삶과 죽음에 대한 현실 감각이 없었다. 중요한 것은 어머니가 그녀를 두고 떠나려 했다는 것, 그녀를 버렸다는 것이다. 지숙은 아버지에게 버림받고 어머니에게서도 버림받았다. 아버지는 그녀를 버린 게 아니라 병으로 돌아가셨으나 결과는 같았다. 낳아 놓고 키워 주지도 않고, 그렇다고 사랑을 주지도 않고 어린아이를 두고 가셨으니까. 부모란 대체 어떤 존재인가. 자식은 낳아 주기만 하면 저절로 자라는 것인가. 동물도 지 새끼 젖 먹이며 혀로 핥고, 이리저리 뒹굴리며 보살피는데, 하물며 사람의 부모인데…. 그것은 아이가 감당할 수 있는 정도의 현실이 아니었다. 그 때문일까. 집을 떠나 지내면서도 다른 아이들처럼 어머니나 아버지가 보고 싶은 적도 없었다. 후일에야 다른 사람과는 달리 부모에 대한 애착이 없다는 것을 스스로 느낄 때마다 소스라치게 놀라곤 했다.

어린 지숙에게 어머니는 응원군이 되어 주지도 않았다. 차라리 떼쓰며 우는 철없는 아이로 살았다면 가끔은 어머니의 관심을 끌 수 있었을까. 그녀는 어렸을 때도 아이처럼 말하거나 행동하지 못하고 애늙은이처럼 굴었다. 지독한 치통으로 견딜 수 없으면 동생을 업고 뒤란으로 가서 혼자 울었다. 참을성을 가진 아이라 해서 그게 가엾지 않다는 의미는 아니다. 달리 방법이 없어서 참아야 했을 뿐, 아이는 아이일 뿐이었다. 열네 살 겨울에 초경을 시작했다. 어떻게 해야 할지 부끄럽고 당혹스러워서 아무에게도 말하지 못하고 혼자 감당해야 했다. 동생들이 쓰는 면 기저귀를 가져다 사용하고 어두운 밤에 우물가로 가서 빨아 왔다. 어린 지숙은 그런 문제를 어머니에게 말해야 한다는 것조차 알지 못했다. 그렇게 몇 개월이 지난 후에야 엄마는 너 달거리하느냐고 한마디 묻는 것이 다였다. 도대체 엄마는 딸에게 어떤 존재였는가? 엄마인데 다가가 입을 떼기가 어려웠다니 그런 사람이 어떻게 엄마일까? 어머니는 어린 동생들의 어머니로 살기에도 바빴고, 늘 무엇인가에 쫓기듯 허둥대며 살았다 해도 이해되지 않았다. 아무리 자신의 생이 고달파도 한집에서 살면서 딸이 무슨 일을 겪는지도 모르는 엄마라니.

어떻게 말해도 아이는 아이다워야 하는데 그녀는 어른 흉내를 내며 자라야 했다. 평소에 엄마는 자신을 도와주는 사람이 아니었기 때문에 자신의 문제를 말하고 도움을 청할 수 없었다. 이를테면 그녀에게는 아무도 도와줄 사람이 없다는 것을 미리 깨달은 아이의 눈물겨운 자기 보호 본능이었다. 엄마조차도 자신에게 도움이 될 수 없다는 것을 알았으니 그 마음을 얼마나 깊이 걸어 잠궜을까. 어떤 일이 있어도 혼자 해결하려는 꼬마의 지독한 의지는 굳건한 자기 방어력으로 옮겨 갔다. 그녀는 그렇게 살지 않으면 안 되었으니 그럴 수밖에 없었다. 스스로 강인해서가 아니라 요청했다가 거절당했을 때의 좌절이 두려워 아예 도움을 청하지 않으며 살았다. 지독한 자기 보호막이다.

무소의 뿔처럼, 홀로

"최근에는 가슴 밑바닥에서 서럽다는 느낌이 조금씩 일렁거려요. 그리고 누군가에게 자신의 이야기를 해서 위로받고 싶다는 생각도 들고요."

"누구에게 할 수 있을까요?"

"아무도. 다만 어머니만 가능하겠죠. 그런데 어머니는 여전히 딸에게 끌려오지 않으려고 힘든 줄다리기를 하고 있어요. 팽팽하게."

"줄다리기가 아니라 오십 년 동안 굳건해진 벽이겠죠. 베를린 장벽 같은. 그러니 불쌍하다는 연민 정도로 뚫릴 수 있을까요? 당연히 바늘 구멍같이 약한 것으로는 안 되죠."

"탱크로 밀어붙일까요?"

오랜만에 지숙이 환하게 웃었다. 웃는 눈 속에 눈물이 그렁그렁하게 맺혀 있다.

"이상하네요. 왜 갑자기 소리쳐 울고 싶어지죠?"

"중요한 일이군요."

"이성이 마비될 만큼 술을 마셔 보면 저를 볼 수 있을까요?"

"한 선생 방법은 아니잖소?"

"제 방법은 어떤데요?"

"자신의 삶을 돌아보거나 후회하는 일이 있나요?"

"지나간 시간을 돌아보는 일은 가끔 하지만 후회하지는 않아요. 자신이 불쌍하다거나 불행했다는 생각도 없죠. 오히려 잘 살아왔다고, 만족스럽다고 생각하는걸요."

"그것이 한 선생 방식인 거죠. 그런데 이제 자신을 흔들어 혼란스럽게 할 것 같아요?"

"결국에는 어머니를 용서한 게 아니군요."

"그러니 그런 꿈을 꾸죠. 방금 들은 꿈 이야기는 매우 강한 분노를 드러낸 겁니다. 남편의 여자로 등장하는 여자의 머리채를 휘어잡고 소파를 들어 던지는 폭력성만큼요. 한 선생의 양심은 어머니의 얼굴을 다른 사람의 얼굴로 바꿔 놓고 있을 뿐이에요."

"그 양심이 문제군요. 솔직하게 드러내지 못하는 도덕성이 혼란스럽게 하고 있으니."

"여덟 살의 꼬마는 그 당시 냉동된 채 무의식 속에 처박혀 있었어요. 의식 세계의 지숙은 현명해서 어떻게 하는 것이 모두를 위한 것인지 판단할 줄 아니까 자신의 내밀한 곳에 꼭꼭 숨긴 거예요. 그 꼬마가 이제야 깨어나 나도 어른의 너에게 편입시켜 달라고 떼를 쓰고 있어요. 결핍을 채워 성장하게 해 달라고 메시지를 보내고 있는 거예요. 어떻게 해야 할까요?"

"그래서 위로받고 싶어 하는군요. 울음이 나올 것 같기도 하고요."

"아이에겐 부드러운 사랑도 필요하고 적절한 다스림도 같이 있어야지요. 이를테면 온정만 베풀다가는 버릇없는 아이가 되기도 하니까요."

"적절한 사랑과 적절한 냉정함이 얼마나 어려운데요?"

"내가 돕지요, 끄집어내 놓기만 하면…."

"저는 여전히 어머니를 인정하지 못하나 봐요. 가감 없이 다 말하지 못하는 걸 보면."

"너무 오랫동안, 그리고 많은 아픔을 담아 두고 있었으니까요. 하나만 무너지면 다른 것들도 쉬울 텐데 그 하나의 출구를 열지 못하고 있어요. 한 선생의 마음에서 임계점이 무너지면 생각보다 쉬울 수 있어요. 자신을 잘 쌓아 온 사람들은 그걸 무너뜨리기가 쉽지 않죠. 그게 자신을 지탱하는 힘이라고 생각하니까요."

꿈을 꾸고 있었다. 아니라면 끔찍한 영화의 한 장면이었을 것이다. 만취한 남자가 좁은 방 안에서 낫을 휘두르고 여자는 이리저리 몸을 피하느라 벽에 부딪쳤다 꼬꾸라졌다 필사적인 대항을 한다. 남자가 잠시 숨을 고르느라 틈을 드러내면 여자는 남자의 손에 들려 있는 흉기를 빼앗으려고 위험을 무릅쓰고 달려들었다. 골방에서 깜빡 잠이 들었던 소녀가 집 안의 소란에 놀라 눈을 비비고 바라본 광경이다. 꿈이라 해도, 현실이라 해도 그 장면을 외면할 수 없는 숙명과 맞닥뜨렸다. 토방으로 나와 방 안을 들여다본 소녀는 마루에 올라가 달빛을 등에 지고 그 방의 문턱을 넘었다. 그 상황에서 목숨이라든가 위험이라든가 하는 단어를 떠올리는 것은 사치였을 것이다. 그것은 그저 본능적 반응, 눈앞의 상황에 자동으로 이끌려 들어갔을 뿐. 그것은 놀라움도 아니었다. 처음이 아니었으므로. 이 장면의 끝은 누군가 한 사람 피를 봐야 끝나는 게임이었다.

"날이 밝으면 이제 그만 집을 나가거라."

피가 솟구치는 손을, 입고 있던 속치마를 쭉 찢어 동여매며 여자가 한 말이다. 한바탕 난장판을 벌이던 남자는 그 자리에 꼬꾸라져 잠들어 있다. 잠이 든 것인지, 든 척하는 것인지 알 수 없으나 길길이 날뛰던 바람은 잠재워졌다. 아직 숨이 고르게 진정되지 않은 채로 여자가 덧붙였다.

"저놈의 인간하고 같이 살다가는 살아남질 못할 것 같다. 이렇게 짐승처럼 살지 말고 너라도 나가서 사람으로 온전하게 살아라."

잠시 침묵 속에 마루 밑의 풀벌레 소리가 유난히 그악스럽게 끼어들었다. 말복을 추월한 입추가 지나고 무더위가 한풀 꺾일 무렵이니 귀뚜라미가 울기 시작할 때이기도 했다. 소녀는 동요하는 빛 없이 붙박여 움직일 수 없다는 자세로 서 있었다. 이제 겨우 열다섯 살. 무엇을 생각하는 것일까, 소녀의 그림자 역시 미동도 하지 않았다. 여자가 다친 손을 싸매는 동안에도 거들지 않았다. 여자는 손바닥을 동여맨 헝겊을 자신의 이빨과 한 손으로 묶으며 다시 말했다.

"내 걱정할 것 없다. 너나 나가서 이런 꼴 보지 말고 살아라. 이건 사람 사는 세상이 아니다."

소녀가 일어섰다. 지금까지 아무것도 보지 않고 듣지 않은 것처럼 무감정한 행동이었다.

만월의 밤이었다. 책 보따리 하나 달랑 들고 소녀가 산기슭을 걷고 있다. 멀리서 개 짖는 소리가 요란하다. 8월의 보름달은 소녀의 시야에 들어오는 사물들을 고즈넉하게 비추고 있다. 소녀는 울지 않았다. 어떻게 해야 살아갈 수 있는지, 어디로 가야 하는지 알지 못했다. 다만 어디론가 가야 한다는 사실만 인지하고 있을 뿐이다. 소녀는 집을 나오면서도 간다 온다 말하지 않았다. 당연히 가야 할 길을 떠나듯 삐꺽거리는 사립문을 밀고 나왔다. 마찬가지로 소녀가 보따리 하나 들고 집을 나갈 때도 여자는 내바람하지 않았다. 눈길조차 주지 않았다. 여자에게도 생활이 있으므로. 그녀는 날이 밝으면 보리밥 한 그릇을 목구멍에 밀어 넣고 밭에 나가서 김매기를 하거나 바다에 나가야 할 것이므로. 그때 소녀는 소녀대로, 여자는 여자대로 각자 자신 생각을 했을 것이다. 누구나, 그것이 어미일지라도, 새끼일지라도 자신이 우선이니까. 내가 곧 너다, 가 아니고 내가 존재해야 상대도 바라볼 수 있으니까. 너와 내가 하나다, 는 그러기를 소망하는, 하나가 될 수 없는 인간의 절망적인 구호다. 너와 내가 하나다, 는 사랑이 영원한 줄 아는, 이제 뜨겁게 사랑을 시작할 즈음의, 열정적인 한때에나 내뱉을 수 있는 단어다. 아닌 척하지만, 자비와 사랑을 외치는 인간들이여, 그 자비와 사랑은 어디로 증발해 버렸는가.

소녀는 공동묘지를 지나 십 리를 걸었다. 그 길을 지나야 학교가 나오고, 당장 그날 밤을 견디려면 누구라도 기댈 사람을 찾아야 했다. 대낮에도 묘지 앞을 지날 땐 등골이 오싹해서 뜀박질하거나 큰 소리로 노래를 부르며 견뎠는데, 오히려 지금은 그런 느낌도 없다. 절망의 나락에서 공동묘지 따위가 무에 두려우랴. 차라리 자신을 따르라는 귀신이라도 만나면 그에 의지해 볼까. 아니 귀신이 따라붙는다 해도 인간만큼 두려운 게 또 있으랴. 만월에 밀물인지 파도가 둑까지 올라와 부딪치며 찰싹거렸다. 그 정도의 파도 따윈 무섭지 않았다. 어쩌면 소녀의 가슴엔 저보다 더 무섭고 험한 파도가 겨우 폭발의 출구를 봉쇄하며 꿈틀대고 있을 것이다. 달빛 받은 바닷물은 고요 속에서 차가운 은빛으로 반짝였다.

이슬이 내리는지 신발이 젖어 싸늘해지기 시작했다. 구불구불한 산길은 아가리 벌린 짐승의 입 속처럼 짙은 암갈색의 곡선을 보일락 말락 하게 드러내 소녀는 푹 꺼진 수풀을 밟다가 깜짝 놀라 정신을 차리곤 했다. 걷고 걷는 동안 머릿속이 타들어 가는 듯한 불안함에 오히려 무력해지려 했다. 힘이 빠진 발이 자꾸 허방을 짚을 때마다 그림자도 휘청거렸다. 이 너른 세상에서 그림자만이 유일하게 소녀와 함께였다. 고립무원의 상태에서 혼자 어떻게 해야 할지의 막막함이 솟구치면 그 자리에 쭈그려 앉아 격하게 뛰는 심장을 두 손으로 짓눌렀다. 소녀는 묘지 한가운데를 지나고 있다. 저 많은 묘 속에 누워 있는 이들도 가족이 있었을 텐데, 차라리 저곳에 누워 있는 이들이 자신보다 덜 외로울 것 같다. 묘와 묘 사이를 지나는데 풀벌레가 몸을 뒤채는지 바스락거리는 소리가 났다. 소녀는 온몸을 부르르 떨었다. 이슬에 머리카락이 조금씩 젖어 갔다. 멀리 산등성이서 짝짓기하는 동물이 상대를 부르는 소리가 들렸다. 그 메아리가 잦아들자 주위는 다시 적막함 속으로 잠겨 들었다.

일체의 소리가 사라지자 소녀는 오히려 어떤 소리라도 들어볼 요량으로 발길을 멈췄다. 그 순간 우주도 잠시 숨을 멈추고 그녀와 함께 행동하는 듯했다. 사방이 새까맣고 고요한데 인간의 청각을 초월한 예리한 주파수의 목소리가 오가는 것처럼 느껴졌다. 그건 이 산속에 한가득히 몸을 눕히고 꿈틀거리고 있는 수많은 생명체의 절규와 기원이 모인 것이다. 인간의 귀에 잡히지는 않지만 농밀하게 존재하는 그 소리를 소녀가 감지했던가. 어느 순간, 소녀는 자신을 위로할 힘을 얻었다. 세상이 탄생한 태초에 나 홀로 생겨나 길을 찾아 떠나고 있다고. 그 길이 아득하고 아득해서 헤아릴 수 없어도 발걸음을 내디뎌야 한다고. 그리고는 영혼을 몽땅 토해 내기라도 할 듯 커다란 한숨을 한 번 내쉬더니 가던 길을 재촉했다.

잠시 숨죽였던 바람이 다시 생기하는지 오솔길 가에 서 있는 소나무들이 한쪽으로 휘며 쏴아 하는 소리를 냈다. 돌부리에 치여 넘어질 뻔한 소녀가 화풀이하듯 힘차게 그 돌을 차 버렸다. 돌은 바다로 날아가 첨벙 소리를 내며 밤바다를 일깨웠다. 그때였다. 꼼짝 마라, 손 들어라, 누구냐, 지들끼리 소리치고 요란법석을 떨다가 구름 사이로 밝은 보름달이 드러나자 작은 소녀라는 것을 안 경비병 세 명이 다가왔다. 방공호를 파고 그 안에서 해안을 지키던 해경들이었다. 국시가 반공이었으니 수상한 사람 있으면 꺼진 불 다시 보듯 살피고 살펴서 신고하라는 구호를 외치던 시대였다. 밤중에 여기가 어디라고 함부로 돌아다니냐? 쬐끄만 가시나가 간뎅이가 부었구만. 마빡에 피도 안 마른 것이 허파에 바람 든 거 아냐? 주먹을 쥐어 꿀밤을 주는 경비병을 노려보던 소녀가 이번엔 총대 끝으로 옆구리를 건드리는 경비병에게 발악하듯 대들었다. 당신들 눈에는 내가 이 밤중에 할 일 없이 나다니는 미친년으로 보여요? 내가 바람난 애로 보여요? 나는 갈 곳만 있다면 귀신의 소굴이라도 쫓아가고 싶단 말예요. 그런 내가 간첩의 소굴인들 못 들어갈 것 같냐구요? 아니 똥 뀐 놈이 성낸다더니 이게 어디다 대고 지랄이야, 지랄은. 종알종알 앙탈을 부리니 더 귀여운데? 어디 더 해 봐라. 발악하는 소녀가 오히려 그들을 흥분시켰던가. 경비병 하나가 소녀의 가슴을 거머쥐고 흔들다 패댕이쳤다. 총잡이는 쓰러진 소녀가 일어설 틈을 주지 않고 총대 끝으로 배꼽 밑을 짓눌렀다. 심심하던 참에 쫌만 놀리다 놔주려 했는데 주먹만 한 것이 더 자극하네? 야, 이걸 갖고 한번 놀아 볼까. 뭔가 사정이 있는 것 같은데 그만 보내주시죠. 어라, 너까지 한몫 거드는 거야? 이거 벗겨 봐 당장! 섬뜩한 총대가 허리를 뒤적였다. 바지의 허리춤을 두 손으로 움켜쥐고 몸을 모로 돌린 소녀의 이가 딱딱 부딪치는 소리가 났다. 앙다문 입술 사이로 붉은 피가 흘러나왔다. 차가운 금속성이 뱃가죽에 닿을 때마다 자꾸 달아나는 정신을 붙들려 안간힘을 다하고 있었다. 그때 혼미한 의식 사이로 누군가의 음성이 들렸다. 견디거라! 내 너를 구하마. 그 목소리를 듣는 순간 소녀는 까무러쳤다.

정신 좀 차려라. 누가 뺨을 찰싹찰싹 두들기고 있다. 그 사이로 파도 소리가 잠시 끼어들었다. 기억이 돌아오자 빛이 온몸을 투과해 지나가듯 몸이 완벽히 투명해지는 느낌이다. 그러나 눈을 뜨자 경련적인 혼돈이 왔다. 악몽인가, 현실인가. 반사적으로 몸을 일으켰다. 주위를 둘러보니 아무도 없다. 어둑한 불빛이 시야 안으로 조금씩 들어오기 시작한다. 깨어났구나? 군복 입은 남자가 어리둥절한 표정으로 일어나 앉는 소녀를 다시 눕힌다. 괜찮아. 조금 있다가 내가 데려다줄 테니 안심하고 있어. 내가 조금만 빨리 돌아왔으면 네게 이런 일이 일어나지 않았을 텐데. 아저씨는 누구세요? 나? 이곳의 소대장이야. 그러니 안심해도 돼. 어디 가는 길이니? 친구 집예요. 이 밤중에? 집을 나가는 거예요. 부모님께 야단맞았다고 집을 나가면 쓰나. 내가 데려다줄 테니 집으로 돌아가거라. 나는 돌아갈 집이 없어요. 집으로 돌아간다 해도 아무도 나를 반기지 않을 거예요. 나 빨리 가야 해요. 너무 늦으면 친구 집 문도 두드릴 수 없어요. 친구네 아니면 나는 갈 곳이 없어요. 지금 가지 않으면 그 집이 사라져 버릴 것처럼, 자신의 생이 절단 날 것처럼 소녀는 조바심을 쳤다. 울음도 나오지 않는다는 표정으로, 공포를 견디느라 깨물어 퉁퉁하게 부푼 입술을 손으로 감싸 쥐고는 간신히 제 몸을 가눠 막사를 나갔다.

소녀는 달빛 아래 환한 길을 걸으며 비로소 엉엉 소리 내어 울었다. 아이 혼자 길을 떠나보낸 엄마에 대한 원망과 세상은 소녀가 혼자 대적할 것이 못 되는 두려운 곳이라는 공포가 일어 진저리를 쳤다. 내게 아빠가 있다면 이런 일은 일어나지 않았을 거야. 그러자 기억도 하지 못하는 아빠에 대한 그리움으로 더 서럽게 울다가 소녀는 문득 결심한다. 나는 이제 혼자 살아야 해. 내 생은 내가 끌어가야 해. 엄마도 아무런 도움을 주지 못하잖아. 그러니 믿을 수 있는 것은 오로지나 자신뿐이야. 친구 집 앞에서 서성이던 소녀가 자신의 매무새를 가다듬고 대문을 두드린다. 여러 소리를 삼켜 강해진 바람은 그 속에 부유하는 모든 것을 위로할 힘을 갖게 되는가. 작은 소녀는 달빛 아래에 서서, 하염없이 인기척을 기다리고 있다.

이야기를 끝낸 지숙은 가슴속에 뭉쳐진 뜨거운 덩어리 하나하나가

제 몸피를 불려 가는 느낌이었다. 그녀가 호흡을 가다듬었다.

"만만치 않은 삶을 살았을 거라는 짐작은 하였지만…."

침묵을 깨고 말하는 남자의 목소리가 약간 잠겨 있다.

"부모가 자식을 안타깝고 애틋하게 바라볼 때 그 감정을 뭐라 표현하지요?"

"애잔하다… 라고 할 수도 있죠."

"나에게도 애잔한 마음이 일어나서…"

잠시 침묵하는 사이 힘찬 심장 박동이 그녀의 가슴으로 전해졌다. 그 울림은 물결 이랑처럼 그녀의 가슴으로 옮겨 와서 온몸으로 퍼져 나갔다. 가슴이 한결 따뜻해지는 느낌이었다. 먼 옛날, 그녀가 부모 미생 전에 어느 인연으로 그를 만났을지도 모를 일이다. 남자가 그녀의 등을 토닥토닥 다독여 주었다. 어느 산속에 살던 아비가 딸의 외로움과 슬픔을 위무해 주기 위해 똑같은 모습으로 보낸 시간이 있었을 것이다. 그녀는 자신의 몸이 부웅 떠오르듯 가벼워지는 것을 느꼈다. 바람이 그들을 관통해 숲을 향해 달아나자 나무들이 몸을 흔드는 소리가 들려왔다.

"이제 안정이 좀 되는군요. 좀 전엔 심하게 불안해 보였어요. 지나간 시간을 다시 불러오진 마세요. 지금 이 순간의 삶을 살기에도 시간이 많지 않은데 과거를 호출하여 뭐 하시게요. 대신 오늘만은 하고 싶은 이야기 마음껏 다 하시오. 그리고 지난 일은 모두 잊는 겁니다. 그래도 밥은 먹어야 하니 저녁 공양 목탁을 칠 때까지는 내 기꺼이 들어 주리다."

남자가 허허 웃으며 벤치에 앉았다.

"그 밤에 어디로 갔어요? 얘길 듣는 동안 그 해안에 있었던 것처럼 마음에 파동이 일더군요. 저 어린 꼬마가 어떻게 될지 염려됐나 봐요."

그녀가 한숨을 길게 쉬었다.

"이제 편안하게 얘기할 수 있을 것 같아요. 한밤중에 친구 집으로 갔어요. 이상한 것은 십 리를 걷는데 꼭 누군가 저를 보호해 주는 느낌이었어요. 달빛이었을까요? 무엇인가 저를 감싸주고 있는 것처럼 포근했거든요. 바람이나 바닷물, 그리고 모든 자연이 고즈넉하게 숨을 죽이고 제 행동을 주시하거나 저를 안내해 주는 그런 느낌요."

"극한 상황에서 벗어났으니 그런 생각이 들 수도 있지요. 어쩌면 어떤 신이 한지숙이라는 아이를 보호해 주었는지 누가 알아요? 그 상황에서 오로지 자신을 지키려는 소녀의 절실함에 천지의 신명이 손을 뻗어 이끌어 주었는지도 모르죠. 세상엔 얼마든지 기적이 일어날 수 있으니까요. 그나저나 꼬마가 얼마나 놀랐겠어요? 쇼크로 기절할 정도였으니."

"제 기억을 믿어 주시는군요."

"믿지 않을 이유가 없지요. 그런 경우 우리는 신의 존재를 더욱 떠올리게 되잖아요. 그날 밤, 친구네 집에선 받아 주던가요?"

그 몸으로 한밤중에 홍두깨처럼 밀고 들어가 나 좀 살려 주시오 하고 들이댔다. 혼비백산하듯 그녀를 맞은 친구 어머니는 묵묵히 물수건으로 얼굴과 몸을 닦아 주고는 이부자리를 펴 주셨다. 너무 지쳐 보이는구나, 우선 푹 쉬거라 그렇게 말하셨던가.

"신이 존재한다면 그런 분의 모습이지 않겠어요? 때론 부모보다 더 좋은 사람들을 만났군요."

"그렇다고 그들이 부모가 되지는 않잖아요."

"흠, 그렇군요. 결국 어머니에게 쫓겨났네요?"

"아니요, 제가 나갔어요."

"그럼 그렇다고 합시다."

"맞아요. 쫓겨났어요. 인정합니다."

"인정해야 할 것을 당당하게 인정하는 것도 건강한 마음을 갖는 방법이지요. 그럴 수만 있다면 고통과 맞대면하고 나면 훨씬 강해지고 건강해지니까요."

"…. 엄마가 자식을 어떻게 쫓아내요? 죽어도 품고 같이 죽어야지요."

"자식으로선 당연히 그런 생각을 할 수 있어요. 더 중요한 건 어머니도 어머니 생이 있다는 겁니다. 인간은 어떤 상황에서 꼭 그대로 행동해야 한다는 법칙이 있는 게 아니잖아요. 사람에 따라 다양한 대응 방식이 나온다는 것이지요."

지숙이 애매한 웃음을 지었는데, 멋쩍음과 냉소가 섞인 표정이다.

"그래서 어머니에게 복수했나 봐요."

"어떻게 했는데요?"

"결혼을 결정하는 데 어머니에게 먼저 의논한 게 아니고 결혼하기로 했다고 통보했거든요. 그때는 몰랐는데 지금 이야기를 하다 보니 그렇다는 생각이 들어요."

결혼할 상대를 정해 놓고 어머니에게 편지를 썼다. 어머니는 편지를 받자마자 가슴이 쿵쾅거려 기다릴 수가 없었다며 딸을 찾아오셨다. 미리 귀띔이라도 좀 하지 그랬니. 갑자기 결정한 거예요. 딸이 자신의 일생을 거는 모험에 어머니는 관여할 수 없었다. 끼어들 수 없었다. 그럴 여유도 그럴 에너지도 없었다. 생이 핍진해서였든 애정이 없어서였든 무심하게 보내는 동안에 딸은 흐르는 시간처럼 자라 성인이 되었다. 못 해 준 만큼 가까이 다가설 수 없었고, 무심했던 만큼 딸에 대해 아는 것도 없었다. 지 알아서 혼자 잘하겠거니가 전부였다. 다행히 말썽 한 번 부린 일 없이 당차게도 지 앞가림을 잘하더니 결혼도 스스로 알아서 하겠단다. 걱정을 덜어 주어 고맙기도 하지만 섭섭하기도 했다. 자식을 여유로 보살피는 것은 아니지만 배고프다 우는 아기에겐 안 나오는 젖 한 방울이라도 더 먹이려 했을 것이고, 떼쓰는 자식에겐 손길 한 번 더 갔을 것이다. 그러나 딸이 울며 보챈 일이 없으니 열 손가락 모두 만져 줄 틈이 없는 어머니는 관심을 갖지 못했다. 그런 어머니의 생각과는 달리 딸은 자신의 결혼 문제에 대해 어머니에게 의논은커녕 겨우 통보만 했을 뿐이다. 어미이면서 어미 노릇을 하지 못하는 어미의 심정을 자식은 알까.

쥐뿔도 없으면서, 결혼을 무슨 이사쯤으로 여기는지 지숙은 혼자 자취하던 살림을 옮겨 가서 살면 된다고 생각했다. 그러니 경제적인 걱정 따위는 하지 않았다. 구차하게 이러쿵저러쿵 변명의 기회를 아무리 오래도록 늘어놓는다 해도, 그래서 두 사람이 각각의 입장에서 아무리 설명하려 해도 당사자인 어머니는 지숙의 생에 아무런 도움을 주지 않은 사람이었다.

"지금 어머니에게 어떤 생각이 들어요?"

"저도 딸이고 싶다는 생각요."

"딸이 어머니를 밀어내고 있는 것은 아니고요?"

"자식이 왜 부모를 밀어내겠어요?"

"그러니 알 수 없는 게 우리네 삶이지요. 원하지 않아도 자꾸만 끌려가는 것을 운명이라 하던가요? 자신의 생을 주욱 살펴보세요. 무엇이 나를 이 자리에 오게 했는지, 자신의 마음이 무얼 원하는지 그걸 들여다보세요. 그러면 어머니와 딸이 왜 그렇게밖에 하지 못했는지 이해하게 될 것입니다."

"제 삶의 비의스런 수수께끼를 풀라 하시는 것 같아요."

"하하, 내친김에 문제 하나 더 얹을까요? 대상이 누구든 용서는 잊는 게 아니라 어떻게 기억하느냐의 문제입니다. 용서는 내가 잘 살아남기 위해 내 삶의 틀을 다시 짜는 게지요. 제각각의 업장이 다르니 삶이 불공평한 건 인정해야 하지만 용서는 과거의 상황이 현재를 지배하지 않도록 꼭 필요한 일입니다. 상대가 어머니든 다른 누구든 말예요. 자신의 인생을 지나간 일에 매어 둘 순 없잖아요. 중생살이라는 게 부풀었다 부서지기를 반복하는 해변의 파도 같은 것이니…."

남자는 아이에게 숙제를 주는 선생님처럼, 그녀의 눈을 들여다보며 말하고는 표표히 사라졌다.

불이문

성과 속

지숙이 다니는 출판사의 건물을 증축해서 직원을 새로 뽑고, 잡지와 문예지를 좀 더 전문화하겠다는 의미로 편집실을 따로 분리하였다. 지숙은 『숨겨진 사찰의 미』 담당 팀원들과 증축한 2층 건물로 이사했다. 자리 배치를 마무리하고 보니 책상을 두어 개 더 놓아도 될 만큼 공간이 넉넉했다. 팀원들의 의견대로 박해준이 2층으로 올라오자 훨씬 든든한 느낌이 들었다.

금요일이었다. 점심시간 후에 잡지 『숨겨진 사찰의 미』에 대한 편집회의를 하자고 했더니 밖에서 점심을 먹은 최미애가 커피를 테이크아웃해 왔다. 세이렌이 그려진 종이컵을 내려놓으며 최미애가 물었다.

"왜 하필 세이렌을 로고로 썼을까요?"

"신화시대의 세이렌은 여울물이나 암초 같은 데에 숨어서 지나가는 선원들을 유혹하는 요정이었어요. 그녀들의 노랫소리에 모두 바다로 뛰어들어 죽었지만 오르페우스는 더 아름다운 노래를 불러 그들 앞을 지나갔어요. 그 후 세이렌은 유혹하는 존재로서의 의미를 잃고 바다로 뛰어들어 영원히 사라졌다고 합니다.”

“이후 인류는 세이렌이라는 자연의 노래를 상실하는 대신 인간 스스로의 노래를 만들었지. 스타벅스는 자본 논리의 최고점에서 세이렌의 유혹이라는 모티프를 차용한 셈이지. 맛있는 차로 소비자를 유혹하겠다는 의도를 내걸고.”

지숙이 덧붙이자 최미애가 너스레를 떨며 박해준에게 엄지를 들어 올렸다.

“아유, 꿍짝이 잘 맞는 거 좀 봐. 오늘 편집회의도 그렇게 술술 풀렸으면 좋겠어요.”

“직접 보며 이야기 나눴는데 안 풀릴 게 있겠어? 그럼에도 최미애 씨의 커피가 오늘 시작을 한결 유연하게 했어. 고마워요.”

“편집장님, 내친김에 오늘 오후에 가까운 사찰에 가서 직접 보면서 이야기하는 게 어떨까요? 불이문은 용어 자체로도 난해한 느낌이 있어요. 박해준 씨 그렇지 않아요?”

최미애가 몰아붙이자 박해준도 사진을 찍어야 하는데 마침 잘되었다며 반기는 눈치였다.

“그렇담 두 사람이 다녀오면 어때요?”

“에이, 편집장님 없이 우리가 얼마나 깊이 있게 취재할 수 있겠어요? 절에 관한 한 편집장님을 따라갈 사람이 누가 있다고.”

“그렇담 절 툇마루에 내려앉는 햇볕 구경도 할 겸 오늘은 퇴근을 조금 앞당겨 출발해 봅시다. 그동안 박해준 씨는 어느 절이 적절할지 자료 찾아보고. 삼 문 구조 중에서 맨 마지막에 만나는 문이니 우리는 물론 독자도 일주문 때보다는 시야가 넓어진 느낌을 갖게 해야 해요.”

오후 4시에 도심 근교의 H사찰을 향해 출발했다. 일주문을 지나는데 엊그제 내린 비로 계곡물 소리가 웅장했다. 지숙은 천왕문을 통과한 후, 두 차례의 계단을 지나 보제루 앞에 섰을 때 의미 있는 미소를 지으며 뒤를 돌아보았다. 서너 발자국 뒤에 오던 두 사람이 어깨를 추켜세우며 웃음으로 답했다. 지숙은 자기 의도가 있었고, 두 사람은 그저 지숙의 미소에 답하고 있었다. 세 사람은 같은 시공간에 있으면서도 서로 제각각의 의도를 표현했다. 그늘진 보제루 아래를 지나 누각과 연결된 계단에 올라섰을 때, 대웅전의 부처님이 정면으로 보였다. 약간 어둡고 낮은 누각의 통로를 지나면서 그들은 허리를 굽힐 수밖에 없었고, 자신을 숙여 그곳을 통과한 후 만나게 되는 대웅전의 부처님은 그들을 반기는 느낌이 들었다. 사찰의 건축은 그 자체로 부처님에 대한 경외심과 중생을 살피는 구조로 설계된 셈이다. 최미애는 대웅전 밖에서 주련에 새겨진 글씨를 해독하며 서 있고, 지숙이 먼저 법당에 들어가자 박해준이 따라 들어와 참배했다. 밖으로 나온 지숙은 두 사람을 데리고 왔던 경로 그대로 돌아 나왔다. 왠지 지숙의 태도가 어떤 의식을 치르는 것 같다고 느꼈는지 천왕문 앞의 처음 자리로 돌아온 그녀에게 최미애가 물었다.

　"편집장님, 이 행동에는 뭔가 있지요, 그쵸?"

　"우리가 방금 어딜 다녀왔어요?"

　"대웅전에요."

　"또 다른 곳은?"

　"글쎄요."

　"불이문, 또 다른 이름으로는 해탈문을 통과해 왔잖아요."

"천왕문을 지나 대웅전으로 갔는데요? 그런데 해탈문이 어디 있다는 거예요?"

최미애가 무슨 뚱딴지같은 소리냐고, 속지 않겠다는 표정으로 물었다.

"보제루가 해탈문이라는 건가요?"

박해준이 이해했다는 듯이 고개를 끄덕였다.

"불이문은 사찰을 찾는 사람들이 인식하지 못하고 지나는 경우가 많아요. 우리가 지나간 보제루 통로가 불이문이었으니 누가 그곳을 문으로 알겠어요? 일주문이나 천왕문이 문짝은 없지만 그래도 문의 형식을 취하고 있는 것과는 달리 해탈문은 문의 형식조차 갖추고 있지 않으니 볼 수가 없죠."

"도대체 어디에 있다는 거예요?"

최미애가 선 자리에서 사방을 한 바퀴 빙 둘러보더니 답답하다는 표정으로 재촉했다.

"대체로 해탈문은 누하진입(樓下進入)이라고 해서 누각 아래를 통해서 대웅전 영역으로 들어가는 그 자체일 경우가 많아요. 저기, 보제루 아래가 이 절의 불이문이에요. 일주문이나 천왕문이 문 없는 문이었다면 불이문은 이름에서 알 수 있는 것처럼 문 아닌 문이니까요."

"그래서 좀 전에 보제루 앞에 섰을 때 편집장님이 우릴 보며 웃었군요?"

"그럼 불이문 너머가 해탈의 경지라는 의미네요?"

"대웅전이 부처가 사는 세상이니까요."

"불이문이라 했는데도요?"

"맞아요. 그렇게 보면 붓다와 중생이 나눠질 위험이 있지요. 이 둘은 다르지만 다른 것일 수만은 없다는 점이 중요합니다. 즉 붓다와 중생은 다르면서도 서로를 품고 있는, 즉 같은 것이기도 하니까요."

최미애와 박해준도 다소 상기된 표정으로 말하고 대답하며 흥미를 드러냈다.

"수미산 우주론에서 보면 수미산의 산정인 도리천의 입구를 의미하는군요. 신들의 왕인 제석천왕이 살고 있는 곳이기도 합니다. 중국 불교에서는 신으로 번역하지 않고 천(天)이라 해서 천중천이라고도 하지요. 영혼의 의미를 강하게 내포함과 동시에 인격적 의미도 표현하는 것이지요. 암튼 불이문은 성과 속의 공간을 함께 품고 있지만 결국 두 공간을 한 번 더 확보하는 셈이네요."

"그렇지요. 제석천의 천중천이라는 이미지는 붓다에게 부가되기 좋은 부분이죠. 붓다를 모시는 종교적 성역으로 제석천이 있는 도리천을 상정하는 것은 충분히 타당하니까요. 이는 도리천이 신성 공간이면서도 동시에 지상으로부터 유리된 공간이 아니라는 점에서 더욱 그래요. 결국 붓다는 중생과 유리된 존재가 아님과 동시에 붓다의 존엄성은 강조되어야 하니까요. 이 점이 중요하죠."

"붓다가 왜 수미산정에 모셔지고 있는가에 대한 분명한 해답이 되네요."

인도 신화에 의하면 창조주는 범천(梵天)이고, 신들의 왕은 제석천이었다. 제석천이 지상에 있는 도리천이라는 곳에 살면서도 신들의 왕으로 불리는 것은 매우 상징적이라는 생각이 들었다. 대지와의 연장선에 신들이 산다는 구조는 하늘에 신들이 산다는 것에 선행하는 관념이기 때문이다. 인류 문명 이전의 신들은 인간과 같은 수평적 공간 중 신령한 산이나 우주의 중심 영역인 신성 공간에 산다고 믿었으니까.

"도리천이 신성 공간이면서도 동시에 지상으로부터 유리된 공간이 아니라는 얘기군요. 마치 붓다가 중생과 유리된 존재가 아니라는 것처럼요."

"우리가 방금 다녀온 해탈문이 그런 상징성을 가지고 있어요. 성과 속이 이원론적이지만은 않다는 것이지요. 우리가 사는 삶도 얼마든지 성스러울 수 있잖아요. 그리고 사찰을 찾는 사람들은 바로 이 누각 건물 아래의 계단을 통해서 대웅전 영역으로 진입하게 되는 것이고요. 바로 이러한 통과 영역 자체가 해탈문인 것이죠. 부처의 세계, 해탈의 경지로 들어가는 문이니까요."

"저 보제루의 누하진입이야말로 산지 가람에 딱 어울리는 진정한 운치입니다."

박해준이 누각의 구도를 잡아 사진을 연거푸 찍으며 감탄스럽다는 투로 말했다.

"해탈에 대한 가장 적절한 표현이기도 하고요."

"박해준 씨, 최미애 씨 두 사람은 자신의 해탈문을 가지고 있나요?"

"눈앞의 현실에 화나고 분노하며 사는 일로 지쳐 해탈문을 생각할 염도 못 내고 있어요."

"그런 중에도 잠깐씩 우리가 순수해지는 순간이 있잖아요. 아무튼 우리에게도 해탈문이 있다면 어디에 두고 있을까요? 흐흐, 그렇게 난

처해하지 않아도 돼요. 우리가 일상에서 만나는 성스러운 영역은 작정해 두는 게 아니니까요. 인연이 된 어느 공간이나 시간 속에서, 혹은 사건과 관계 속에서, 문득 오는 생각과 행동에서 발현되는 것이니. 해탈문과 현실과의 관련성은 너무 어렵지 않게 다뤄야 할 거예요."

"이미 충분히 어려운데요."

최미애가 고개를 흔들며 웃었다.

시골집이었다. 희뿌윰한 어둠에 잠긴 방이다. 아버지는 아랫목에 있고 어머니는 아버지를 마주 보고 있으며, 어린 지숙은 문 옆에 무릎을 꿇고 앉아 있다. 모두 강시처럼 어둡고 무거운 표정들이다. 갑자기 방문이 덜컥 열리면서 호랑이가 들어왔다. 맹수가 들어왔는데도 아무도 움직이지 않자 위급함을 느낀 어린 그녀가 호랑이를 쫓는 손짓을 하며 일어섰다. 그러자 그녀 뒤에 앉아 있던 어머니가 호랑이가 성나면 해코지하는 법이니 야단치지 말고 조용히 달래라고 말했다. 호랑이를 쫓으려던 그녀가 주춤하는 사이 호랑이는 뒷걸음질 쳐서 밖으로 나갔다.

여전히 시골집이다. 집에 장독대들이 즐비하게 놓여 있다. 방 안에는 어머니와 아버지가 있다. 눈으로 보이지는 않지만 분위기가 그랬다. 호랑이와 지숙이 장독대 사이를 오가며 숨바꼭질을 한다. 그렇다고 서로 쫓고 쫓기는 관계는 아니고, 요리저리 장독들 사이를 비집고 다니며 여유롭게 놀고 있다. 처음과는 달리 시간이 지나자 호랑이와 어린 지숙 사이에 긴장감이 모두 사라지고 친숙해졌다.

지숙이 물을 긷고 있다. 그런데 우물에 두레박을 던져 물을 뜨려고 들여다보니 우물 속엔 바위가 있고 물이 말라 바닥이 보이는데 그나마 물은 흙탕물이다. 조금만 기다리면 맑은 물이 고일 거라고 생각한 그녀는 두레박을 그대로 두고 기다렸다. 호랑이는 이제 우물가에서 조금 떨어져 꼬리를 내리고 얌전히 엎드려 있다. 물을 길어 집으로 돌아와 보니 그녀가 결혼해서 살고 있던 아파트였다. 집의 내부를 전부 본 것은 아니지만 현관 입구가 그렇게 느껴졌다.

1막 3장의 꿈이었다. 그 무렵 융에 빠져 있던 지숙은 꿈속의 호랑이를 신성한 존재로 보았다. 분석심리학에서 호랑이는 신성한 장소로 인도하는 이른바 영혼의 인도자를 상징하기 때문이다. 인간의 무의식에도 그러한 안내자가 있고 조절자가 있다. 의식의 중심인 자아가 무의식의 깊은 층으로 안내되어 그곳의 집단적 혹은 원형적 콤플렉스를 인식하는 경우이다. 자아를 무의식계로 매개하는 요소를 우리는 흔히 아니마와 아니무스라 하지 않던가.

그녀는 자신의 내면에 호랑이처럼 웅크리고 있는 어떤 분노가 있다고 생각했다. 꿈은 너무나 또렷해서 되돌려도 그 이미지가 그대로였다. 아버지와 어머니는 방 안쪽으로 앉아 있고 어린아이가 입구 쪽에 있다. 방으로 들어오는 호랑이를 쫓으려 하자 어머니가 관두라고 말했다. 호랑이는 위험한 존재이고 화나게 하면 맹수의 사나움을 그대로 드러낼 수도 있으니까 어머니는 호랑이를 달래고 싶은 것이다. 어린아이는 호랑이를 대동할 만큼 부모에게 분노하고 있으나 자신보다는 어머니의 뜻을 따라 참고 있다. 분노를 억압하는 것이다. 부모의 표정이 강시처럼 어두운 것은 아이에게 잘못한 것이 있기 때문이다.

2장에서는 조금 달라졌다. 1장에서 어머니의 뜻에 따라 아이는 호랑이를 조용히 달래 보냈지만 2장에서는 데리고 놀고 있다. 어머니와 아버지가 보이는 건 아니지만 여전히 그 집 안에 있고, 장독대 사이로 호랑이와 아이가 숨바꼭질하고 있다. 아직 위험이 사라진 건 아니지만, 장독 사이를 요리조리 달려 다니며 같이 노는 것으로 보아 드디어 아이가 호랑이 조련에 성공하고 친구가 된 것이다.

3장에서는 우물에서 물을 길어 올리려는데 물이 더럽혀져 있다. 뒷이야기로 보아 자신이 가정을 꾸리려는 데 무엇인가 결핍되어 있다고 생각한 것이다. 아마 어머니의 여성성을 보면서 자신의 그것과 동일시하지 않았나 싶다. 어머니를 너무 힘들게 지켜보면서 결핍되거나 훼손된 여성성을 무의식이 그렇게 드러내는 것일지도 모른다. 그걸 복구시키는 방법을 잘 아는 꿈속의 그녀는 물이 정화될 때까지 기다려서 깨끗하게 고인 물을 떠서 집으로 가져갔다. 호랑이가 우물가에서 꼬리를 흔들며 조금 떨어진 곳에 얌전히 앉아 있는 것은 자신의 분노가 잠재워졌음을 의미한다.

그러나 그건 일시적일 수밖에 없다. 왜냐하면 어머니의 제지로 호랑이를 쫓지는 못했으니까. 어머니의 의도에 따라 아이는 자신의 분노를 잠시 눌러두었을 뿐이니까. 그렇게 해석하고 나자 자신도 모르게 한숨이 내쉬어졌다. 어떻게 말해도 그녀는 분노를 조절하고 있는 자신에게서 슬픔을 느꼈기 때문이다.

"사랑은 왜 고통일까요?"

"그런 말을 한다는 것은 이제 고통스런 단계는 지나갔다는 의미인가요?"

"시작일 수도 있잖아요. 어쨌든 거사님을 속일 순 없을 것 같아요."

"허허, 이제 아셨소? 어떤 이유로든 서로의 마음을 다치게 하니 고통스럽지요. 사랑하면 고통은 필연적으로 따라오잖아요. 그게 사랑의 이중 구조인 겁니다. 기쁨이 있으면 반드시 슬픔도 찾아오듯이. 사랑은 한평생을 걸어가는 길에 놓인 관문 같은 것이기도 해서 누구든 한번쯤은 하게 돼 있어요. 어떻게 넘느냐에 따라 사람의 길이 정해지지만."

"그런 감정이 밀려오면 가슴이 아파요."

"실제의 통증을 수반할 정도라니 이거 놀라운 일인데요. 몸이 마음을 정확히 표현하고 있군요. 형상 없는 마음은 형상 있는 몸을 통해 드러낼 수밖에 없으니까요."

지숙은 남자의 투명한 말 속으로 점점 빠져 들어가는 느낌이다.

"그토록 아름다운 감정을 알게 됐으니 축하해야겠는걸요."

"차라리 아름다움을 모르는 게 낫겠어요. 너무 힘드니까요."

"지나고 보면 고통의 시간이 아름답게 기억될 수도 있지 않겠어요?"

"현재가 너무 힘드니까요. 이런 고통을 경험해야 기쁨을 얻을 수 있다면 저는 차라리 둘 다 없는 게 나아요."

"그렇다면 인생은 맹탕이게요? 그게 무슨 삶이에요? 흔적을 남기지 않기 위해 납작 엎드려 아무것도 하지 않고 살아간다면 그토록 재미없고 무의미한 생이 어디 있어요? 무엇이든 경험한 만큼 삶의 길이 생기고 이야기도 남게 되지요."

"사랑은 의지와 상관없이 자꾸 끌려가기 때문에 문제인 거죠."

가벼운 표정으로 지숙의 응석 같은 말에 대꾸하던 남자의 표정이

사뭇 진지하게 달라졌다.

"그러니까 사랑이지요. 가늠하고 계산하고 의도를 가진 것이라면 사랑이 아니잖아요. 그 인연도 필요하니 생겨나는 것이긴 하지만. 깊은 사랑의 관문을 넘으면 새로운 세계가 눈앞에 펼쳐지지요. 자신의 마음과 성실하게 부딪치면 운명을 알게 되고 진짜 사랑을 알게 되니까요. 온갖 지혜의 싹이 눈떠서 영혼은 사물의 깊은 본질을 알 수 있게 되고, 자신에게 불성실하게 대면하는 사람은 장님이 되고 말아요."

"마음만으로도요?"

"모든 것은 마음에서 시작된다는 거 잘 아시잖소? 그러나 사랑은 믿음으로 들어가는 통로이기도 합니다. 그 믿음이 어떤 것이든지. 믿음과 사랑은 이웃인 셈이지요. 인간의 순수한 한 가닥 염원을 파고들어 가면 모두가 종교적 의식과 일치하게 되거든요. 사랑할 때 인간의 마음은 이상하게 순수해지고 인생의 슬픔을 알게 되잖아요? 그 순간에 지상의 운명에 닿게 되죠. 심적 상태는 운명에 의해 움직이니까."

"자신을 찾아가는 길에 맞닥뜨린 중요한 관문이군요."

"중요한 건 영혼의 참 목소리를 죽이지 말고 순연하게 따라가 보는 것이지요. 두려워 말고 맞대면하면서. 그렇게 자기 내면 깊숙한 곳에 웅크리고 있는 다른 나를 찾아보는 게지요. 진면목을 향해 한 걸음씩 나아가 보는 것. 그게 사랑이든 자비든 다가가 보는 겁니다.

"인생은 즐거움과 슬픔이 가득 차 있는 불가사의한 장막이라는 생각이 들어요."

"그걸 알았어요? 사랑이라고 생각하는 세상의 형상은 그대로 놔두고 선생의 마음을 잘 따라가 보면 좋겠어요."

"얼마나 어려운 주문인지 아시죠? 세상살이엔 걸리는 게 얼마나 많은데요. 그 어디에도 걸리지 않으려면 제 운명을 바꾸는 수밖에 없겠네요."

"그럴 수 있다면 말할 나위가 있겠습니까? 강한 사람은 외로움을 껴안고 살아가는 존재지요. 탐닉과 종교적 신심과의 분기점은 아슬아슬한 경계에 있어요. 올곧게 가는 것과 속임수를 쓰는 것과의 차이지요. 그래서 자신을 정직하게 바라보라는 것입니다. 사랑하는 대상이 있다면 그 대상을 놓고 기도해 보는 방법도 있어요, 허허."

"마치 저를 들여다보고 말씀하시는 것 같아요. 누군가를 사랑하면서 제가 모르는 자신에 대해 다시 생각하게 되었어요. 이것도 사랑의 한 형태라 할 수 있다면요."

"사랑이라는 감정을 경험하고 있다니 얼마나 다행이오. 허나 사랑도 영원한 건 아니니 시간이 흐른 후에 외로움이 찾아와도 피하지 말고 외로워해야 합니다. 그래야 자신의 운명을 키울 수 있는 힘이 길러지지요. 다만 자신을 기만하지 않고 성실하게 대하는 일이 중요합니다."

"거사님 말씀대로라면 외로움에도 층위가 있겠어요?"

"대상에 의해 치유될 수 있는 외로움이 있고, 무엇으로도 치유될 수 없는 외로움이 있지요. 후자를 운명적 외로움이라고 합니다. 전자의 외로움이 점점 형태가 이루어지면서 중심으로 모여들게 되는데 이를 잘 딛고 넘은 다음에야 참뜻의 외로움이 오지요."

"운명에의 외로움을 아는 사람은 세상에서 두려울 게 없겠군요?"

"그게 바로 힘이지요."

잠시 침묵이 지나고 지숙이 미소 지으며 말했다.

"거사님, 얼마 전에 이런 경험을 했습니다."

그가 약간의 호기심을 담은 표정으로 그녀를 바라보았다.

"남편 회사에서 가족 동반 봉사 활동을 갔어요. 재활원 사람들과 간단한 체육대회를 하고 점심을 먹었지요. 휠체어를 탄 사람, 말을 하지 못하는 사람, 듣지 못하는 사람, 신체가 부자유스러워 혼자 힘으로는 밥도 떠먹지 못하는 사람, 나이는 50대인데 정신연령은 다섯 살인 사람들도 있었지요."

준비해 간 음식상을 차리는데 청년들이 자꾸 지숙에게 관심을 표현했다. 먹다가 떨어진 음식을 요구하거나 옷자락을 잡아당기며 장난을 치기도 했다. 그들은 스물서너 살, 혹은 그 비슷한 나이의 청년들이었다. 오징어 자반을 들고, 바비큐 접시를 나르고, 오색 떡을 가져다주고, 공기밥을 들고, 후식으로 감과 사과를 나르고…. 누군가는 소리를 쳐서 가 보니 밥을 먹여 달라고 했다. 유난히 요청이 많이 들어와 둘러보다가 그중 절반은 음식이 필요해서가 아니라 관심을 끌기 위해서라는 것을 알았다.

점심을 먹고 조금 쉬었다가 풍선 터트리기와 노래자랑이 시작되었다. 그들을 한 사람씩 보살펴 주던 그녀는 어느새 청년들을 스스럼없이 안아 주고 있었다. 유독 낯가림이 심한 지숙이 타인과 신체적 접촉을 한다는 것은 쉬운 일이 아니었다. 그러나 그날은 자신보다 덩치가 큰 청년들을 안아 주고 등을 토닥여 주기도 하며 기껍게 어울렸다. 아이들처럼 그들이 주는 꿀밤을 맞으면서도 천연스럽게 구는 자신을 보았다. 타인과 접촉이 거의 없던 그들은 그녀의 손을 쓰다듬고, 머리카락을 잡아당기기도 하며 장난을 즐겼지만 거부감 없이 응대해 준 것이다. 예기치 않은 변화였다.

"그 이후부터 불구부정(不拘不淨)에 대해 생각하게 되었어요."

"무슨 뜻이죠?"

"더럽지도 않고 깨끗하지도 않다는 뜻요."

"무엇이 그렇다는 거죠?"

그는 분명히 지숙의 속마음을 꿰뚫고 있으면서도 시치미를 떼고 있다.

"제 도덕관념을 해체해 보는 거죠."

"선생의 도덕관념이라면… 구체적으로 말해 보세요."

"그 청년들을 돌봐 주고 안아 주면서…."

"어쨌다는 것이지요?"

"'더럽지도 깨끗하지도 않다'는 것요. 몸이 비정상인 사람에게 선뜻 다가가지 못했던 것은 그들은 나와 다르다는, 구체적으로 미추의 개념에서 보면 추하다는 생각이 먼저 있었던 것이지요. 침 흘리고 몸 흔드는 그들을 제 자식처럼 만져 줄 수 없었으니까요."

"선생이 왜 그랬을까요?"

"제 기억 속의 사건들이 제 생을 도덕적으로 무장하게 했다고 생각하니까요."

"…."

"집을 나오던 날 밤 해안 경비병에 잡혔던 사건요."

"호오, 사건이라 이름 붙였군요. 그리고?"

총부리가 아랫도리를 꾹꾹 찌르던 때의 수치심과 공포가 다시 강렬하게 솟구쳤다. 차가운 금속성이 살에 닿을 때 느낀 극한의 공포가 두려워 제발 까무러치기라도 해서 아무것도 기억할 수 없길 간절히 염원했던 기억. 왼쪽 머리에서 시작한 편두통이 삽시간에 어깨를 타고 골반을 거쳐 발가락까지 퍼져 갔다. 온몸으로 번져 가는 열감. 현기증이 일 만큼 강렬한 분노. 누구를 향한 것인가. 내부에서 올라오는 감정에 동요된 그녀의 몸이 체질하듯 흔들렸다.

"괜찮아요? 견딜 수 있겠어요?"

남자가 그녀의 뒤로 가서 양어깨에 손을 얹어 지그시 눌러 주었다. 남자는 지숙을 지켜보느라, 지숙은 자신의 감정에 집중하느라 침묵이 흘렀다. 그사이 바람이 그녀의 머리카락을 흩어놓자 지숙이 나지막하게 중얼거렸다.

"낳아 놓고… 제대로, 보살펴 주지도 않고… 지켜 주지도 못하다니…."

"어린아이가 얼마나 공포스러웠으면 기함을 했겠어요."

"엄마는, 짐작이라도 할까. 그런 어미가, 엄마일까…."

목소리는 작았지만 뿜어내는 분노의 파장은 저만치 있는 나무와 나무 사이의 공기를 후들거리게 했다. 그녀는 일어났다 앉았다를 반복하다가 그마저도 견딜 수 없다는 듯 이리저리 서성거렸다.

"엄마라는 사람이 어떻게 제 맘대로 죽을 결심을 해요. 아버지도 없고, 세상에 혼자인 자식을 두고… 엄마는 자식을 두고는 죽을 권리도 없는 사람이잖아요. 제게, 어머니는 없었어요. 엄마라면 그럴 수 없잖아요. 어머니는 제 환상 속에서만 존재한 거예요. 어머니의 모습이나 감정은 그런 게 아니에요."

그녀는 비로소 하고 싶은 말을 다 쏟아 내는 것 같았다. 누구에게도 하지 못했던 생각을 솔직하게.

"그럴지도 모르죠. 선생이 인정하지 않는 한 어머니는 없어요. 그 맘속에 있는 어머니에 대한 통념을 바꾸지 않는 한 영원히. 그러나 나쁜 어머니도 당신의 어머니지요. 사람은 누구나 어떤 환경에 부딪히면 그에 맞춰 살아가는 존재입니다. 어머니도 예외는 아니죠. 어머니에게는 어머니 삶이 우선이었다는 얘깁니다."

"자식은 내동댕이쳐도 되는 거예요? 자기 살 궁리만 했지 어린 자식이 어떻게 살고 있는지는 거들떠보지도 않았잖아요."

"어머니는 자신도 감당할 수 없을 만큼 힘겹게 살았어요. 생사의 기로에서 갈등하기도 하면서."

"거사님이 어머니 대변인이에요?"

"흠, 그렇게 보인다면 그렇게 보라지요. 내게 대들든 욕을 하든 어디 맘대로 해 봐요. 그러나 어머니의 인간적 생은 인정해야지요. 어머니란 존재는 자식들이 필요에 적합하도록 만들어 내기도 하잖아요? 예컨대 자식들의 배고픔, 소망, 결핍에 따라…. 한 선생 마음속에서 충족되지 못한 부분이 있다 해도 이제 그것을 버려야 합니다. 그래야 자신을 스스로 채워 갈 수 있어요."

"…."

잠깐의 침묵을 사이에 두고, 지숙이 가까스로 현실 감각을 회복한 듯 남자의 옆에 와 앉았다.

"실은 선생도 어머니만큼 자존심을 강하게 내세우고 있다는 거 알고 있어요?"

"예."

"어머니의 모든 걸 인정할 수 있겠어요?"

"어머니는 제게 서운하고 저는 어머니에게 분노하고 있었네요. 어머니가 뭐 이래 하며 서로 상대 탓을 하고 있었으니 감정만 더 커질 수밖에요."

"그 이면을 들여다보세요. 여러 이유를 붙여 변명하고 있지만 결국 어머니를 밀어내고 있었잖아요."

"백기를 들지요."

"허허, 진정으로 자유로운 영혼이 되기 위해서 우린, 죽을 때까지 사는 법을 배워야 하니까요. 중요한 사실 한 가지는 어머니를 인정해야 자신의 존재도 자연스레 인정하게 된다는 거예요. 그 후에야 비로소 개체적 존재로서의 독립이 가능하죠. 많은 사람이 어머니라는 존재에게 환상을 품고 살다 끝까지 벗어나지 못한 채 죽잖아요."

그럴싸하게 세상의 모든 일을 포용한다는 태도를 보이고, 넘치는 수식어로 자신의 마음을 과장되게 표현하는 이들에게 진심은 적지만 오히려 그들의 삶이 건강할지 모른다. 알맹이가 없는 말일지라도, 허세로 위장할지라도 말이 사람의 마음을 흔들고 변화하게 한다. 때로 진실이 자기 목적을 달성하기 위해 거짓으로 위장을 하기도 하는 것처럼. 어머니의 행동은 자신을 이해하고 받아들여 주지 못하는 딸을 향한 자존심이고, 크게 부족한 것 없이 잘 살고 있는 딸에 대한 여성으로서의 질투이며 부러움이 묻어 있는 무의식적 표현들이기도 했다.

원시의 숲을 연상하게 하는 산속의 집이었다. 중년의 남자는 흰 와이셔츠에 나비넥타이 차림을 하고 흔들의자에 앉아 신문을 보고 있다. 키는 작으나 살집이 좋아 오히려 여유로워 보이는 남자였다. 그는 흔들리는 의자의 리듬에 자신의 몸을 맡기고 세상에서 가장 평온한 얼굴로 소녀가 건네주는 물컵을 받아 들었다. 열서너 살의 소녀는 흰색의 머릿수건을 쓰고 꽃무늬 앞치마를 입고 있다. 소녀의 어머니는 부엌에서 점심상을 차리며 딸에게 환한 웃음을 보내 준다. 부엌은 티끌 하나 없이 정갈해 보였으며 아궁이에서는 밥 뜸을 들이는 마지막 나뭇단이 사위어 가고 있다. 나비 한 마리가 부엌으로 들어와 몇 바퀴 돌더니 문 없는 바깥으로 날아간다.

지숙은 마침내 자신의 소망을 다 이뤘다고 생각했다. 최소한 그녀의 무의식 내에서는. 처음의 갈매기 꿈에 비하면 훨씬 자연스러웠다. 그녀는 현실에서 못 해 본 경험을 꿈을 통해 모두 경험했다. 아버지와 어머니가 있는 가정에서 저토록 평화롭고 행복한 자식으로 사는 일, 얼마나 행복하고 만족스러웠는지 깨어나서도 미소 짓고 있는 자신을 보았다. 짧은 순간일지라도 가슴 가득 들어찬 충족감이 어떤 느낌인지 알 것 같다. 가져 본 다음에야 비로소 버리고 취하는 것의 진정한 의미를 알 것 같다. 그럼에도 생은 어쩌면 분열된 모순 속에서 나아가는 것 아닌가 싶은 양가적 생각을 떨칠 수 없었다. 해체되었던 의식이나 붕괴되었던 자아를 온전하게 규합하려는 것은 인간의 한계를 자각하지 못했을 때의 욕심이었다. 온전함, 어쩌면 그것은 인간에게는 당치 않은, 신에게나 해당하는 일이고, 그래서 인간은 불가능한 그 세계를 꿈꾸며 성숙해 가는 존재이지 싶다.

미처 알지 못한 것

지숙은 마음이 편안해진 이즈음이지만, 남자와 아직 할 일이 남은 것 같아 불이사에 들어가 만나기를 청했다. 그는 기다리고 있었다는 듯 지숙을 데리고 해탈문을 통과해 대웅전 마당을 한 바퀴 돌고는 아래로 향했다. 별말이 없었지만 발걸음 하나하나에 의미를 새기듯 신중하게 움직였다. 천왕문 아래의 보호수 아래로 온 그가 벤치에 앉았다. 지숙은 혼자만 아는 웃음을 지으며 그의 곁에 앉았다.

"오늘은 뭔가 중요한 말씀을 하시려는 것 같아요."

"눈치채셨네. 자리 깔았으니 이야기도 쉽게 되겠어요. 곧바로 들어갑시다. 내게 묻고 싶은 게 있지요?"

"제게 풀어야 할 문제가 있다는 말씀이시군요?"

"문제는 누구에게나 있어요. 시급한 것과 그러지 않은 것의 차이만 있을 뿐이지요."

"저보다 저를 더 잘 아시겠군요."

"최소한 선생이 거느린 그림자를 보는 데 있어서 그렇죠."

"영혼의 문제를 일컫는 건가요?"

"무엇이라 호명하든 선생이 현재 집중해 있는 문제를 말하는 거요."

"거사님은 제가 본질을 말하지 않고 빙빙 돌리고 있다는 걸 아시면서도 왜 묻지 않으세요?"

"상대가 청해 와야 말하지요. 들을 준비가 되어 있는 사람이 도움을 청하는 법이니까요. 그래서 스스로 말할 때까지 기다린 거예요. 여우처럼 약은 사람들은 이리 재고 저리 뜸 들이며 내게 묻기도 하지만 그들을 탓할 수만은 없지요. 세상이 그들에게 물려준 것이니까요."

그녀는 본의 아니게 자신의 문제로 들어가지 못함이 부끄러워진다. 쉽게 말하지 못하고 에두르는 것 또한 세상을 조심스럽게 살아온 자의 습성이었다.

"지난번 어머니를 놔주라고 하셨어요. 제가 붙잡고 있는 건가요?"

"자신이 어머니에게 분노하는 진짜 이유가 뭔지 아시오?"

"모르겠어요."

"선생은 어머니를 보고 있는 게 아니라 어머니 너머의 다른 누구를 보고 있어요. 그러면서 어머니 탓만 하고 있어요."

"제게 어머니 이외에 누가 있다는 것이지요?"

"어머니를 원한다고 하지만 사실은 한평생 어머니를 보지 않았어요. 그러면서 어머니를 탓해 왔어요. 선생이 그토록 찾아 헤매던 어머니는 당신이 거부한 것입니다. 선생이 늘 바라보고 있었던 상대는 어머니 뒤에 서 있는 아버지였어요. 평생 그리워한 대상은 어머니가 아니라 아버지란 말입니다."

"믿을 수 없군요."

"선생은 늘 아버지를 그리워하고 있었단 말이오. 그래서 어머니를 원망하고 받아들이지 못한 것입니다. 그렇게 오랜 시간 당신이 바라본 것은 어머니 너머의 아버지였으니까요. 문제의 본질은 놓아 버리고 애먼 것만 잡고 있었어요."

"제가 의식하는 바로는, 한 번도 보지 못한 아버지는 제 관심의 대상이 아니었어요. 아팠을 때 기도하면서 아버지의 모습을 잠깐씩 떠올렸고, 그려지는 모습은 제가 만들어 낸 허상이라고 치부했지요. 그 이후에는 아버지 생각을 거의 하지 않았거든요. 제가 아버지를 그리워하고 있을 줄은 몰랐어요. 기억이 전혀 없으니 그리움도 없을 거라 여겼지요. 기억에 없는 사람에 대한 그리움이 존재할까요?"

"그리움이나 좋아하고 싫어하는 감정은 본능이니까요. 사람의 감성적 바탕은 훨씬 근원적입니다. 우리가 기억하지 못하는 어떤 것도 저장되어 있으니까요. 기억이 없다 해서 미움이나 그리움조차 고갈되는 건 아닙니다. 단지 사람이 그걸 알아채지 못하는 것뿐이지요. 새가 둥지를 트는 것처럼 자연스런 현상이죠."

"아버지에 대한 그리움이 그토록 강렬하게 자리하고 있었다니 뜻밖입니다. 엄밀히 말하면 어머니가 아버지를 못 만나게 한 것은 아니잖아요?"

"어머니와 아버지는 부부였고, 선생은 그 사이에서 태어났잖아요. 영혼은 그걸 알고 있어요. 아버지를 만나지 못한 원인이 어머니에게 있다고 보는 것이죠."

"그럴 수도 있겠네요."

"아버지와의 삶이 없으니 더욱 그리운 것이지요. 현실에서 나타나는 감정이 없다고 해서 마음 깊은 곳에도 없다고 할 수 있어요? 가 보지 않은 길이 더욱 궁금하고 그립듯, 선생도 자신의 생에서 아버지로 인해 생긴 동공을 채우고자 애틋하게 그리는 것입니다. 선생이 자신의 마음을 다 알아요? 마음의 길은 천 갈래, 만 갈래여서 우리는 다 알 수 없습니다. 그래서 사람을 다 알 수 없다고 하잖아요."

그가 합장하고 그만의 시선으로 무언가를 허공에 새기고 있는 동안 잠깐의 침묵이 흘렀다. 그 모습을 지켜보는 지숙은 마치 진공상태의 한 풍경 속으로 걸어 들어가는 듯했다. 아무런 물상이 존재하지 않는 그 풍경 안은 한없이 고요하고 평화로웠다. 조바심과 불안이 완벽하게 제거된 불순물 없이 평화로운 시간이었다.

"내 눈을 정면으로 바라보십시오. 그리고 아버지를 불러 보세요."

"아버지! 아버지! 아버지!"

지숙이 남자의 눈을 보면서 나지막하지만 또렷한 발음으로 아버지를 불렀다. 평생 그토록 간절하게 아버지를 불러 본 적이 없다. 정성스럽게 부르는 것만으로도 오랜 시간 기다리던 사람을 만나는 것처럼 가슴이 쿵쾅거렸다.

"지숙아! 지숙아!"

멀리서 그녀를 부르는 소리가 들리는 것 같아 주변을 두리번거리다 남자에게로 가서 시선을 멈췄다. 남자의 뒤에 중절모를 쓴 중년 남성이 달빛에 서 있는 사람의 모습처럼 흐릿하게 보였다.

"아버지!"

그림자 같은 남자가 고개를 끄덕였다.

"네가 아기였을 때 문 앞에 앉아 네 이름을 많이 불렀다. 지숙아! 하고 부르면 고개를 돌려 맑고 초롱초롱한 눈으로 생긋생긋 웃었지. 내 눈 속에 너는 그 모습으로 담겨 있단다."

얼마나 듣고 싶은 목소리였고 보고 싶은 아버지였던가. 분명 아버지의 목소리는 처음 듣는 데도 낯설지가 않았다. 언제 어디서 들은 목소리인가.

"항상 너를 지켜 주고 있으니 두려움 없이 살아라."

그녀는 아버지, 아버지를 수없이 불러 댔다. 앞을 가리는 눈물 때문에 눈 한 번 깜빡이고 나니 아버지의 모습은 사라졌다. 순간 아쉬움이 스쳤으나 그보다 알 수 없는 무엇인가가 마음 가득 채워진 것 같았다. 가없는 푸른 바다를 안은 느낌이 이럴까, 너른 들판을 품은 충일감이 이런 걸까. 생의 균열에서 온 동공들이 서서히 채워지는 느낌이었다.

"당신의 마음을 이해합니다. 그러나 이제 어머니를 바라봐 주세요. 아버지는 당신의 가족 중 누군가를 위해서 먼저 가신 분입니다. 그 대상이 당신의 자식일 수도 있습니다. 이제 당신의 아버지를 위해서 기도해 주십시오. 그리고 어머니께 다가가야 합니다. 모든 생명체는 자신을 지키기 위한 보호 본능을 갖습니다. 모성도 예외는 아니어서 자신이 우선입니다. 그렇지만 세상에서 가장 큰 힘을 갖는 것 또한 모성입니다. 당신은 이제 어머니에게 다가가 고개 숙여 받아들이십시오. 이제 나는 어머니에게로 간다고 두 손 모으십시오. 세상 어느 어머니도 자식에게 나쁘게 하지 않습니다. 자식에게 사랑을 주지 않는 어머니는 없습니다. 그걸 못 받았다고 생각하는 것은 자식이 어떤 이유로든 거부했기 때문입니다. 당신도 그렇습니다."

남자의 말은 아득히 먼 곳에서, 하강하고 소멸하는 시간의 질서에서 벗어나 있는 듯했다. 그녀는 가슴이 부풀어 그 자리에서 터져 버릴 것 같은 압력을 느꼈다. 한참 동안 침묵이 흘렀다. 지숙이 지금 일어나고 있는 변화를 자기화하는 데 필요한 시간이며, 그의 배려이기도 했다.

"실제로 어머니는 제게 아버지 이야기를 거의 하지 않았어요. 아버지가 지어 주신 이름이니 그에 걸맞게 잘 살아야 한다. 그리고 돌아가시기 전까지 제 이름을 셀 수도 없이 많이 불러 주셨다는 것 이외에는요."

"아하 그래서 두 사람은 시각보다 청각의 교감이 훨씬 뛰어났군요. 어머니가 아버지 이야기를 하지 못한 것은 현실의 상황 때문이었겠지요. 두 모녀의 힘겨루기가 아직도 끝나지 않았잖아요."

"그러고 싶지 않아요. 저도 편안해지고 싶어요."

"두 사람의 계산이 끝나지 않는 한 관계는 크게 달라지지 않아요."

"계산이라니요?"

"부모와 자식 사이에서 위계질서는 어머니가 딸을 돕고 키워야 하는데 어머니는 자신을 지키기도 힘들어 딸을 돌봐 주지 못했어요. 생명의 질서가 깨진 것입니다. 그러니 두 사람의 마음에는 서로 상계하지 못한 것이 남게 되지요."

"어머니나 저, 두 사람의 상황이 그럴 수밖에 없었어요."

"어린 시절부터 당신은 이미 어머니를 넘어서 있었습니다. 나누어 주기 위해서는 우선 자신에게 넘치는 힘이 있어야 합니다. 그러나 어머니는 자신을 지키기에도 턱없이 모자랐지요. 스스로 모든 것을 해결하고, 기대지 않으면서 똑똑하게 자라고 있는 딸에게 어머니는 힘없는 손 내밀 수 없었습니다."

"…."

"어머니는 오히려 강하게 잘 살고 있는 딸이 두려웠을 것입니다. 자신의 생을 다 훔쳐본 딸이. 그러면서 어머니에게 다가가지 않고, 오히려 사랑을 주지 않았다고 마음에서 찬바람 일으키는 딸에게 어머니도 선뜻 다가가지 못했을 테지요. 나는 당신의 사랑을 간절히 원합니다라고 말하십시오. 그러면 당신도 모르는 사이 어머니에게 가 있을 것입니다."

자신도 모르는 사이 마음속으로 그의 말을 따라 하고 있었다.

"나머지는 어머니의 생이었습니다. 생명의 본능은 누구나 자신의 위험을 감지하면 자신부터 보호하는 것입니다. 어머니의 생명력 또한 살아남기 위한 보호 본능이었으니 자신을 위해 빛을 발한 것입니다. 자신의 운명에 대한 복종과 수용은 곧 자신의 생명을 위협하는 것에 대한 저항이며 어머니의 존재 방식이었습니다. 그래서 누구도 어머니에게 손가락질할 수 없고, 당신 또한 그런 어머니를 인정해 줘야 합니다. 그래야만 당신의 자식들도 당신의 사랑을 순수하게 받아들일 수 있습니다. 그것이 생명의 질서입니다. 그것 보세요. 자식 이야기가 나오는 순간 당신의 심장이 활기를 띠는군요. 당신의 어머니도 당신을 생각하며 가슴 뛰는 그런 시절이 있었어요. 영혼에서 울려 나오는 소리는 조작이 불가능합니다. 속일 수 없는 진실이기 때문입니다."

"정말 그랬을까요? 어머니에게도 사랑으로 가슴 뛰는 시간이 있었을까요?"

"물론이지요. 아픔도 사랑이니까요. 세상에서 가장 슬픈 사람은 상대에게 나눠 줄 게 없는 사람입니다. 당신이 아는 어머니의 생을 생각해 보세요."

그녀는 스스로에게 물었다. 내가 어머니의 생을 다 안다고 할 수 있을까. 내가 모르는 어머니는 어떤 시간 속에서 메마른 살갗과 남루한 옷자락에 습기와 바람을 들이며 살았을까.

"제 감정에 가려 어머니에 대한 진실은 보지 못했군요. 제 고통은 지난 시간 어머니를 기다리며 감내한 모든 어려움이 응축된 환각에서 출발했고요."

"어머니는 그저 자신의 삶을 살았을 뿐이지요. 어머니는 이래야 한다는 관념을 만들어 놓은 것은 딸들이고 세상 사람들입니다."

말하는 순간 희열이 담긴 짧은 통증이 스쳤다. 이제 다 되었다는 듯, 남자가 모았던 손을 풀고 편안한 자세로 돌아왔다.

"아무리 힘없는 부모일지라도 자식이 부모를 넘어서면 그 자식은 다칠 수 있어요. 부모는 자식의 실수를 지켜보면서 자식에게 힘을 전해 주는 존재죠. 그런데 선생은 어땠지요? 지금 내가 봐도 창창해요. 어머니 앞에서도 그랬을 겁니다. 딸이 엄마에게 도움을 청해야 도와줄 수 있는데 선생은 그런 적이 없잖아요. 그러니 상대적으로 힘이 약한 어머니는 자식에게 다가가기 어려웠지요."

기도하는 것처럼 성스럽던 그의 말투가 조금 편안하게 바뀌었다. 남자에게서 나오는 말이 둥근 모양의 물결무늬를 이루며 사방으로 퍼져 나가고 있었다. 지나가는 바람과 새들도 그의 말에 귀 기울이는 듯

고요해졌다.

"저는 스스로를 지키며 살아야 했기 때문에 강해져야 했어요. 제 생이 더 위태로웠단 말이에요."

지숙은 그에게 투정하듯 말을 던지는 자신이 보인다. 그는 지숙이 뿜어내는 무언의 저항이 내면 깊은 오지에서 끌어 올린, 사장되기 직전의 진실이라는 것을 보았다. 어떤 업장의 소멸 뒤에는 예상치 못한 결인의 시간이 온다. 그걸 보는 남자는 미소로 그녀의 말에 대답하며 물끄러미 바라봤다. 틀린 답을 말하면서도 당당한 아이를 바라보는 어른의 표정이다.

"물론, 알지요. 그렇지만 영혼의 질서는 그렇단 말입니다. 스스로 어머니에게 다가가 보았어요?"

"아니요."

"그거 봐요. 부모는 자식에게 많은 것을 물려줄 수 있으나 자식이 부모의 생에 관여하면 그 또한 질서가 깨지지요."

"그 영혼의 세계는 비인간적이군요?"

"물론, 인간의 세계가 아니니까. 몸을 가진 인간의 세계는 이성적 의식으로 진행되지만 영혼의 세계는 우주의 질서대로 흘러가니까요. 그 세계는 이성이 아니라 감성이니까. 세상 그 자체가 그대로 존재하니 인간의 의식으로 바꿀 수 없지요."

"어떻게 해야 하죠?"

스스로에게 하듯 말을 던지며, 그녀는 오래된 불순물이 몸 안에서 빠져나가고 난 다음의 개운해진 느낌을 받았다.

"지금부터 어머니에게 다가가 보세요. 나는 어머니보다 작고 힘이 없다고 말해 보세요. 어머니에게 꿋꿋하게 대항하려 하지 말고. 존재와 존재 사이에는 항상 무엇인가가 있어요. 무수히 많은 비가시적인 존재들로 채워져 있단 말입니다. 그렇게 보면 보이지 않는다고 함부로 생각하거나 행동하면 자가당착에 빠져들고 말아요."

"그렇다면 제 자식들에게도 마찬가지겠네요."

"가끔 자식과 친구처럼 지낸다는 엄마를 볼 때가 있는데, 부모와 자식이 친구가 될 순 없어요. 그러니 현대의 가족들은 위계질서가 엉망이 될 수밖에요. 부모는 자신의 역할을 하고 자식이 필요할 때만 도움을 주면 되는데 아예 발바닥까지 다 닦아 주니 마마보이가 생기고, 장가가서도 엄마에게 부탁하고 의지하지요. 어디 그게 제 인생이에요? 엄마가 개 줄로 묶어 끌고 가는 것이지."

"제 경험은 어떻게 봐야 하지요?"

"선생은 자신이 그렇게 선택하고 그렇게 살았습니다. 어머니나 세상으로부터 물려받은 경험이 적은 것은, 현실에서 보자면 일상적 삶이 윤택하진 않겠지만 오히려 영혼의 힘은 큽니다."

"그럴까요? 공평하군요. 제가 어머니 뒤의 아버지를 보고 있다고 하셨는데 선생님이 보신 제 아버지는 어떠신가요?"

"바라는 거 없이 편안해 보였고, 이생에 대한 미련도 별로 없으시더군요. 손에 든 무엇인가를 딸에게 전하려 하는 것으로 보아 도와주고자 하는 것 같아요."

"편안하시다니, 다행이군요."

"내가 하는 대로 따라 하시고, 이제 아버지를 보내 드리세요."

그의 수인 동작을 따라 하면서 지숙은 어머니 뒤에 있는 아버지를 생각했다. 그리고 마음속으로 잘 가시라는 인사를 했다. 이상하게도 기억하지 못하는 아버지이지만 눈앞에 있는 것처럼 친근하게 느껴지고 함께했던 추억이 있었던 것처럼 자연스럽게 연결되었다. 모든 의식이 끝나고 나자 마음이 매우 평온해졌다. 잠깐의 침묵을 깨고 그가 말했다.

"영혼과 인간 중에서 누가 더 진화했을까요?"

"그야, 영혼이겠지요."

"인간은 죽어 혼으로 있다가 다시 태어날 때 자신이 경험해 보지 않은 환경을 선택하지요. 그 세계에서는 고통이나 슬픔이나 행복이 모두 하나의 경이로운 체험일 뿐이니까요. 그래서 자식이 부모를 선택한다고 말할 수 있는 거잖아요. 영적 세계는 그렇습니다. 그래서 생은 매 순간 놀랍고 경이로운 것이지요. 생이 늘 기쁨인 이유입니다, 하하."

"너의 생은 모두 네가 택한 것이니 미워하고 아파해야 할 이유가 없다고 하시는군요?"

"이제 말귀가 열렸어요. 모두 진실이고, 사실이니까요. 지혜로운 영혼은 인간 세상에 가서 자신을 단단하게 하는 경험을 쌓고 싶은 욕구를 가지고 실행하는 거죠. 삶은 늘 진화여야 하니까."

"그래도 저는 그런 환경을 선택하고 싶지 않아요. 본래 인간은 그렇게 고통스런 존재가 아니었잖아요."

"물론. 고통이라는 걸 볼까요. 우리가 고통이라고 말하지만 영혼의 세계에서는 고통이 되지 않을 수도 있잖아요. 인간 행위의 한 이름이 고통이라 말할 뿐이지요. 어쨌든 그것은 인내하며 견디는 영혼에겐 자신을 더욱 단단하게 해 주는 선물이지요. 지금 선생이 그렇게 말하고 있긴 하지만 겉으로 드러나는 생각으론 자신이 뭘 원하는지 알 수 없어요. 이성으로 무장된 사람들이 가장 이상적이고 합리적인 생각을 내놓을지라도 영혼의 뜻과는 별개인 것이 많으니까. 지금 매우 행복하다고 외치는 사람의 영혼은 자신을 낭비하고 있다고 외면할 수도 있으니까요. 그러니까 지금 내 마음이 무얼 원하는지 아는 사람은 자신의 생을 잘 살 수 있는 거죠. 물론 마음 따라 사는 사람일 경우에."

"크게 부족한 것 없이 산다고 생각하지만, 제 영혼이 진정으로 원하는 자유를 찾아 주고 싶어요."

그가 습관처럼 옅은 미소를 지으며 눈을 감았다.

"어떤 것이 자유로운 것이지요?"

"몸과 마음이 가는 대로, 순리대로 사는 것."

"너무 단순해요."

"진리는 단순함에 있으니까. 마찬가지로 순리라는 단어를 모르는 사람이 없으나 순리대로 사는 사람은 거의 없어요. 다 자기 멋대로, 제 욕망대로 살지."

"그건 그래요. 거사님이 현실적 삶을 내려놓고 공부해 온 그 종착지는 어디인가요?"

"공부는 끝이 없어요. 죽음에 이르기 전까지는 알 수 없어요. 깊은 수련을 쌓아서 우주로 통하는 큰 생명을 얻어 그 생명 기운을 세상으로 내보내는 사람이 되고 싶어서."

"거사님이 생각하는 도인의 모습이군요."

"아무리 큰사람이어도 자신만을 위한 득도라면 아무짝에도 쓸모없는 것이지요. 그 깨달음이 세상과 차단되어 당사자 것으로만 그친다면 무슨 의미가 있겠어요? 인간 세상에 왔으면 자기가 온 역할은 하고 가야지요."

"거사님은 이미 자신을 초월하고, 삶을 뛰어넘어 우주의 힘을 받아들여 어떤 통로가 되길 자청하신 건가요?"

"나는 그리 큰 인물이 아니요. 다만 세상을 사는 데 두려움이 없을 정도이지. 부연하면 공부한 것을 필요로 하는 사람과 함께 나누는 기쁨을 누리고 있는 정도지요."

"거사님이 추구하는 공부의 궁극은 무엇이지요?"

"세상에 대해 완전한 동의를 하는 것."

"모든 대상과 내가 하나가 되는 것이라면… 그건 우주의 모습이고, 종교적으로 보면 부처의 모습이잖아요."

"진리를 깨달으면 지혜와 자비를 갖추게 되어 부처든 예수든 성모마리아든 그건 그저 이름일 뿐이지요. 종교는 인간이 만든 것이고, 신은 인간과 무관하게 존재하니까요."

"왜 무관하다고 하시는 건가요? 인간은 늘 신을 동경하는데."

"인간은 오히려 신을 설득해서 무언가를 얻으려 하지요. 그러나 신은 설득의 대상이 아님은 물론 설득하려면 파괴가 일어납니다. 인간은 인간의 자리에, 신은 신의 자리에 있어야 합니다. 서로 통합하거나 간섭하려 하면 우주의 질서는 깨지고 혼란이 생기지요. 신은 무수히 많고, 현실의 혼란은 인간들이 섭리대로 살지 않고 제 욕망 채우려다 자청한 과보니까요. 심지어는 신의 영역까지 넘보려 안달하지 않던가요?"

"아, 영혼을 말하다 여기까지 왔군요. 제 이야기로 돌아가지요. 결국 모든 것은 제 선택이고 책임이라는 말씀이군요."

"세상은 나로부터 출발하니까요. 그러나 삶은 한 가지로 해석할 수는 없어요. 한 가지 덧붙이면 어머니는 자신의 힘이 약하니까 자신을 보호하기 위해서 강한 딸을 앞세웠어요. 생각해 보세요. 그 집안에서 딸인 선생에게 함부로 대한 사람 있어요? 아니잖아요. 그만큼 선생은 영혼의 힘이 강한 사람이었던 거요. 어머니는 어머니 몫을 하고 딸은 어머니에게서 사랑을 물려받아야 하는데 그러지를 못한 이유입니다. 그 집안에서 딸이 오히려 어머니를 보호했어요. 그런 딸에게 어머니가 무엇을 할 수 있었겠어요?"

"그렇군요. 현실에서의 어머니는 강하고 그악스럽게 살았는데, 그 삶은 진짜가 아니었군요. 억척을 부릴수록 어머니의 영혼은 더 고통스럽고 맥없는 생이 되어 갔군요. 아버지나 할머니, 고모 삼촌들은 어머니를 핍박했지 누구도 저를 구박하지는 않았어요. 저 사람들이 나를 미워한다는 생각을 해 보지 않았으니까요."

"그게 선생이 가진 힘입니다. 누구든 함부로 대할 수 없는 어떤 힘을 가지고 있지요."

"그런 것들을 알아채는 능력은 어떻게 확장되는데요?"

"가장 솔직할 때 다가옵니다. 순수하게 직심일 때. 자신에게 진실로 솔직하면 고차원적인 무의식과 연결되거든요. 우리는 종종 신성이라 이름하기도 하죠."

"무의식과 신성을 같이 보시는 건가요?"

"천만에요. 신성은 순수한 정화의 결정체고, 무의식은 정화되지 않은 상태, 즉 온갖 경험의 축적, 오욕칠정의 복합체를 일컫지요. 그래서 오히려 생동감 있게 살아 있다고 볼 수 있지요."

"그래서 인간에 대한 기대를 모두 내려놨을 때에야 비로소 가장 인간적일 수 있군요."

"믿음을 버리면 믿음이 찾아오죠. 그러니까 믿음은 그냥 삶인 것이죠."

"제가 믿을 수 없는 광경들을 보며 자랐어도 결국 고민하고 괴로워하는 것은 인간에 대한 믿음 때문이듯이 그렇군요."

"보세요. 과거의 믿음을 버리니 비로소 새 믿음이 찾아오잖아요."

"보고 있는 실체의 이면을 보아야 비로소 진실을 알 수 있을 만큼 우리의 감각기능이 둔감해졌을까요?"

"매일 부는 산들바람, 어린아이의 미소, 만월의 고요함, 그들이 보여 주는 참의미를 경험할 수 있는 능력을 잃어버려서 그렇지요. 생각의 압박이 존재하니까. 생각이 우리를 이끌어 가니까 우리의 감각은 작동하지 못해서 온전한 경험을 할 수 없는 것입니다. 우리는 과하게 돌아가는 발전기처럼 생각이라는 갈등의 잡음에 뒤덮여 있어요. 오롯한 마음이라는 게 존재할 수 없을 정도로."

"이제 알겠어요. 저에게 불이문을 통과하게 하신 이유를요."

"하하. 오늘은 참 유쾌한 날이요."

지숙은 남자의 말을 들으며 자신도 모르게 두 손을 모으고 허리를 굽혔다. 그가 합장하며 바라보는 온화한 눈빛에서 그녀는 오대산을 떠올렸다. 그가 사는 오대산은 수미산의 다른 이름일 테다. 맑고 투명한 달빛 속에서의 관세음보살의 화현은 마치 지숙의 몸에 각인된 것처럼 선명하다. 그를 만날 때마다 알 수 없는 파문이 일던 까닭을 이제 알 것 같다. 처음엔 강렬해서 눈부시게 기억하고, 시간이 흐를수록 간절하게 마음속을 차지하고 들앉던 사람. 기억하지 못하는 것 같으면서도 어떤 상황이 되면 아무런 상(像)없이 기억되는 이유가 짐작되었다.

어서 가라는 남자의 손짓을 보며 지숙은 돌계단을 내려왔다. 어느 땐 당장이라도 만나고 싶어 조바심치던 기억이 떠올라 혼자 웃었다. 그는 지숙에게 아버지처럼 온화한 사람으로, 신처럼 신비롭고 위엄 있는 모습으로, 그녀의 마음을 잘 아는 연인처럼 다정하게 대해 주었다. 지숙 또한 어느 때는 달려가 응석을 부리고 싶다가도, 어느 때는 그에게로 끌려가는 마음을 끊어 낼 수 없어 고통스럽기도 했다. 그럼에도 자신의 마음을 드러내지 않으려 단속하고 단속하느라 얼마나 애를 태웠던가. 산속에 사는 그가 사람살이의 모든 것을 다 관통하여 초월한 것은, 중생살이의 시작은 본래 한마음(생각)에서 시작한다는 이치를 꿰뚫었기 때문일 것이다. 본래무일물이었으니. 수많은 인연 중에서 그는 자비로운 관세음보살로 화현하여 그녀에게 온 것일 테다.

파꽃 피는 시간

"아야, 너 온 김에 채전에 가서 파 좀 뽑아 가거라. 대궁이 올라오기 시작하니 씨받을 것만 남기고 뽑아야겠다. 마늘 심을라면 곧 땅을 엎어야 한다."

"그 옆에 고구마도 심었던데 밑이 들었는지 몰라요."

"며칠 전에 흙을 헤쳐 보니 제법 실한 것들이 있더라. 호미도 챙기거라. 새 고구마 맛도 좀 보자."

어제 내린 비로 한결 푸르러진 채전으로 어머니가 앞장섰다. 지숙은 얼른 바구니를 챙겨 들고 뒤따랐다. 마당에서도 보이는 좁은 길 양옆으로 들깻잎이 무성하다. 다 펴지지 않는 허리 때문에 어머니는 숨바꼭질하는 아이처럼 키 큰 들깻잎 사이로 보였다 사라지길 반복한다. 1년 전보다 어머니의 허리가 더 굽어 있어 마음에 균열이 생긴다. 나이 들면 몸피도 줄어든다더니 어머니의 몸이 열 살 아이만도 못하다. 생의 등성이에 오를 만큼 다 오르고 나서 내려가는 길은 가속도가 붙어 멈출 수도 없다. 꽃 피우는 과정은 지난해도 세상을 환하게 하는 에너지를 뿜고 있어 견딜 만하지만 시들어 가는 시간은 간헐적일 만큼 짧고 허망하다. 어머니를 볼 때마다 몸도 마음도 허숭허숭한 시간이 늘어 간다. 이렇게 작고 보잘것없는 몸뚱이에서 사람이 나오고, 그녀가 나오고, 지숙의 자식들이 나왔다. 언젠가는 지숙에게도 이런 모습이 찾아올 것이고 또…. 한때 그녀를 담아 키워 준 존재의 집이었던 어머니의 몸, 우리들 영혼이 성숙해 가는 동안의 은거처인 몸. 소중하면서도 아무것도 아닌 몸뚱어리. 이제 하나의 진리처럼 우리는 그 길을 따라가야 한다.

파는, 이른 것은 이미 대궁이 올라와 꽃이 피고 있었다.

"꽃이 핀 것은 씨를 받게 남겨 두어야겠다."

어머니는 파에 첫 손을 대며 그들의 허락이라도 받듯 나지막하게 중얼거렸다. 어머니의 찬거리는 평생 이 밭에서 나왔다. 이 땅에 정성 들인 그녀의 부지런함과 노고에 답례라도 하듯 황토는 예전과 다름없이 색깔도 곱고 윤기가 있어 보였다. 어머니 앞의 파꽃은 하늘을 향해 활짝 웃고 있다. 통통하게 살이 오른 대궁 위에 연둣빛의 꽃이 몽글몽글 피어나고 있다. 그 꽃 속에 씨앗이 깃들어 있고, 여물어서 수많은 파를 생겨나게 하겠다. 둥근 모양의 파꽃 속에도 작은 우주가 담겨 있다. 물기 촉촉한 땅에서 파는 힘들이지 않아도 잘 뽑혀서 어머니의 손놀림은 더욱 날래게 보였다.

"아직 날이 저물지는 않았으니 여기서 다듬어 가자. 파가 약이 차서 아주 매워. 파는 내가 다듬을 테니 너는 고구마를 캐거라."

"오랜만에 호미질해 보는 것도 좋지요. 굵은 알 하나씩 캐내는 재미가 쏠쏠하잖아요."

"흙을 살살 헤쳐야 헌다. 아직 다 자라지 않아서 새끼들이 상처 나면 자라지 못하니 조심해서 다뤄야 해."

"아이참, 엄마도. 나도 어렸을 때 다 해 봤잖아요."

"그때는 일이 참 많았어야. 세월 지나고 보니 왜 그리도 억척을 부리며 살았는지 다 부질없게 느껴진다야."

"그때는 모두 어려웠잖아요."

"그새 해가 설핏해졌어야. 저녁 준비도 해야겠다."

"호박 채 썰어 넣고 수제비 해도 좋을 텐데요. 어렸을 때 먹었던 그 맛이 날지 몰라."

"그러자. 오랜만에 다시마 국물 우려내서 맛을 좀 내 보자."

지숙은 무성한 고구마 줄기를 한쪽으로 제치고 두두룩하게 채워져 있는 두렁 중에서 금이 가 있는 곳에다 호미를 댔다. 제법 실한 고구마를 캐내며 실뿌리로 연결된 새끼들이 다치지 않게 조심했다. 씨알이 작은 것일수록 더 조심스러웠다. 새끼를 대하는 어미의 마음이 그럴까 싶었다.

고구마 몇 개를 캐서 바구니에 담으며 그녀는 어머니를 본다. 파를 다듬는 어머니의 손에 신명이 실려 있다. 평생 해 온 일이 마치 어머니와 한 몸이 되어 있는 것 같다. 그 몸 위로 사위어 가는 저녁 햇볕이 쏟아지고 있다. 기울어 가도 가을 햇빛은 눈부셨다. 서쪽 하늘에 노을이 붉게 피어나고, 해는 지기 전 마지막 위용을 뽐내듯 강렬하게 빛나고 있다. 노을이 내려앉은 주변은 온통 황금빛이다.

"아야, 너랑 이렇게 도란거리는 것이 얼마 만이냐. 살다 보니 이런 날도 오는구나."

"우린, 너무 오래 기다렸지요?"

"어제 네가 문을 열고 들어서는데 내 가슴이 철렁했다. 무슨 일이 있나 싶어서…."

"제게 무슨 일이 있겠어요? 이제 다 지나간걸요."

"파가 약이 차서 제법 맵다야."

어머니가 코를 훌쩍이며 팔을 들어 옷깃으로 닦아 냈다. 눈가에는 물기가 고여 있다.

"콧물 닦아 드려요?"

"괜찮어. 어서 고구마나 몇 개 더 캐거라. 은우랑 지우, 영우가 내려와 있으면 갖다 먹여도 좋으련만. 오랜만에 내 손주들 이름 불러 보니 참 좋다야."

자분자분 내놓으시는 어머니 말소리가 듣기 좋다. 어머니가 그녀의 아이들 이름을 부르니 가슴이 뭉클했다. 지숙은 호주머니에서 화장지를 꺼내 들고 어머니에게 다가가 코에 댔다. 흥, 하고 세게 풀어 보세요. 어머니가 아이처럼 숨을 들이마시더니 그대로 따라 하신다. 맑은 콧물이 스며든 화장지를 거두다 굵은 주름살이 물결을 이룬 어머니의 얼굴을 본다. 시간의 흔적이, 어머니의 생이 곳곳에 아로새겨 있다. 그중 어떤 것은 지숙 몫이기도 할 것이다. 울컥해지는 마음을 들키지 않으려 어머니의 등을 안는다.

해 질 녘 일찍 나온 바람이 어머니의 등을 스쳐 지나간다. 흙냄새, 풀 냄새 사이로 굳은 피부에서 올라오는 노쇠한 살냄새도 섞여 난다. 그 속에 어머니의 냄새가 있다. 유독 거칠고 사나운 바다에서 폭풍이 밀고 오는 바다 녹 냄새 같은. 어느 시절엔 해풍처럼 감미롭기도 했을 냄새. 시간에, 시절에 풍화되어 흔적이 희미해진 몸에서 쇠어 버린 목화송이의 냄새가 올라온다. 눈앞에 두고도 제대로 볼 수 없었고, 만져지지 않아 기다리고 고대하던 어머니였다. 바람 소리가 아무리 아름다운들, 물소리가 아름다운들, 사람의 목소리만 할까. 어머니에게로 향하는 그리움만큼 간절한 게 또 있을까?

늙어 허물어질 대로 허물어진 어머니의 몸처럼 이제 그녀의 바람도 바람처럼 분분하게 흩어져 버렸다. 그 시절, 그때가 지나면 언제 그랬냐는 듯 소멸해 버리는 이 부질없는 감정을 왜 평생 가지고 살았을까? 마음먹기에 따라 이슬처럼 사라지고 물거품이 되어 버리는 허망한 기대를 좀 더 일찍 내려놓지 못했을까? 지숙은 미묘한 감정이 자맥질하는 것을 느끼며 어머니의 굽은 등을 어루만진다. 그립고 애틋한 감정이 세차게 밀려와 그녀를 풍요롭게 감싸 안았다. 눈물겨운 마음의 진동이 이제 슬프지 않고 되려 기껍다.

네가 아니었다면 내 팔자가 이리됐을까. 더는 숨 쉴 수 없어서 죽으려 했을 때 그런 미욱한 생각을 한 적도 있다. 후일 네들 아버지를 만나서 도망치지도 못하고 살면서도 그랬다. 너는 내 생의 흔적을 모두 네 기억 속에 담고 있잖냐. 나는 네 어미지만 네게 늘 창피했다. 어미 노릇을 하지 못해서 그랬고, 네게 내 맘 들일 자리가 없어서 그랬고 내 생이 진창이어서 더 그랬다. 아스라한 어느 곳에서 바람결에 들려오는 소리처럼, 어머니의 입에서 쏟아지는 고백이 상처받은 신의 음성처럼 애달프다. 솟구치는 뜨거운 눈물방울이 투두둑 어머니의 등에 떨어진다.

혼자 외롭게 살면서 엄마를 얼마나 그리워했는지 아세요? 그때 엄마에게 나라는 존재는 거추장스런 혹이었고, 그래도 나는 엄마를 간절히 원하고…. 차라리 울며 매달리고 배고프다 떼쓰는 아이였으면 좀 나았을까요? 우린 왜 그렇게 서로 만나지 못했을까요.

그게 우리의 운명이었나 보다. 너는 어렸을 때부터 지 일을 척척 잘 해내 내 손이 필요치 않았어. 동네 사람들조차 너를 칭찬하는데 나는 차라리 네가 두렵고 얄미웠다.

나는 내게 필요한 엄마를 간절히 원했을 뿐, 그저 한 사람인 여자는 보지 못했어요. 아니 볼 수가 없었어요. 제 것 갖고 싶은 욕심이 눈을 가려 엄마를 제대로 바라볼 수 없었어요. 엄마도 제겐 엄마이니 자식인 저를 위해 무엇인가를 하셨을 텐데 나는 아무것도 기억나지 않아요. 엄마, 제가 엄마가 되어 보니 자식에겐 모든 걸 다 주고 싶더라고요.

나는 네게 줄 것이 없었다. 사람은 자신이 가진 것만큼만 줄 수 있단다. 나도 세상으로부터 부모로부터 받은 게 너무 없었다. 너는 욕심 없는 사람처럼 말간 얼굴로 불평도 하지 않고 달라고 조르지도 않았어. 울며 매달리지도 않았고, 한 번 말해서 들어주지 않으면 아무 말 없이 그냥 지나가 버렸다. 애야, 그런 자식은 어미도 어려운 존재란다. 나보다 너는 더 어른 같고 강해 보였다. 어머니의 목소리에 잔잔한 울음 결이 묻어났다.

나는 네가 부럽고도 두렵다. 너는 대명천지에서 하고 싶은 일 다 하며 잘 살고 서방 복 있고 자식 복도 있고…. 이제 부질없다만 네게 내가 들어서 머물 자리가 없어서 슬프기도 했다.

이제 다 흘러간 시간이에요. 어머닌 어머니 생의 몫을 묵묵히 사셨고, 저는 제 자리에서 제 생을 끌어왔어요. 제가 겪은 어떤 일도 제 인생이에요. 중학교 때 집을 나가던 밤 해안가에서의 일도 제 운명이었어요. 우린 각자 자기 생을 꽃피우기 위해 비바람을 견디고 견뎠지요. 어머니가 맞은 눈보라와 제가 견딘 세찬 바람이 조금 달랐을 뿐이지 흔들리다 돌아온 건 마찬가지예요. 제가 아무리 잘 살아왔다 해도 어머니의 인내와 어머니의 마음을 흉내 낼 수 있겠어요? 저는 어머니에게서 생을 이어받았지만 제 생을 살아갈 뿐입니다. 제 자식들 또한 그럴 거고요. 우리는 모두 이런저런 삶 안에서 존재해 가는 거잖아요. 다만 각자의 모양과 다른 무늬를 가지고 살아갈 뿐이지요. 엄마! 이토록 다정하고 눈물겨운 이름인지 몰랐어요.

누에고치가 실을 잣듯 고즈넉이 흘러나오는 모녀의 이야기들이 새하얀 오솔길을 내고 있다. 산에 걸린 해는 붉은 노을빛을 비단처럼 드리워 어머니를 감싸 땅 위에 보호하고 있다. 그사이 세상 만물은 두 사람의 이야기에 귀 기울였다. 깊은 심연에서 올라오는 그들의 소리는 허공으로 번져 생명 있는 존재들에게 울려 퍼져 갔다. 세상에 어머니 아닌 자 뉘며 딸 아닌 자 있을까. 지저귀는 새들도, 그곳을 지나는 바람도 숲을 지키는 나무들도 숨죽이고 고요 속에 빠져들었다.

지숙의 가슴에 수줍은 슬픔과 희열이 아지랑이처럼 출렁이다 사라진다. 손을 내밀어 더듬어 보면 살아온 생이, 그 무늬와 결이 도돌도돌 만져질 것 같다. 그것들을 가만히 다독여 어루만지면 어딘가에서 자신을 향해 눈부시게 웃어 줄 다른 그녀가 기다리고 있을 것 같다. 그토록 아프게 떠돌았던 이유는 사람에 대한 소중함과 그리움이 가장 깊고 간절한 것이라는 것을 알기 위함이었을까. 순간 그녀는 슬픔의 끝자락에서 둥근 빛이 머무는 것을 본다.

서쪽 하늘로 떨어지려던 해가, 마지막 위력을 실어 금강처럼 반짝이는 햇살이 빛을 보고 있는 그녀의 눈을 일초직입으로 찔렀다. 반사적으로 눈을 감는 순간 공감각이 사라지면서 어딘가로 한없이 빠져들어 갔다. 깊은 심연과 맞닿은 지점, 한 점의 사념도 일지 않는 곳이었다. 그녀는 푸른 들판이 되었고, 산이 되었고, 바다가 되었고, 마침내 광대무변한 청정 공간이 되어 빛으로 존재하는 우주와 하나가 되었다.

세상의 모든 경계가 사라진 심연의 푸른 들판에서 지숙은 어머니를 만났다. 어머니는 둥근 빛을 입고 황홀한 표정으로 당신 앞에 나투신 천 개의 눈과 천 개의 손을 가진 관세음보살님께 두 손을 모으고 있었다. 지숙은 장엄하고 휘황한 빛 속에서 두 분을 향해 합장했다. 세상이 온통 찬란한 빛으로 존재하는 순간이었다.

본래의 자리로 돌아가다

겨울이 잔설로 남아 있음에도 꽃으로 먼저 봄이 왔다. 겨울옷을 입은 사람들은 습관처럼 덥다고 투덜댔다. 2월 날씨가 3월보다 더 따뜻해. 이게 무슨 재변이람. 사람들의 변덕을 비웃기라도 하듯 3월 첫 주가 지나자 폭설이 내렸다. 주말이 되자 여유를 찾은 지숙은 불이사에 들어갔다. 어젯밤 꿈이 그를 만날 수 있을 것 같은 예감을 부추겼다. 지숙에게 그는 감히 청할 수는 없지만 언제든 만나고 싶은 사람이었다. 그를 만나면 생각이나 관념들이 무한히 확장되어 자신과 우주가 하나가 되는 느낌을 받을 때가 있다. 사람이라는 존재가 그렇게 무한한 것을 품고 있다는 사실에 외경심이 일었다. 어느 시공간에도 구속되지 않는 자유는 신에게나 허락된 것으로 아는 그녀에게 그는 신비로운 존재로 충분했다.

일주문을 지나 계단을 오르는데 약속이라도 한 듯, 그가 아름드리 팽나무 아래에 서 있다.

"허허, 내 마음을 알고 올라오는 것이요? 그동안 잘 지냈어요?"

지숙의 반가움 못지않게 그 또한 그녀를 반겼다.

"제가 올 줄 아셨나 봐요? 혹시 제게 하실 말씀이라도?"

"이심전심 아니겠소. 여기서 기다리면 선생이 올 것 같은 예감이 들었을 뿐이요. 이제 훨씬 단단해진 모습이군요."

"물속의 물고기 같다는 말씀을 하실 줄 알았어요."

"이제 상대의 마음을 읽는 타심통도 가졌어요? 본래 지닌 자기 모습을 찾으면 가능한 일이오 허허."

정오의 햇볕이 그의 머리 위에 내려앉아 반짝였다. 지숙을 바라보는 그의 자애로운 눈빛은 마치 손녀를 바라보는 할아버지의 그것 같다. 빗속의 오대산에서 천둥 번개를 담고 있는 듯한 눈동자로 그녀 옆을 스쳐 간 남자, 그녀의 우산 끝에 걸렸던 배낭의 매듭을 풀던 기억이 새롭다. 보궁에서 보았던 광휘로운 순간은 마치 꿈을 꾼 듯 아련하기만 하다. 생각해 보니 볼 때마다 모습은 달랐지만 느낌은 한결같았다. 오대산에선 긴 머리였고, 지금은 평범한 헤어스타일을 하고 있으나 그의 옆에 서면 알 수 없는 편안함이 느껴지는 사람이다. 그를 떠올리면 부드러울 땐 한없는 자애로움으로, 초월적 의식을 치를 때에는 범접할 수 없는 외경스러운 모습으로, 일상에서는 평범한 모습이어서 신은 가면의 형태로 온다는 말을 수긍하는 그녀였다.

"저는 몸만 성인인 아이였어요. 아이가 성인의 세상에서 어우러져 살았지요. 아이라는 걸 감추려고 제 슈퍼에고를 최대한 활용하면서요. 사람들의 관심이 자아에 집중돼 있을 때, 세상과 소통할 줄을 몰라 당혹스럽기도 했고요. 어른은 구정물 마시고도 약수 마신 척도 해야 하고, 초록색이 파랑색이라고 우길 때도 있어야잖아요? 그런데 저는 초록은 초록이지 왜 파랑이에요? 라며 기어이 따지곤 했어요."

"선생 말이 맞아요. 빨강은 빨강이지요. 다만 상대에게 그걸 우길 필요는 없겠지요."

"그걸 생각 못 했어요. 다른 이들에게 좋은 것도 제게는 맞지 않는 것이 있고, 누구는 잘 먹는 음식을 저는 입도 대기 싫어한다는 것을 이제 알았습니다. 모두 다른데, 제가 가진 기준으로 사람에게 기대하며 살았어요. 그 기대를 놓아 버리니 이렇게 편안하군요."

"훌륭해요, 거기까지 나아가다니. 누구나 자기 생을 꽃피우는 시기가 다르니까요. 이십 대에 화려하게 등극하는 사람이 있는가 하면 평생 지지리 궁상만 떨다가 환갑 지나 인생이 활짝 피는 사람도 있잖아요. 설마 환갑이 지난 건 아니지요?"

그와 지숙의 웃음소리가 잔잔한 파문을 일으키며 골짜기로 퍼져 나갔다. 그 순간 소리의 여운 따라 모든 생명체가 귀를 기울인 듯 사방이 적요해졌다. 그녀는 새소리도, 물소리도, 바람 소리도 일순 멈춘 것처럼 느꼈다. 그녀에게 가벼운 진동이 스쳐 자신도 모르게 몸에 집중이 되었다. 지숙의 시선이 가 있던 양지쪽 나무 밑에 수줍게 피어난 노란 민들레꽃이 바람 따라 흔들렸다.

"좀 늦어도 자기 생을 찾아가면 괜찮다고 하시는 거죠? 지나고 보니 늦되는 것도 괜찮은데요. 세상 속으로 섞여 들진 못했어도 제가 어린아이여서 더 좋았던 것들도 많았어요. 힘센 어른들에게 가끔 손해 보고 살았다고 생각한 것들이 오히려 제겐 자존감을 지키게 했던 것이라는 것. 행여 제가 아이임이 들통날까 봐 몸을 사리기도 했지만 이제 그 아이가 저를 행복하게 하는 근본이었음을 알겠어요."

"한 소식 하셨네요. 이제 염려 없어요."

"진심으로 제가 좋아요. 이제 어른들을 만나도 두렵지 않아요. 아이지만 저는 힘이 세거든요. 세상에 이해 안 될 게 뭐 있겠어요? 아, 이러다가 어쩌면 원하지 않는 어른이 될지도 모르겠어요. 그래도 상관없어요. 어떤 시절도 지나갈 테니까요."

"허허, 그럴 수만 있다면 어른이 되지 않고 사는 것도 좋지요. 순수함도 큰 힘이니까. 단단한 힘은 부드럽고 여린 것에서도 온다는 걸 이제 아시겠소?"

"밝은 것은 밝아서 좋고, 어두운 것은 어두운 대로 좋아요. 그 나름의 의미를 가지고 있으니까요. 제가 자신이 생기니까 아이들에게도 당당해졌어요. 요즘엔 큰딸 은우를 보내는 중입니다. 조금씩 거리를 두고 있어요. 물론 엄마의 역할은 예전처럼 하지만 집착하는 감정을 줄여가고 있어요. 엄마에게서 독립하는 만큼 그 아이의 힘도 더 커질 거라 생각합니다. 강한 아이니까 잘 해내겠지요?"

"그럼요. 축하해야겠어요. 작은 티끌 속에 우주가 다 들어 있으니 은우의 마음이 우주인걸요. 그 큰마음을 열면 얼마나 많은 것을 품을 수 있겠어요? 대단한 결심을 하셨어요."

"실은 며칠 전에 꿈을 꾸었어요. 푸른 잔디 위에 예쁜 꽃들이 만발한 동산이었는데, 은우가 저쪽에서 서성이더군요. 아치형의 문 안쪽이었어요. 꿈인데도 엄마를 기다린다고 생각했죠. 안타깝지만 문이 보여 주는 것처럼 두 사람이 어떤 이니시에이션의 과정을 지나고 있는 것 같았어요. 인간의 무의식에도 그러한 조절자, 혹은 안내자가 있다니 그게 자기 원형이지 싶어요. 은우는 완전한 성인으로, 독립된 존재로 태어나는 중일 거예요. 제 무의식이 그런 꿈을 꾸게 했다고 생각하지만 꿈이 잘 맞는 편이니 그런 해석을 내려도 좋겠지요?"

"그래서 어떻게 했어요?"

"은우에게 '엄마는 항상 네 옆에 있단다. 네가 원하면 언제든 달려갈 테니 힘내렴' 하고 문자를 보냈어요. 각자의 일을 하고 자신의 생을 살아가면서 도움이 필요하면 돕고, 아프면 어루만져 주면서 깊은 내면으로 공감을 가지고 살면 되겠다 싶었어요. 좋은 부모란 어렸을 땐 사랑을 주고, 청년기엔 잘 가고 있는지 지켜봐 주고, 어른이 되면 냉정하게 정을 끊어 잘 떠나보내는 것이라니 저는 괜찮은 엄마가 될 것 같아요. 제 어머니는 좋은 엄마는 아니었지만 훌륭한 어머니였어요."

"빛나는 발견이에요. 이제 선생은 바다에 이르러 파도를 이룬 물이 되었어요. 자기 길로 찾아든 것이죠. 진정으로 자신을 들여다볼 줄 아는 자만이 그러한 자유를 누릴 자격이 있지요. 매 순간 일어난 일들은 그때그때 마무리 짓고 늘 새로운 시간으로 맞아 보세요. 인생이 선이 아닌 점으로 이어질 겁니다. 그러면 생이 훨씬 단순해져서 아쉬움이나 회한으로 남을 게 없잖아요. 분명히 삶이 경이로워질 것입니다."

"제 경험이 선생님의 말씀을 이해하게 해 주는군요."

"내가 경험한 세계를 더하거나 빼려 하지 말고 그대로를 내 것으로 당당하게 인정하고, 그 마음이 진심임을 늘 자각하며 살면 돼요. 지금이 행복한 사람에게 과거나 미래가 무슨 소용이에요? 지금 여기의 삶을 사는 것으로도 충분한데 굳이 과거로 돌아갈 이유가 없지요. 그만 올라갑시다. 나도 주지 스님을 잠깐 뵈러 가는 길이요."

그가 먼저 계단을 올라갔다. 지숙은 그의 뒤를 따라가며 소중한 무엇 하나가 자신에게서 뚝 떨어져 나가는 느낌을 받았다.

2010년 3월 11일에는 법정 스님이 열반하셨다. 남자를 만나고 온 지 3일 후였다. 『무소유』를 통해 세상 사람들에게 마음작용에 대한 가르침을 남긴 분답게 매스컴에서는 연일 세세한 보도를 하였다. 『무소유』를 읽고 난 후 자신의 생을 바꿨다는 열광적인 독자도 있었다. 물질이 정신을 지배하고 있는 세상에서 살아가고 있으니, 소유하고 살아도 마음이 자유로워 거기에 매이지 않으면 그게 진정한 무소유일 것이다.

밤이 되어 자신의 방으로 들어온 그녀는 법정 대종사가 임종 직전까지 들었다는 바흐의 무반주 첼로 모음곡을 듣고 있다. 음악과도 무관하게 홀로 있는 밤은 고요하다. 옅은 고독이 그녀를 느릿하게 관통해 내면에 잠복해 있던 감정들을 하나씩 떨어져 나가게 했다.

그녀는 어느 순간 어머니와의 인연까지 부질없다고 말하고, 홀연히 떠난 남자를 떠올리고 있었다. 지숙을 만난 다음 날 그는 오대산 어느 토굴로 떠났다. 만날 때도 그랬듯 그는 내색도 흔적도 없이 길을 나섰다. 지숙은 영원이란 끝이 없는 게 아니고 시간의 제한이 없는 거라고 말할 때 그의 눈빛이 유독 빛났다는 걸 기억한다. 그런 그가 떠났다는 사실을 주지 스님에게서 전해 들었을 때 마음 한구석이 서늘해졌다. 누구나 인연이 다하면 헤어지겠으나 그녀 또한 유정한 존재이니 아쉽고 섭섭한 마음까지 물 베듯 할 수는 없었다. 바람처럼 구름처럼 흘러 다니는 운수납자는 한곳에 오래 머물지 않지요. 그가 말했다. 한곳에 오래 머물다 보면 시간과 공간, 그곳의 사물에 익숙해져요. 익숙한 것은 생생한 감정을 잃게 하고 애착이 생겨 자유롭지 못해요. 인연 따라 내려와 마땅히 할 일을 다 했으니 한마음 일어나기 전에 왔던 곳으로 돌아가야지요. 그는 이미 그녀에게 작별을 고했는데 그녀가 눈치채지 못했을 뿐이다.

세상에는 수많은 염원이 있고, 그는 우주의 흐름대로 자신에게 공명 되는 존재를 좇아 잠시 속세에 스며들었다가 본래의 자리로 돌아갔을 것이다.

켄타우로스, 드디어 날다

김영삼_ 문학평론가

1. 오래된 증상

분리 불안은 김경희의 소설에서 오래된 증상이다. 작가의 전작 『켄타우로스, 날다』(문학들, 2019)에서도 주인공들은 기차역 광장에 버려지거나(「거짓말」) 고아원에 맡겨지고는 했다(「켄타우로스, 날다」). 돌아오지 않는 어머니를 기다리면 어린 그녀들은 세찬 바람이 부는 역 광장에서 울음을 참아야만 했다. 그리고 『오래된 정원에 꽃이 피네』(문학들, 2020)에서도 여전히 이 "작은 소녀는 달빛 아래에 서서, 하염없이 인기척을 기다리고 있다."(172쪽) 그때나 지금이나 그녀는 어머니의 "등짝에 눌어붙어 있는 무거운 짐"(「유년의 에움길」)이어서 이 뚜렷한 상처는 여전히 아프다. '나를 버린 어머니'는 여전히 김경희 소설의 심급에서 분리 불안을 매개하는 증상의 원인이다.

혼자였고 외로워서 그녀(지숙)는 지독한 자기 방어 체계를 세움으로써 초자아의 빈자리를 대체한다. 상흔으로 단단해진 나무의 옹이처럼 초자아는 욕망의 억압기제로 작동하면서 강력한 도덕적 규율과 같은 현실원칙으로 기능한다. 그리고 대체로 부모(특히 아버지의 율법)는 초자아 형성의 기원에 해당한다. 그러나 그녀에게 이런 초자아는 부재 내지는 결핍으로 경험되었다. 아버지는 죽음으로 인해 항구적 부재 상태였고 어머니는 생존과 힘겨운 사투를 벌이고 있었으므로, "드넓은 바다에서 일렁이는 파도 위에 떠 있는 작은 조롱박"(158쪽)과도 같았던 그녀의 욕망과 감정들은 현실의 규율과 충돌한 적이 없다. 그것이 미움이든 사랑이든 분노든 울음이든 부딪고 마주할 벽조차 없었으니, "나는 이제 혼자 살아야 해. 내 생은 내가 끌어가야 해. 엄마도 아무런 도움을 주지 못하잖아. 그러니 믿을 수 있는 것은 오로지 내 자신뿐이야."(172쪽)라는 독백이 지닌 어둠의 깊이와 그 깜깜한 벽의 질감이 가늠조차 되지 않는다.

그녀에게는 아무도 도와줄 사람이 없다는 것을 미리 깨달은 아이의 눈물겨운 자기 보호 본능이었다. 엄마조차도 자신에게 도움이 될 수 없다는 것을 알았으니 그 마음을 얼마나 깊이 걸어 잠궜을까. 어떤 일이 있어도 혼자 해결하려는 꼬마의 지독한 의지는 굳건한 자기 방어력으로 옮겨 갔다. 그녀는 그렇게 살지 않으면 안 되었으니 그럴 수밖에 없었다. 스스로 강인해서가 아니라 요청했다가 거절당했을 때의 좌절이 두려워 아예 도움을 청하지 않으며 살았다. 지독한 자기 보호막이다.(162~163쪽)

요청(욕망의 분출)했다가 거절당했을 때의 좌절이 두려워 아예 도움을 청하지 않았다고 그녀는 말한다. 그녀의 무의식적 욕망(부모로부터의 사랑과 평화로운 가정)이 분출되었다가 철회당하면서 형성된 유일한 옹이(초자아)가 있다면, 그것은 '거절' 또는 '버려짐'이라는 상처뿐이다. 그러니 작은 소녀는 지독한 자기 방어의 참호에서 날카롭게 벼려지고 있었다. 마음의 문은 한 번도 열리지 못한 채 '잠겼다.' 이 어두운 감옥과 좀처럼 열리지 않는 굳은 문이 그녀 스스로 대리 보충한 초자아의 모습이다. 이제 그녀는 자기 자신과 싸우고 피 흘리고 치유해야 하는 운명에 스스로를 데려다 놓았다.

2. 꿈의 해석

꿈은 상징계의 언어를 초과하는 무의식의 문장이다. 철저히 수면 아래로 침잠시키고 두레박의 줄조차 잘라 버렸지만, 그녀의 꿈은 해소되지 않은 트라우마의 손을 잡고 때로는 불안을 예지하는 방식으로 때로는 소망 충족의 방식으로 현실 원칙을 뒤흔들면서 소설 속 그녀가 자신의 무의식을 응시하게 만든다. 소설 전반에 걸쳐 일곱 차례 등장하는 꿈은 갈등의 시작과 증폭과 해소의 과정을 거치면서 중심적 플롯으로 기능한다. 그녀는 자신의 꿈을 기억하고 서술하며 스스로 분석하면서 자기 치유를 수행하는데, 이는 이 소설이 인간 김경희가 자신의 무의식을 언어화하고 직시함으로써 오래되고 익숙한 증상과 이별을 고하는 일종의 제의의 수행이라는 점을 짐작케 한다. 아래 인용하는 꿈은 다섯 번째의 꿈에 해당한다.

시골집이었다. … 아버지는 아랫목에 있고 어머니는 아버지를 마주 보고 있으며, 어린 지숙은 문 옆에 무릎을 꿇고 앉아 있다. 모두 강시처럼 어둡고 무거운 표정들이다. 갑자기 방문이 덜컥 열리면서 호랑이가 들어왔다.

(중략)

여전히 시골집이다. 집에 장독대들이 즐비하게 놓여 있다. 방 안에는 어머니와 아버지가 있다. 눈으로 보이지는 않지만 분위기가 그랬다. 호랑이와 지숙이 장독대 사이를 오가며 숨바꼭질을 한다. 그렇다고 서로 쫓고 쫓기는 관계는 아니고, 요리저리 장독들 사이를 비집고 다니며 여유롭게 놀고 있다. 처음과는 달리 시간이 지나자 호랑이와 어린 지숙 사이에 긴장감이 모두 사라지고 친숙해졌다.

지숙이 물을 긷고 있다. 그런데 우물에 두레박을 던져 물을 뜨려고 들여다보니 우물 속엔 바위가 있고 물이 말라 바닥이 보이는데 그나마 물은 흙탕물이다. 조금만 기다리면 맑은 물이 고일 거라고 생각한 그녀는 두레박을 그대로 두고 기다렸다. 호랑이는 이제 우물가에서 조금 떨어져 꼬리를 내리고 얌전히 엎드려 있다. 물을 길어 집으로 돌아와 보니 그녀가 결혼해서 살고 있던 아파트였다.(187~188쪽)

어머니로부터 버림받은 자아는 오랜 시간 싹을 틔워 고독과 분노와 불신의 모습으로 상징화되는데, 그 표상이 호랑이다(물론 이 전제는 내가 아니라 작가 김경희가 아니 소설 속 그녀의 자기 분석에 근거한다. 꿈에 대한 자기 분석의 단계들은 소설의 예술적 성격을 무디게 만들기도 하지만 자기 치유 과정의 성실함과 피나는 고투를 의미하기도 한다). 그녀의 분석에 의하면 호랑이의 등장은 가정의 파괴와 분리 불안의 두려움을 상징한다. 부모의 어두운 표정은 그 책임에서 자유롭지 못한 그들의 죄의식이라고 그녀는 분석하지만 더 정확히 말하자면 자신을 버린 부모에 대해 그녀가 내린 징벌에 가깝다. 이는 호랑이와 놀고 있는 모습으로 진화되어 분리 불안이 분노의 모습으로 그녀에게 자리 잡고 있다는 점에서 드러난다. 마지막으로 꼬리를 내린 호랑이의 모습은 자기 치유의 과정의 막바지에 이른 그녀의 분노가 사그라들고 있다는 점을 의미한다. 그러나 호랑이가 사라지지 않았다는 점은 이 치유의 과정이 경유해야 할 경로가 아직 남아 있다는 것을 지시한다.

이는 두레박(조롱박, 두룸박)에서 재확인된다. 두레박은 네 번째 꿈(157~158쪽)에도 등장하는데, 가족에 대한 환상과 희망이 송두리째 무너지던 날 그녀는 꿈에서 망망대해 한가운데에서 위태롭게 흔들리는 '조롱박'과 같은 자신을 본다. 그리고 이 표상은 과거 박 씨가 자살을 시도하던 날 우물가에 버려진 줄이 끊긴 '두룸박'을 환기시키면서 어머니에게 버림받은 어린 그녀의 외로움과 분노를 증폭시킨다. 그러나 이 꿈에서도 그녀는 바다 위의 '조롱박'을 큰 못에 걸어 둠으로써 관계의 단절을 선고하지는 않았다.

우물은 여성성과 자궁에 대한 원형 상징이다. 말라 버린 우물은 생존과의 고투로 인해 메말랐던 어머니의 사랑과, 그 사랑에 대한 목마

름과, 자신의 자궁 적출 수술에 대한 불안감을 복합적으로 지시한다. 자궁 적출(마른 우물, 바위)은 어머니와 유일하게 연결되는 통로가 상실되는 것으로 해석되면서 분리 불안에 대한 최종 선고와도 같다. 그녀가 10년 동안이나 수술을 미루면서까지 아픔을 감내한 것은 비록 가슴에 굳게 박힌 상처일지라도 끝내 포기하지 않는 그녀의 의지를 짐작하게 한다. 그래서 "조금만 기다리면 맑은 물이 고일 거라고 생각한 그녀는 두레박을 그대로 두고 기다렸다." 그녀의 여섯 번째 꿈은 이 기다림의 대가로 보인다.

> 원시의 숲을 연상하게 하는 산속의 집이었다. 중년의 남자는 흰 와이셔츠에 나비넥타이 차림을 하고 흔들의자에 앉아 신문을 보고 있다. 키는 작으나 살집이 좋아 오히려 여유로워 보이는 남자였다. 그는 흔들리는 의자의 리듬에 자신의 몸을 맡기고 세상에서 가장 평온한 얼굴로 소녀가 건네주는 물컵을 받아 들었다. 열서너 살의 소녀는 흰색의 머릿수건을 쓰고 꽃무늬 앞치마를 입고 있다. 소녀의 어머니는 부엌에서 점심상을 차리며 딸에게 환한 웃음을 보내 준다. 부엌은 티끌 하나 없이 정갈해 보였으며 아궁이에서는 밥 뜸을 들이는 마지막 나뭇단이 사위어 가고 있다. 나비 한 마리가 부엌으로 들어와 몇 바퀴 돌더니 문 없는 바깥으로 날아간다.
> (197~198쪽)

불완전했던 세 번째 꿈(82~83쪽)의 소망충족은 여기에서 해소된다. 위태로웠던 '갈매기'는 여기에서 '나비'가 되어 "문 없는 바깥", 즉

'불이문(해탈문)'을 통과했다. 상상 속의 아버지는 여유로워 보이고 어린 소녀인 지숙은 아름답고 어머니의 웃음은 환하다. 아궁이가 따뜻한 부엌은 정갈해서 호랑이가 출몰하는 '시골집'이나 불안이 잠재했던 '아파트'와 달리 이 원시의 숲속 집은 평화롭다. 이 꿈을 꾼 이후 그녀는 어머니와 함께 파꽃을 바라보며 어머니의 미안함과 사랑을 확인했다.

그리고 그녀는 마지막 꿈을 꾼다. 그곳에는 그녀의 아이 은우가 있다. 꿈에서 은우는 엄마를 기다리며 어떤 통과의례를 치르는 중이었다. 꿈에서 깬 그녀는 은우에게 "엄마는 항상 네 옆에 있단다. 네가 원하면 언제든 달려갈 테니 힘내렴"(227쪽)이라는 문자를 보낸다. 보살핌과 사랑의 연쇄와 증폭을 보여 주는 이 장면은 사랑 받지 못한 자아의 증오와 상처가 사랑을 줌으로써 치유될 수 있음을 보여 줌과 동시에 이해와 용서의 공정을 거쳐 도달한 공감과 사랑이 자기 치유의 심급이라는 김경희 소설의 지향점을 시사한다.

3. 공감과 용서

그러나 자기 치유의 과정이 순탄했을 리가 없다. 일곱 단계의 꿈이 작품 전반에 분포된 것처럼 증상에서 치유에 이르는 과정에서 겪은 내면의 혼란은 소설의 문체에 고스란히 흔적을 남기고 있다. 소설의 문장들은 때로는 날카롭고 예민하며 때로는 느리고 둔탁하고 때로는 아프다. 출판사의 편집장으로 근무하는 그녀는 정확한 상황판단과 분석적이고 명료한 대안을 제시한다. 팀원들에게 친절하면서도 뚜렷한 방향성을 제시한다. 이때의 문장들은 이성적이며 현실적이다. 단단한 이성으로 무장한 문장들은 여리고 외로운 유아기적 결핍의 상처를 가리기 위한 그녀의 방어막이다.

그러나 이 두터운 방어막은 상처와 직면해야 하는 가족들과의 대화 장면에서는 무기력하다. 어머니와 여동생 민숙과의 대화 장면에서 그녀는 지나치게 날카롭고 신경질적이며 자기중심적이다. 상처를 드러내지 않으려 안간힘을 쓸수록 상흔이 그대로 드러난다. 날카롭게 벼린 칼날과도 같은 문장들은 상대가 그녀의 내면으로 들어오는 것을 한사코 막아서기 위해 요청된 또 하나의 방어막이다.

이런 이중의 자기 방어 체계는 오대산과 불이사에서 만난 한 남자(관세음보살이면서 아버지이면서 그녀의 또 다른 자아인)와의 대화에서 해체된다. 이때의 문장은 날카로움 대신 둔탁하고 느리며, 이성적이고 분석적이지만 추상적이고 관념적이다. 남자와의 대화 장면은 소설의 속도감을 현저히 떨어뜨린다. 마치 멈추어 곧추선 마침표가 서서히 번지는 것처럼 느리다. 하지만 이 느림과 번짐은 그녀가 자신의 내면으로 깊숙이 침잠하는 수행의 형식화로 보아야 한다. "마음을 관(觀)"(62쪽)하고 마음 깊이 들어가 자신의 "무의식을 바꾸는 일"(62쪽)의 고단함과 자신의 트라우마와 조우하는 고통을 문체로 대리체험하게 한다.

작가는 이 두터운 방어막과 고통스런 입사식을 거친 후에야 비로소 박 씨의 이야기를 우리에게 들려준다. 소설 속 그녀가 성과 속의 경계인 '일주문'을 통과하고, 몸의 살(殺)을 겪은 후에야 자신의 어머니를 만나게 되는 것처럼 말이다.

박 씨는 자신의 운명에 대항할 힘이 없다는 것을 알았다. 딸아이를 친정 동생들에게 맡기고 일자리를 찾아다녔다. 공장에서 일했을 때는 월급을 받지 못해 힘없는 여자의 몸으로 항거하다가 모욕만 당하고 그냥 쫓겨났다. 식당에서 일하면서는 집적거리는 술꾼의 손을 뿌리쳤다가 뺨을 맞기도 했다. 그 젊음으로 그 몸뚱어리로 왜 그리 미련하게 사느냐고 같이 일하는 여자들이 답답한 가슴을 쳐대도 박 씨는 그저 큰 눈을 끔벅거리며 웃기만 했다. 그냥 하루 세끼 밥 먹고 밤이면 잠들 곳으로 깃들기 위해 열심히 일했을 뿐인데 그조차도 허락되지 않는 삶이었다. 사람들은 박 씨를 가만 놔두지 않고 흔들고 할퀴려 들었다. 참 얄궂은 운명의 시간이었다.(116~117쪽)

가족이란 것도 따뜻한 포옹과 기쁨보다는 환멸의 관계 구조를 가진다는 사실을 그녀는 왜 이제야 알게 되는가. 좀 더 빨리 알았더라면 그들과의 관계를 영악스럽게 잘해 가며 상처를 덜 받았을까. … 지숙이 바란 것은 다른 사람들처럼 아버지와 어머니 밑에서 행복하게 자라 평범한 인생을 사는 것뿐이었는데, 운명은 그조차도 허락해 주지 않았다. 그녀는 그저 외롭고 아픈 상처 보이지 않으려 안간힘을 쓰며 사는 사람일 뿐인데, 그럼에도 핏줄이라는 헛된 그물망에 걸려 파닥거리고 있었다.(156~157쪽)

박 씨와 그녀의 삶은 닮아 있다. 세상의 할큄을 견뎌야 했던 박 씨와 그물망에 걸려 파닥거리던 그녀의 모습이 중첩된다. 서로에게는 상처를 주는 존재였으나 서로가 각자의 세상에서 악전고투하며 상처받은 존재였음을 보여 준다. 그녀 또한 이런 삶의 과정을 경험했기 때문에 어머니 박 씨를 이해할 수 있었을 것이다. 보이지 않는 이 상처의 연대가 지숙이 끝내 두레박을 버리지 못한 이유이며 미련스럽게 자궁 적출 수술을 미룬 이유일지도 모르겠다. 같은 여성이자 모녀로서 유일하게 연결된 통로이자 입구가 곧 자궁일 터, 그것을 들어내는 일은 분리 불안의 전이로 인식되었을지도 모르겠다.

박 씨의 과거를 서술하는 문장은 이 소설에서 단연 돋보인다. 슬프지만 생동감 있는 서사의 흐름은 긴박하며 박 씨의 삶을 궁금하게 만든다. 작가는 박 씨가 겪은 생존투쟁에 독자들을 참여시키면서 박 씨의 편에서 그녀를 응원하게 만든다. 이는 박 씨의 과거 삶을 복원하고 기억하는 지숙의 마음이 투사된 결과다. 결국 박 씨의 이야기는 주인공을 경유해서 서술되는 것이니까. 박 씨의 삶을 응원한다면 그것은 지숙이 어머니의 삶을 이해하고 공감했기 때문이다.

4. 주체와 타자의 마주침

이제 그녀가 자기 치유에 성공하게 된 근본적인 이유를 설명해야 할 차례다. 소설에서 그녀는 자신의 마음을 대상으로 타자들과 끊임없는 대화를 나눈다. 그녀는 타자들(신경정신과 의사, 큰스님, 그리고 한 남자)과의 대화를 통해 자신의 유년 속 증오의 대상이었던 어머니의 모습을 기억하고, 공백의 대상이었던 아버지의 사랑을 복원함으로써 스스로를 치유했다.

레비나스에게 타인은 자신과 주체되기를 겨루어야 하는 존재가 아니다. 그에게 사건은 주객 분리 이전의 주체가 겪는 순수한 '마주침'에 가깝다. 이 마주침의 사건은 주체가 타인을 만나는 사건이며 타인이 나에게 말을 걸고 나를 호명하는 사건이다. 타인이 설사 말을 하지 않더라도, 이미 타인의 얼굴은 그 자체로서 나를 부른다. 내가 타인을 만나는 것이 아니라 타인이 나에게 어떤 타자성으로 부딪쳐 오는 것이다.

그래서 들뢰즈에게 마주침은 '타자(the other)'와의 마주침이다. 타자는 주체에 의해 구성되는 존재가 아니라 오히려 주체의 경험의 한계를 깨워 주는 존재에 가깝다. 경험의 한계와 선험적 조건의 틀 자체를 넘는 선험적 경험론이다. 즉 '타자와의 마주침'은 정보나 데이터가 아니라 주체의 틀을 뒤흔드는 총체적 흔들림의 경험이다.

가령, 그녀가 오대산에서 만난 한 남자가 바로 주체를 호명하는 타자이며 이후 집으로 돌아온 그녀가 토해 내는 울음이 바로 사건에 해당한다.

일순, 천상의 소리처럼 아름다운 음악이 들리면서 수백 수천의 영롱한 구슬들이 환한 빛으로 땅에 구르기 시작했다. 그녀에게 달무리 같고 무지개 같은 환상이 깜빡깜빡 졸듯 다가왔다 물러가더니 눈부신 광채가 들어왔다. … 빛을 따라 그녀의 시선이 머문 곳에 달무리를 둥글게 휘감은 보살이 있었다. … 그녀는 자신도 모르

게 관세음보살을 되뇌며 합장했다.(20~21쪽)

그녀는 자신에게 설명할 수 없는 이상한 일이 일어나고 있다고
생각했다. … 그런 중에도 느릿하게 관세음보살이라고 발음하고
있는 자신의 입 모양이 거울 속에 있었다. 관세음보살, 관세음보
살…. 숨겨진 내부에서 올라오는 절규였을까. 점점 가속도가 붙어
가는 관세음보살 속에는 그녀가 알 수 없는 절실한 무엇인가가 담
겨 있었다. 그리고 곧이어 서러움 참았던 아이처럼 온몸이 들썩이
도록 통곡했다.(27쪽)

그녀의 통곡은 뒤늦게 찾아온 입사식이며, 비식별역의 공간으로
이행하는 사건이다. "언어로는 설명하려 해도 할 수가 없"(22쪽)는 상
징계의 질서를 초월하는 '몸살'이다. 이런 사건이 발생하는 이유는 일
찍이 그녀의 유년기가 생략되었기 때문이다. 아버지의 죽음과 어머니
의 상징적 부재는 사랑을 받고, 응석을 부리고, 요청이 철회되는 과정
을 거쳐 초자아와 에고가 형성되는 과정의 생략을 초래했다. 그래서
그녀는 일찍이 혼자만의 외로운 성을 두텁게 쌓지 않았던가. 주체가
타자와 정면으로 모든 잠재적 가능성을 열어 두는 것을 '마주침'이라
고 할 때, 철저한 자기 방어의 보호막으로 자아를 감추어 버린 그녀에
게 "분절되지만 내외성을 동시에 확보하면서 하나로 승화되는" 일주
문은 제 기능대로 기능할 수 없었을 것이다. 또한 "바깥 경계에 마음
의 흔들림이 없어 번뇌가 없는 보배스러운 궁전"(17쪽)이라는 적멸보
궁으로의 입산은 오히려 그녀에게 신열을 불러올 수밖에 없었다.

신열의 증상은 퇴행이다. 식욕 상실, 구토, 관계 단절, 쓰레기 버리기 등의 증상들은 모두 유아기로 회귀함으로써 성스러움의 공간으로 진입하기 위한 징후들이다. "깊은 심연으로 내려간 몸은 그동안의 침전물을 모두 게워 내고 비웠다가 서서히 차오르기 시작"(64쪽)하기 위해 음식을 거부하고 구토를 유발한다. 쓰레기 버리는 일에 대한 강박은 세속의 영역을 비워 내야 한다는 내면의 투사다. 마치 일주문을 통과해 속(俗)의 영역에서 성(聖)의 영역으로 들어가는 것처럼 말이다. 자신의 고통(기억)과 직면하는 일은 이토록 가혹한 통과의례의 가시밭길이다.

때문에 그녀가 경유한 치유의 길을 역행하면서 마지막으로 주목해야 할 지점은 증상의 시작점, 즉 '일주문'이다.

"문짝도 없고 담장도 없으니 상징적 공간 분할의 의미를 가진 문 없는 문이지. 성과 속이 분절되면서도 영원히 단절되는 것은 아니라는 의미야. 분절되지만 내외성을 동시에 확보하면서 하나로 승화되는 이치지."(13쪽)

성(聖)의 세계가 지닌 카오스의 비균질성 속에서 역설적으로 잠재성을 발견하고 이를 균질화된 상태로서 다양성이 무화된 속(俗)의 영역과 분리함으로써 세계의 세속화를 다룬 건 엘리아데였다. 그리고 저 무한한 잠재성의 영역을 무의식 또는 이드로 명명한 건 프로이트였다. 성에서 속으로, 무의식에서 의식으로 이행하면서 현실원칙을 내면화함으로써 우리는 어른이 된다. 때문에 어른이 된다는 것은 성스러움의 잠재성과 무의식의 욕망을 현실세계의 가능성이라는 기준으로 적절하게 조율하는 능력의 터득일지도 모른다. 인간은 이 이행의 과정에서 입사식이라는 통과의례를 거치며 성스러움과 이별한다. 그러나 이 소설의 그녀에게 유년기의 입사식은 생략되었다. 나를 버린 어머니에 대한 서러움과 소외감은 언어화되지 못했고, 사랑을 받지 못했으므로 아버지를 향한 리비도는 제 자리를 찾지 못해 애도는 종결되지 못한 상태였다. 생략된 공백은 유예된 채 반드시 회귀한다. 그래서 그녀는 다시 속의 영역에서 성의 영역으로 들어가야만 했다. 이런 의미에서 '일주문'의 통과는 그녀에게 퇴행이면서 동시에 제 울음을 다 울기 위해 반드시 거쳐야만 하는 뒤늦은 통과의례와 같다.

김경희 소설에서 자기 치유의 진정성은 성과 속의 경계에 "문 없는 문"을 배치함으로써 의식과 무의식 또는 기억과 상처 사이의 경계를 지워 버린 데에 있다. 두 영역 사이의 넓은 길은 우리를 물리적 시공간에 묶인 존재에서 과거와 현재를 넘나드는 해탈로 인도한다. 이때의 해탈은 무엇보다 주체가 타자와 마주하며 서로를 변화의 상태로 만든다는 점에서 성찰적이며 탈주체적이다. 더불어 이 소설의 가치는 유예된 아픔을 소환해 언어화하는 방식으로 승화시키며 주체의 마주침에 대한 질문을 모두에게 던지고 있다는 점이다. 그러니 김경희의 소설이 오래된 증상을 계속 앓더라도 그녀의 문학적 언어들이 주체와 타자의 경계를 허물면서 사건을 만든다면 앞으로도 충분히 함께 아파 해 볼 만하다.

　첫 소설의 주인공이 어머니였다. 세상에는 수많은 이야기가 있을 텐데 나는 왜 소설 쓰기를 어머니로부터 시작했을까. 지금에야 이런 질문을 던져 본다. 그리고 소환되는 기억 하나, 내 글에 애정을 가지고 읽어 주던 어떤 사람(평론가)의 말이다. '앞으로 당신이 쓰는 글의 세계는 어머니 이야기를 어떻게 풀어내느냐와 깊은 관련이 있다'는. 그로부터 20년이 흐른 지금, 나는 비로소 『오래된 정원에 꽃이 피네』를 세상에 내놓는다.

　사실 나는 수다를 떨지 못한다(소설에서조차). 그것은 유년에 잃어버린 언어 때문이라고 스스로 진단한다. 그럼에도 소설을 쓰고 있는데, 그 이유 중 하나가 자기 고백을 중단하지 못해서다. 세상과 부딪히면 대응하기보다는 조용히 숨는 쪽을 선택하는 현실 회피의 억압을 대부분 소설 쓰기로 대체하는지 모른다. 어머니 이야기 또한 마찬가지다. 아프고 고단한 어머니의 생을 다 지켜보았기에 어머니와 마주 앉으면 진심을 말하지 못한다. 하고 싶은 말과 해야 하는 말이 충돌할 때 나는 하고 싶은 말을 버린다. 어느 한때든, 아프더라도 숨겨둔 저 말을 발화시켜 줘야 할 텐데, 시간이 흐르면서 말은 점점 퇴색되어 희미해져 간다. 그리고 생의 경험들이 저 말들을 무색하게 한다. 어쩌면 어머니 또한 나와 같을지 모른다. 나는 그런 심중을 대부분 소설로 썼으나 어머니는 어떨까. 그래서 이 소설은 어머니께 바치는 헌사이기도 하다.

원고를 출판사에 보내면서 문득 찾아온 생각이다. 작년에 출간했던 『켄타우로스, 날다』의 주인공들이 이 소설을 환대하겠다는. 지독한 모순과 숙명의 시간을 건너 자기 찾기의 순간을 만나는 서사가 그런 느낌을 갖게 했을까. 어머니 이야기에 초점을 맞춰 쓴 초고를 딸의 서사로 변환시키면서 따라온 생각일까. 어머니는 내가 다 받지 못한 빚이면서, 내가 주지 못한 빚이다. 그래서인지 소설을 마무리할 때에는 살아 있는 동안 해야 할 일을 했다는 안도와 해방감이 스쳤다. 어쩌면 나는 『오래된 정원에 꽃이 피네』 속에서 자신이 가고자 하는 길, 환(幻) 속의 진실을 들여다봤는지도 모른다.

감사할 분들이 많다. 이 소설이 완성되기까지 아낌없는 격려를 보내 주신 채희윤 선생님, 그리고 종교와 초월적 세계에 대한 질문에 흔쾌하게 대답해 주신 최 선생님, 해설로 소설을 풍요롭게 채워 주신 김영삼 선생님께 깊이 감사한다. 기꺼이 작품을 받아 한 권의 책으로 완성해 준 문학들 식구들께도 진심으로 감사하다. 첫 번째 독자가 되어 준 딸과 소설의 모티프가 된 어머니(들), 생이 그렇듯, 소설 한 편에는 수많은 흔적이 자맥질하고 있다.

2020년 초겨울
김경희

오래된 정원에 꽃이 피네

김경희 장편소설

초판1쇄 찍은 날 | 2020년 12월 11일
초판1쇄 펴낸 날 | 2020년 12월 15일

지은이 | 김경희
펴낸이 | 송광룡
펴낸곳 | 문학들
등록 | 2005년 8월 24일 제 2005 1−2호
주소 | 61489 광주광역시 동구 천변우로 487(학동) 2층
전화 | 062−651−6968
팩스 | 062−651−9690
전자우편 | munhakdle@hanmail.net
블로그 | blog.naver.com/munhakdlesimmian
값 13,000원

ISBN 979−11−91277−03−6 03810

• 이 책은 광주광역시 GWANGJU CITY · 광주문화재단 Gwangju Cultural Foundation 의
  2020년도 지역문화예술육성지원사업으로 지원받아 발간되었습니다.